KB078038

스킬스
SKILLS

스킬스 현대편 5

류화수 퓨전 판타지 소설

초판 1쇄 찍은 날 § 2016년 4월 1일
초판 1쇄 펴낸 날 § 2016년 4월 8일

지은이 § 류화수
펴낸이 § 서경석

편집책임 § 고승진

펴낸곳 § 도서출판 청어람
등록번호 § 제387-1999-000006호
등록일자 § 1999. 5. 31
어람번호 § 제1-2392호

주소 § 경기도 부천시 원미구 부일로 483번길 40 서경B/D 3F (우) 14640
전화 § 032-656-4452   팩스 § 032-656-4453
http://www.chungeoram.com
E-mail § chungeorambook@daum.net

ⓒ 류화수, 2016

ISBN 979-11-04-90728-9 04810
ISBN 979-11-04-90624-4 (세트)

류화수 퓨전 판타지 소설

FUSION FANTASTIC STORY

현대편

스킬스 ⑤

[완결]

SKILLS

SKILLS

CONTENTS

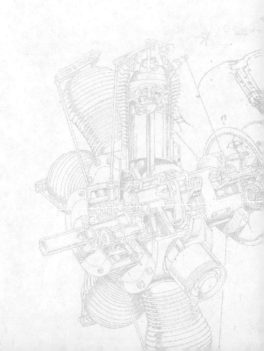

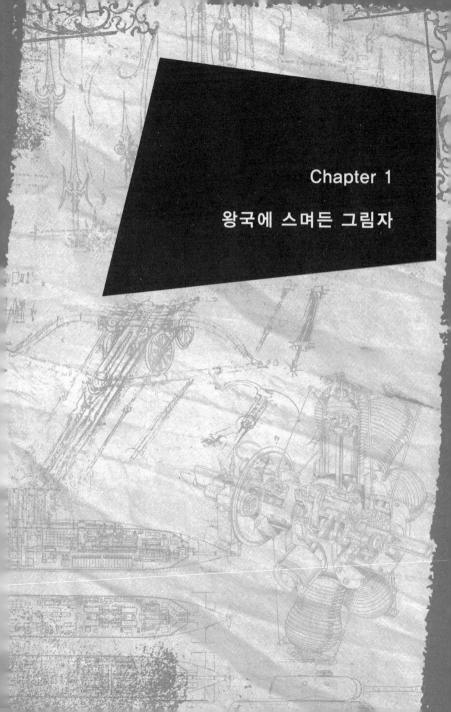

Chapter 1

왕국에 스며든 그림자

"이제 마지막 하루 남았다. 지금까지 모두가 수련을 견딘 것을 자랑스럽게 생각한다. 너희들을 치하하기 위해 특별히 알 투르키 님이 수련장을 찾았다. 모두 마지막 남은 일정을 완수하길 바란다."

수련장에 모여 연설을 듣고 있는 예비생들의 얼굴은 불과 두 달 사이에 많이 변해 있었다.

눈에는 독기가 가득했고, 근처에만 가도 타 버릴 것 같은 열기로 몸을 감싸고 있었다.

두 달이라는 시간은 누군가에게는 짧지만 예비생들에게는 너무도 길었던 시간이었다. 하지만 그들은 견뎠다. 지옥에서 벌을 받는 것이 더 쉬울 것이라고 생각했었지만 끝내 견뎌 내었다.

그리고 그 중심에는 카림이 있었다. 카림이 중심이 되어 예비생들을 하나로 만들었다.

카림에 대한 소문은 예비생들에게만 퍼진 것이 아니라 사우디아라비아에 있는 헌터 모두에게 퍼져 갔다.

낙오자가 없는 기수는 알 투르키가 이끌었던 기수를 제외하면 처음이었다.

왕족으로서의 교육과 카리스마를 가지고 있었던 알 투르키였기에 가능했던 일을 카림이 하고 있어서 헌터들은 그에게 관심을 가졌고, 알 투르키마저 카림을 보기 위해 수련장을 찾았다.

"마지막 수련은 초심으로 돌아가라는 의미로 달리기 수련인 건가? 그래도 다행이네. 밥은 먹을 수 있잖아."

"그러니까, 저번 수련은 정말 지옥이었어. 아무리 극한의 상태에서 수련을 한다고 해도 그렇지, 밥은 주고 수련을 시켜야지."

"다들 집중하세요. 마지막이라고 해서 마음을 놓으면 낙오자가 생길지도 모릅니다. 오늘이 지나기 전에는 끝난 것이 아닙니다."

카림의 말에 예비생들은 얼굴에서 여유를 지웠다.

"그래야지. 카림이 그렇게 하라면 그래야 되고말고."

"그렇지. 나는 카림의 말이라면 달이 2개라고 해도 믿는다고."

마지막 수련이 시작되었다.

많은 사람들이 지켜보는 가운데 예비생들은 수련장 주변을 돌기 시작했다.

처음에는 한 시간이 지나고 나서부터 거친 신음을 내던 그들이었지만 이제는 거뜬했다.

전력 질주나 다름없는 속도로 주변을 달리는 그들이었지만 얼굴에서는 고통이 느껴지지 않았다.

그렇게 두 시간이 넘는 마지막 수련이 끝나자 왕궁 헌터단 간부들이 예비생 앞으로 걸어 나왔다.

"다들 수고했다. 이제 정식으로 자네들은 우리 왕국의 헌터가 됨을 공식적으로 선포한다."

거창하지 않은 임명식이었지만 예비생들에게는 그 어떤 말보다 듣고 싶었던 말이었다.

"우와아아아!"

왕족이 앞에 있다는 사실도 잊어버린 건지 예비생들은 서로를 끌어안고 소리를 질렀다.

예의 없는 모습이었지만 그들의 행동을 막는 사람은 아무도 없었다.

헌터가 되기까지 얼마나 힘든 수련을 해야 하는지 모두 알고 있었기에 지금은 예비생들이 기쁨을 느끼게 가만히 두었다.

"다들 고생이 많으셨습니다. 잠시 할 말이 있는데 들어주시겠나요."

단상에 올라서서 예비생들을 진정시킨 사람은 알 투르키였다.

그는 예비생들만큼이나 행복한 표정으로 말을 이어나갔다.

"우리 왕국의 헌터가 되신 것을 축하드리고 환영합니다. 우리는 총 3개의 헌터 부대를 운용하고 있습니다. 3개의 헌터 부대

중 어디를 갈 건지는 전적으로 여러분의 선택에 달렸습니다. 악마의 탑에서 몬스터와의 전투를 원한다면 1부대로 가시면 됩니다. 2부대는 국가 간의 전쟁을 대비한 조직입니다. 그리고 3부대는 왕궁의 호위를 위해 만들어진 부대입니다. 어떤 부대를 택하든지 최고의 대우를 약속드릴 수 있습니다. 그리고 저는 3부대에 있습니다."

알 투르키가 단상에 올라와 예비생들의 합격을 축하한 적은 처음이었다.

그는 저들을 가지고 싶었다. 하나로 뭉쳐 있는 헌터들을 가진다면 자신의 부대가 더욱 강해지는 것은 물론이고, 불안한 자신의 위치를 안정적으로 만들 수 있는 기틀이 될 것이라고 생각했다.

현재 사우디아라비아의 왕은 노쇠했다. 한국에서 들여온 천사의 눈물로 생명을 연장하고 있다고는 하지만 당장 생명의 불꽃이 꺼져도 이상하지 않았다.

현재 사우디아라비아의 왕위 계승 조건을 가진 사람은 총 3명이다.

많은 대신들이 첫째인 투싼 투르키를 지지하고 있었다. 하지만 그는 너무 욕심이 많았다.

왕족의 자리에 있으면서 욕심이 없다는 것도 문제가 되겠지만 그는 정도가 심했다.

머챈트들이 세계 곳곳을 다니며 아이템을 수집하는 이유 중 하나가 그의 욕심을 채우기 위해서일 정도였다.

그리고 그는 무능했다. 첫째라는 혈통이 아니었다면 도태되었을지도 모를 정도로 멍청했다.

하지만 그것이 많은 대신들이 원하는 상황이었다.

똑똑한 사람을 조종하기는 어렵지만 탐욕스럽고 멍청한 사람을 허수아비로 만드는 건 쉬운 일이었다.

왕에게 집중되어 있는 권력을 대신들이 나눠 가지고 싶어 했고, 당연히 차기 왕위 계승자로 첫째인 투싼 투르키를 지지했다.

그다음 왕위 계승자는 둘째인 지브릴 투르키였다.

하지만 그는 왕위 계승의 자격이 없다고 볼 수 있었다. 아랍권 국가에 살면서, 그리고 왕족이라는 위치에 있으면서 다른 신을 섬기는 그에게 왕위를 줄 수는 없었고, 당연히 차기 왕권 싸움에서 밀려났다.

그는 자신의 거처에서 책을 읽으며 시간을 보내는 것을 좋아했고, 권력에는 전혀 관심이 없었다.

세 번째 왕위 계승자인 알 투르키.

대신들에게는 그가 문제였다.

사적인 욕심은 없으며, 항상 국민들을 생각하고 국민들과 가까이 지내는 그였기에 국민들이 가장 사랑하는 왕족이었다. 그리고 능력도 뛰어났다.

권력을 가지고 있는 대신들 중, 그리고 그들 자식들 중 헌터가 된 사람은 아무도 없었다.

헌터가 되지 않더라도 부를 누릴 수 있기에 헌터가 되기 위해 노력을 하지 않았다.

하지만 알 투르키는 자신이 가지고 있는 권력을 뒤로하고 헌터가 되기 위한 수련을 했고, 사우디아라비아에서 가장 강하고 유명한 헌터가 되었다.

어린 나이에 헌터 부대를 이끄는 부대장이 된 그를 인정하지 않는 사람은 없었다.

하지만 그는 정치에는 크게 힘을 쓰지 못했다.

부대를 운영하고 헌터들의 능력을 키우는 데는 빛을 발했지만 웃는 얼굴로 서로의 얼굴에 먹칠을 해야 하는 정치에는 큰 관심이 없었고, 취약했다.

그런 그의 단점을 대신들이 물고 늘어졌다.

그의 이력에 오점을 남기기 위해 없는 사실을 만들어 내었고, 좋지 않은 소문을 만들어 퍼뜨렸다.

물론 그의 인성을 알고 있는 많은 사람들은 그런 소문을 믿지 않았지만 여론이 멀어지는 건 사실이었다.

그리고 거기서 만족하지 않고, 그를 암살하려는 계획도 세워지고 있었다.

최근 들어 자신의 입지가 약해지고 있는 걸 느낀 알 투르키는 자신의 세력을 늘릴 필요성을 느꼈다.

지금은 힘의 시대다. 정치를 못 한다고 할지라도 강한 힘을 가지고 있으면 모든 것을 차지할 수 있다.

그게 왕권이라고 할지라도 말이다.

그랬기에 알 투르키는 이번 기수 전부를 자신의 부대로 데리고 오고 싶어 했다.

하지만 그런 그의 계획을 미리 알고 있었던 대신들은 알 투르키의 계획을 막기 위해 헌터 임명식에 따라 나섰다.

왕족이라고 하더라도 헌터의 고유 권한인 부대 선택권을 마음대로 할 수 없었다.

그가 할 수 있는 일이라고는 단상에 올라가 새롭게 헌터가 된 예비생들의 수고를 칭찬하며 자신을 어필하는 정도뿐이었다.

알 투르키가 단상에서 내려오자 헌터 임명식이 빠르게 진행되었고, 임명식이 끝나자 대신들의 명을 받은 사람들이 헌터들에게 접근했다.

"가장 좋은 부대는 2부대라네. 2부대로 전입 신청을 하면 우리 주인님이 직접 집과 금을 하사한다고 하시네. 우리 주인님은 나라의 발전을 위해 가장 노력하시는 분이지. 어떤가, 2부대로 가겠다는 계약서를 작성하지 않겠나?"

이런 식의 말이 사방에서 오고 갔다. 집과 거금의 돈에 혹한 헌터들이 있긴 했지만 계약서를 작성한 헌터는 아무도 없었다.

단지 카림을 쳐다보며 결정을 내려 줄 것을 기다렸다.

그런 헌터들의 시선을 파악한 대신들의 사람들은 카림에게 다가가 같은 말을 반복했다.

아무런 대꾸조차 하지 않는 카림의 행동에 훨씬 좋은 조건을 내건 사람도 있었다.

"이번에 1부대나 2부대로 전입을 신청한다면 평생 쓰고도 남는 돈을 지원해 주겠네. 그리고 원하는 것을 모두 들어주겠네. 그리고 만약 헌터를 그만두고 내가 모시는 주인님을 같이 모신다면, 후손들까지 책임져 주겠네."

처음으로 카림의 얼굴에서 미소가 번졌고, 대신들의 사람들은 드디어 카림이 자신들의 말에 혹했다고 생각했다.

하지만 카림이 발걸음을 옮긴 곳은 대신들 쪽이 아니라 멀찍이 다른 헌터들과 앉아 있는 알 투르키 쪽이었다.

"저는 교관들에게서 알 투르키 님의 전설적인 일화를 들으며 수련을 견뎌 왔습니다. 괜찮으시다면 저희 모두를 받아 주시겠습니까?"

알 투르키는 번개라도 맞은 것처럼 몸을 부르르 떨며 말했다.

"정말 나에게 오겠다는 건가? 자네가 다른 인원의 선택을 결정할 수 있는가?"

카림은 대답하지 않고 동료들을 바라보았다.

"저희는 카림의 의견을 전적으로 따르기로 약속했습니다. 카림이 알 투르키 님을 따라 3부대로 간다면 저희 모두 3부대로 가겠습니다."

보통 한 기수의 예비생들이 헌터로 합격하는 수는 5명이 되지 않는다. 그렇기에 그 기수가 한 부대를 선택해 전체가 전입을 한다고 해도 크게 달라지는 것은 없었다.

하지만 이번 기수의 합격자 수는 50명이 넘어서 한 번에 상황을 달라지게 할 정도였다.

"절대 후회하지 않게 만들어 주마."

신입 헌터들이 알 투르키의 앞에 무릎을 꿇었다. 대신들은 그 모습을 보기가 싫은지 빠르게 자리를 벗어났다.

*　　　　*　　　　*

현수와 나는 계속해서 악마와의 전쟁을 대비했다.

한국과 근접해 있던 지역의 데빌 도어를 파괴했고, 중국 남부 지역과 동부 지역의 데빌 도어 대부분을 파괴했다.

그리고 많은 수의 아이템을 제작해 중국과 유럽 지역에 배포했다.

많은 돈을 축적해 두었기에 가능한 일이었지만 회사의 자금은 급속도로 빠져나가고 있었다.

수익보다 지출이 몇 배는 더 큰 상황이었고, 이런 상황이 지속된다면 아무리 세계에서 가장 큰 우리 회사라고 할지라도 타격을 입기 마련이었다.

물론 악마와의 전쟁에서 승리만 할 수 있다면 회사가 망해도 괜찮았다.

이렇게 성장시킨 회사가 아깝기는 하지만 인재들만 있다면 다시 회사를 키우는 건 일도 아니었다.

우리 회사만이 만들 수 있는 아이템과 약재들이 있었기에 언제든지 다시 시작할 수 있었다.

하지만 문제는 악마의 탑이 너무 조용하다는 것이었다.

우리의 말을 믿고 데빌 도어의 입구를 막은 유럽과 중국의 헌터 협회에서 조금씩 불만 섞인 말이 터져 나왔다.

악마의 탑에서 얻을 수 있는 아이템과 몬스터의 부산물들로 수익을 창출했던 헌터 협회로서는 당연한 반응이었다.

"우리가 준 아이템이 몇 개인데, 악마의 탑에서 아이템과 부산물을 얻지 못한다고 불평을 해? 참 너무하네요."

"그러게 말이야. 우리가 준 아이템의 가치만 해도 몇 년 동안 악마의 탑을 돌아야 얻을 수 있는 것인데, 하여튼 욕심은 끝이 없다니까."

"우리한테 좋은 아이템을 얻었겠다, 그 아이템으로 악마의 탑을 공략해 아이템을 얻고 싶겠죠. 준비 시간이 길다고 해서 마냥 좋지는 않네요."

"그래도 최대한 다른 나라의 헌터 협회의 협조를 얻을 수 있는 방향으로 일을 진행해야 돼."

"지금이야 우호적인 상황이지만 악마와의 전쟁이 시작되지 않고 지금 같은 시간이 지속되면 우리에게서 등을 돌리는 헌터 협회가 나올 거예요. 충분한 아이템을 지급받으면 그걸로 다른 일을 하고 싶기 마련이니까요. 중국이나 일본은 우리나라와 가까이에 위치하고 있으니 어떻게 통제가 가능한데, 유럽이 문제네요."

"유럽에서 문제가 생기면 내가 직접 거기를 찾아가야지. 다른 방법이 없잖아. 그건 그렇고, 여전히 중동 지역과는 협조가 안 되고 있어?"

"중동 지역이 폐쇄적인 성향인 건 알고 계시잖아요. 머챈트를 제외하면 말이 전혀 통하지 않아요. 악마와의 전쟁이 시작된다고 말해 줬는데 콧방귀도 뀌지 않아요. 그리고 중동 상황이 좀 좋지 않아요."

"왜, 무슨 일이라도 있어? 테러?"

"테러는 무슨. 테러가 아니라 중동 지역의 중심인 사우디아라비아에서 왕권 전쟁이 시작될 조짐을 보이고 있어요. 왕이 숨을 거두는 순간 왕자들 간의 피 튀기는 전쟁이 시작될 거예요."

"왕자들의 전쟁? 문제가 되긴 하겠지만, 왕위를 노리고 하는 전쟁은 언제나 있었던 일이잖아. 역사책에 단골 주제로 나오기도 했고 말이야. 그게 큰 문제가 될까?"

"저도 일반적인 왕자 간의 권력 싸움이라면 문제라고 생각하지 않았겠죠. 하지만 지금은 상황이 매우 복잡해요. 단순히 한 국가의 권력 싸움이 아니라, 중동의 모든 국가들이 참전하는 전쟁으로 번질 조짐이 있어요. 사우디아라비아가 중동의 중심이기 때문에 다른 국가들이 권력 또는 이득을 챙기기 위해 왕자들을 지원하고 있는 상황이에요."

"그러면 우리도 지원을 해주는 게 좋지 않을까? 지금처럼 중동 지역과 단절된 상황은 좋지 않잖아. 우리가 지원하는 왕자가 전쟁에서 승리하면 우리와 우호적인 관계가 될 수도 있지 않을까."

"저도 그 생각을 하고 있어요. 어느 왕자가 우리에게 더 우호적일지 계산하고 있으니 답이 나오면 알려 드릴게요."

*   *   *

알 투르키가 이끄는 3부대에 카림과 그의 동기들이 합류한 순간부터 왕자들의 왕권 다툼이 가속화되었다.

서로의 전력을 깎아 내거나 자신들의 전력을 키우기 위해 전력을 다하고 있긴 했지만 본격적인 전쟁은 시작되지 않았다.

사우디아라비아의 국왕이 살아 있는 동안은 음지에서의 다툼만이 가능했다.

모든 권력이 국왕에게 집중되어 있는 지금 이빨을 먼저 들이밀었는데 국왕이 몸을 회복하기라도 하면 반역 행위로 찍힐 수 있었기에 몸을 사려야 했다.

하지만 눈치 싸움을 오래 할 필요가 없어졌다.

"드디어 지겨운 영감쟁이가 죽었군. 살아서도 도움이 되지 않더니 죽을 때가 돼서도 마음고생을 시키다니."

사우디아라비아의 모든 국민들을 눈물 짓게 한 국왕의 죽음을 너무도 쉽게 말하는 이는 국왕의 첫째 아들인 투싼 투르키였다.

그는 30년을 넘게 살아오면서 모든 것을 국왕의 도움으로 이루었다. 자신의 고유 전시장을 가득 채우고 있는 아이템들과 그가 소유하고 있는 저택 모두 국왕의 주머니에서 나온 돈이었다.

왕족 품위 유지비로 나오는 돈으로는 그의 탐욕을 채우기에는 턱없이 부족했고, 그는 국왕을 졸라 많은 돈을 사용했었다.

서른이 넘는 나이였지만 7살 먹은 어린아이와 다름없는 사고방식을 가지고 있었다. 그런 그의 사고방식을 고쳐 줘야 할 많은 대신들은 오히려 그의 사치를 더욱 부추겼다.

탐욕에 눈이 먼 왕자가 황제가 된다면 더욱 쉽게 조종할 수 있게 된다. 어린아이의 손에 장난감만 들려주면 그 아이 소유의 집을 마음대로 할 수 있게 되기에 그의 탐욕을 말릴 생각이 전혀 없었다.

"왕자님, 국왕의 장례식이 끝나는 대로 알 투르키 왕자의 진영을 공격해야 합니다."

"그런데 이길 수는 있는 건가? 헌터 부대 중 가장 강한 전력을 가지고 있는 3부대잖아."

"걱정하실 필요는 없습니다. 우리 왕국에서 가장 강한 헌터 부대를 소유하고 있다고는 하지만 다른 부대와 큰 차이가 없습니다. 중립을 지키고 있는 1부대를 가지지 못한 것이 아쉽기는 하지만 2부대만으로도 충분히 3부대를 막을 수 있습니다, 그리고 이라크와 아랍에미리트가 우리를 돕기로 했습니다. 다른 국가들이 알 투르키 왕자를 돕는다는 말은 없습니다."

"하지만 이란이 아직 행보를 정하지 않았잖아. 이란이 움직이면 판도가 뒤집히지 않아?"

사치에 물들어 머리가 굳은 투싼 왕자였지만 그래도 어렸을 때부터 고급 교육을 받았기에 기본적인 생각은 할 수 있었다.

"이란은 현재 전쟁에 참여할 수 있는 상황이 아닙니다. 이란을 제외하고 전쟁에 참여할 수 있는 국가라면 오만과 예멘, 그리고 요르단 정도인데, 그들이 가지고 있는 헌터의 수는 많지 않습니다. 그들은 중간노선을 달리면서 전황이 기울어지면 박쥐처럼 붙을 준비를 하고 있습니다. 우리가 승기를 잡는다면 전혀 문제 될 게 없습니다."

"하긴 셋째는 정치와는 담을 쌓은 놈이니까. 그런 놈이 국왕이 되면 국가적으로 큰 위기지. 그렇지 않아?"

투쌘 투르키와 대화를 하고 있는 대신은 어이가 없었다.

누가 누구를 욕한단 말인가.

자신의 이득을 위해 투쌘을 밀어주고 있는 입장이었지만 개인적으로는 알 투르키의 능력을 대단하다고 생각하고 있었다.

환경을 이용하지 않고 오로지 자신의 능력으로 헌터가 된 것은 물론이고, 헌터들의 존경을 받으며 헌터 부대의 대장이 된 알 투르키가 국왕이 되는 것이 나라를 위해서 더 좋은 일이라고 생각했다.

하지만 자신의 이득을 위해서는 투쌘이 왕이 되어야 했기에 입에 바른 말을 내뱉었다.

"그렇습니다. 사우디아라비아의 새로운 왕이 되실 분은 오직 왕자님뿐입니다. 우리는 왕자님이 왕권을 잡을 수 있도록 모든 노력을 다할 것입니다. 우리를 믿어만 주신다면 조만간 황금으로 만든 권좌에 오르실 수 있습니다."

"상상만 해도 좋은 일이군. 그렇게 되면 내 컬렉션을 더 채울 수 있겠군. 한국에서 정령을 소환하는 아이템을 구입하고 싶은데 싶지 않단 말이야. 워낙 가격이 비싸기도 하고, 머챈트에게 그 아이템을 판매하지 않고 있어야 말이야. 내가 왕이 된다면 한국에서 생산하는 정령 소환 아이템을 모조리 구입할 것이야."

"물론 그렇게 되실 겁니다."

탐욕에 눈이 붉어진 투싼을 보며 대신은 자신의 선택이 옳았다고 다시금 느꼈다.

'저런 멍청이가 왕이 되면 안 되지만, 나를 위해서는 좋은 일이지.'

*   *   *

낙관적인 투싼의 진영과 달리 알 투르키의 진영은 밝지 않았다.

"아버님의 장례식이 얼마 남지 않았다. 분명 장례식이 끝나는 대로 형님의 군대가 우리를 향해 선전포고를 해올 것이다. 그리고 여러 국가들이 형님의 진영에 붙었다고 알고 있다. 그들을 막을 방법을 생각해 내야 한다."

알 투르키는 타고난 전사이며 헌터였다.

그래서인지 그의 주변에는 전사들만 득실거렸다.

머리를 사용할 줄 아는 사람은 없었기에 전쟁을 오로지 힘으로만 하려고 했다.

"두려울 것이 있습니까? 우리는 최고의 전사입니다. 신과 국민들이 알 투르키 왕자님이 새로운 왕이 되는 것을 원하고 있습니다. 우리는 신의 뜻에 따라 싸워 이기면 됩니다. 병사의 수가 몇 배가 차이가 나든지 이길 자신이 있습니다."

자신감에 차 있는 부하의 말이 고맙기는 했지만, 지금의 상황을 대처할 수 있는 말은 아니었다.

알 투르키는 머리가 아파왔다.

'혼자서는 너무나 힘들구나. 이럴 줄 알았으면 스승님들이 공부를 하라고 할 때 열심히 하는 것인데.'

왕자의 자리에 있었기에 많은 스승들이 알 투르키를 가르쳤고, 정치와 전략 전술에 대한 수업도 있었다.

하지만 알 투르키는 공부와는 거리가 먼 성격을 가지고 있었고, 오로지 육체적인 힘을 강하게 하는 것에만 관심이 있었다.

그랬기에 왕국 최고의 헌터가 될 수 있었다.

하지만 지금은 그런 자신이 원망스러웠다.

정치를 모르기에 동맹국을 찾지 못하고 고립되어 버렸다.

'이럴 때 책략가 한 명만 있으면 좋으련만.'

이런 생각을 하고 있을 때, 왜인지 모르겠지만 한 사람의 얼굴이 떠올랐다.

"당장 카림을 데리고 오거라."

"카림 말씀이십니까? 카림은 지금 신입 헌터 교육을 받고 있습니다. 그리고 신입 헌터가 간부급 회의에 참석할 자격이 없지 않습니까."

"지금 그런 규율 따위는 중요하지 않다. 당장 데리고 오너라."

알 투르키의 명에 따라 가장 서열이 낮은 헌터 한 명이 카림을 데리고 왔다.

"부르셨습니까?"

"그렇다. 너도 소문을 들어서 알고 있을 것이다. 현재 우리는 위험한 상황에 빠져 있다. 조만간 투싼 투르키와 그를 따르는 대신들의 군대가 우리를 향해 올 것이다. 우리는 어떻게 해야 좋겠느냐."

알 투르키를 최측근에서 모셔왔던 다른 부하들은 갑자기 신입 헌터에게 간부들에게나 할 법한 질문을 하는 그의 모습에 당황했다.

그런 선임 헌터들의 당황스러운 모습을 보지 못한 건지, 아니면 보고도 못 본 척을 하는지 카림은 긴장한 기색 하나 없이 대답을 하기 시작했다.

"현재 우리 진영이 이길 가능성은 매우 희박합니다. 단순히 헌터 부대로만 비교한다면 우리가 2부대의 전력보다 훨씬 강하기에 승리할 수 있지만, 이번 전쟁은 내전이 아니라 중동의 모든 국가들이 참전하는 큰 규모의 전쟁으로 번졌습니다. 우리가 가지고 있는 헌터의 수로는 투싼 투르키를 이길 수 없습니다."

"무슨 말을 하는 것이냐! 알 투르키 님, 신입 헌터에게 너무 어려운 질문을 하셨습니다. 아직 3부대의 자부심과 자긍심을 미처 배우지 못한 아이의 말을 귀담아들으실 필요가 없습니다."

"조용히 하거라. 너는 계속 말을 이어 보거라."

"현재 우리 진영을 돕겠다고 나선 국가는 없습니다. 하지만 투싼 투르키의 진영을 돕는 국가는 최소 2개에서 최대 4개입니다. 이란은 현재 전염병이 돌고 있기에 헌터를 파견하지 못할 상황이긴 하지만, 다른 국가들은 모두 투싼 투르키의 진영에 붙었다고 해도 무방합니다."

"어디서 그런 말을 하는 것이냐! 그 입을 닫지 못하겠느냐! 전쟁을 대비해 사기를 올려도 모자랄 판국에 사기를 떨어뜨리는 말이나 하다니."

"너나 입을 닫거라. 한 번만 더 우리의 대화를 방해한다면 회의실에서 쫓아내겠다. 계속 말해 보거라."

"이런 상황에서 우리가 이기기 위해서는 신의 도움이 필요합니다. 즉 기적이 필요하다는 뜻입니다. 기적은 말이 좋아 기적이지, 불가능한 상황에서 찾는 것이 기적입니다. 그만큼 우리의 상황이 좋지 않습니다."

"그렇다면 신전에 들어가 기도라도 해야 된다는 말인가?"

"그렇게 해야 될지도 모르겠습니다. 하지만 제가 하고 싶은 말은 그게 아닙니다. 기적을 기대해야 할 만큼 불리한 상황에서 기적이 내려올 시간조차 부족합니다. 일단은 몸을 숨기고 때를 기다려야 합니다."

"몸을 숨기고 도망을 치자는 말이냐? 우리는 전사다. 신의 이름을 받드는 전사에게 도망이라는 단어가 어울린다고 생각하느냐?"

"전사도 인간입니다. 인간의 목숨은 하나뿐입니다. 목숨이 없으면 기회도 없습니다. 지금은 우리의 전력을 유지한 채 몸을 숨겨야 합니다. 정 전투를 하고 싶다면 게릴라전으로 투싼 투르키의 진영을 괴롭히는 것이 고작입니다."

"왕자님, 신입 헌터의 말을 무시하십시오. 우리는 신의 전사입니다. 몬스터들을 상대로도 도망가지 않은 우리들입니다. 전투가 무서워 도망쳤다는 오명이 왕자님의 명성을 더럽히게 둘 수는 없습니다. 너는 당장 회의실을 나가라! 그따위 말을 하다니. 회의가 끝나는 대로 내가 직접 너의 정신머리를 개조해 주겠다!"

"조용!"

고성이 난무하는 회의실을 침묵시킨 알 투르키는 가만히 생각을 했다.

카림의 말이 맞을지도 모른다. 현재 우리가 가진 전력으로는 형님의 군대를 돕는 국가의 헌터들을 막을 수 없다.

그렇다면 정말 도망가는 수밖에 없는 것인가.

"네가 생각하는 기적이란 무엇인가? 무엇을 기다리며 몸을 숨겨야 한다고 생각하느냐."

"현재 세계에서 가장 강한 헌터를 보유하고 있는 나라는 세 곳입니다. 하나는 우리 왕국이고, 다른 곳은 미국과 한국이 있습니다. 미국은 거리상으로 도움을 주기 힘든 곳이니 남은 국가는 한국뿐입니다. 한국이 우리를 돕는다면 중동 국가의 연합이라고 해도 충분히 상대할 수 있습니다."

"한국이 그렇게 강하다는 말이냐? 그 말을 믿지 못하겠구나. 한국은 우리 왕국의 1/5도 안 되는 영토를 가지고 있다. 신기한 아이템을 제작한다는 것은 알고 있지만, 정말 그들의 힘이 중동 연합국의 힘을 넘어설 수 있을 거라고 생각하는가?"

"정확히 말한다면 한국이 아니라 한국에 있는 카인트 헌터 회사의 도움이 필요합니다. 한국의 헌터 협회는 왕자님이 생각하는 대로 약합니다. 하지만 카인트 헌터 회사는 홀로 미국을 상대할 정도로 강합니다. 카인트 헌터 회사가 보유하고 있는 헌터의 수가 우리 부대의 수와 비슷합니다. 그리고 그들이 사용하는 아이템은 우리 부대가 사용하는 것보다 몇 배는 성능이 좋습니다. 그들의 도움이 있다면 충분히 투싼 투르키와의 전쟁에서 승리할 수 있습니다."

"지금 우리의 역사를 더럽히자는 것이냐! 아무리 패배가 두렵다고 한들 다른 신을 섬기는 국가의 도움을 받을 수는 없다!"

"그렇다고 생각한다면 그냥 전면전을 펼치는 것이 좋습니다. 자살하고 싶다면 지옥의 입구로 스스로 들어가는 것이 제격이니 말입니다."

"그만해라. 카림의 말이 맞다면 한국에 있는 카인트 헌터 회사의 도움이 필요하다. 그들과 연락할 방법을 찾아라."

*　　　*　　　*

"팀장님, 물고기가 미끼를 물었어요."

"어디 진영에서 먼저 미끼를 물었어?"

"우리 생각과는 달리 셋째 왕자의 진영에서 미끼를 물었어요. 우리 생각보다 셋째 왕자의 진영에서 상황을 볼 줄 아는 자가 있나 봐요."

"그렇단 말이지. 어떻게 할까? 그들을 도울까, 아니면 첫째 진영을 돕는 게 좋을까?"

"협상을 위해서는 불리한 쪽과 손을 잡는 것이 좋아요. 물론 전쟁을 이길 가능성이 높은 진영은 첫째 진영이긴 하지만, 이미 파이를 나눠 먹으려는 국가들이 여럿이에요. 그런 상황에서 첫째와 손을 잡는 것은 좋지 않아요. 우리가 사우디아라비아의 왕권 싸움에 끼어드는 것은 악마와의 전쟁에서 도움이 될 만한 동맹군을 만들기 위해서니까. 그렇게 하기 위해서는 우리에게 큰 도움을 받게 만들어야 해요."

"그러면 셋째를 도와야겠네. 그러면 얼마나 병력을 파견해야 할까? 현재로서는 많은 병력을 파견하기 그렇잖아. 악마의 탑이 조용하다고는 하지만, 언제 악마와 몬스터가 쏟아져 나올지 모르는 지금의 상황에서 많은 수의 헌터를 파견 보내는 건 너무 위험해."

"전쟁은 사람으로 하는 것이 아니잖아요. 이전에는 과학기술의 결정체로 전쟁을 치렀다면 지금은 아이템의 성능이 전쟁을 좌지우지하죠."

"아이템하고 자원만 지원해 주자는 말이야? 그것만으로 전세가 뒤집힐까? 아무리 전쟁을 아이템으로 한다고 해도 병력의 차이가 너무 나잖아."

"저에게 다른 방법이 있어요. 저를 믿고 아이템과 물자만 지원하기로 하죠."

"현수 네가 그렇게 자신이 있다면 그렇게 해."

*   *   *

왕권 쟁탈전은 시작되었다.

카인트 헌터 회사와의 동조를 약속받긴 했지만 물자를 지원을 받기도 전에 전쟁이 시작되었기에 알 투르키 진영은 왕궁 밖으로 몸을 숨길 수밖에 없었다.

지금 당장 전투를 벌인다면 유리한 전투를 벌일 수 있겠지만, 그러는 동안 다른 중동 국가의 헌터 부대가 합류하게 되면 사면초가에 빠지게 되기에 전투를 피해야만 했다.

도망치는 알 투르키의 부대는 사막지대로 몸을 숨겼다.

사막에 익숙한 전사들이었지만, 사막의 척박한 환경은 사람을 피곤하게 해서 신경을 날카롭게 만들었다.

"우리가 왜 도망쳐야 하는지 모르겠습니다. 전사는 등을 보이지 않는 법입니다. 한국의 작은 회사의 원조를 약속받았다고는 하지만, 아이템은 단순히 무기일 뿐입니다. 미사일이나 핵폭탄급의 무기도 아닌 우리가 들고 있는 검보다 조금 성능이 좋은 무기를 가진다고 해서 크게 달라지는 것은 없지 않습니까."

투정을 부리는 부하들을 달래는 알 투르키였다.

"지금은 상황이 좋지 않다. 왕궁에서 전투를 벌이면 우리는 뒤를 볼 수가 없다. 나도 우리 부대의 전투력이 세계 최고라는 것을 알고 있다. 하지만 전투는 때가 중요하다. 지금은 때가 아니다. 지금의 치욕은 머지않아 되갚아 줄 것이다. 나를 믿고 조금만 더 기다려라."

여전히 분이 풀리지 않은 부하들이었지만 알 투르키에 대한 충성심은 달라지지 않았다.

3부대의 인원들은 전부 알 투르키의 용맹성과 카리스마에 반해 3부대에 가입한 이들이었다.

그리고 주요 간부들은 알 투르키와 함께 헌터 예비생 신분을 거친 인원들이었다.

알 투르키가 없었다면 헌터가 되지 못했을 사람들도 있었기에 여전히 그를 믿고 따랐다.

"카림, 너의 말처럼 몸을 숨겼다. 우리는 이제 어떻게 하면 되겠는가."

알 투르키는 카림을 좋아했다.

자신이 직접 스카우트하기도 했고, 자신과 마찬가지로 동료들을 이끌어 헌터 수련을 합격한 인재였다.

그리고 지금 진영에서 유일하게 머리를 사용할 줄 아는 사람이기도 했다.

자신과 더 오랜 시간을 보낸 수하들이 더 애착이 가긴 했지만, 지금은 카림의 머리가 필요한 상황이었다.

"왕궁을 벗어난 것은 옳은 선택이었습니다. 만약 왕궁에서 시간을 더 지체했다면 우리는 죽음이 기다리는 전투를 벌였을 것입니다. 현재 우리가 할 수 있는 일은 1부대로 들어가는 물자를 약탈하는 것입니다. 다른 분들이 말씀하셨던 것처럼, 우리 부대는 세계 최고의 전력을 가지고 있습니다. 모든 전사들이 두려움을 모르고 일당백의 용사들입니다. 우리가 소수 정예로 움직여 치고 빠진다면 우리를 막을 수 있는 부대는 없습니다."

"지금 우리보고 도둑질을 하라는 말이냐? 전사는 공정한 전투를 한다. 그런 비열한 행동은 치욕스러운 일이다."

"전투를 원하시는 겁니까, 아니면 알 투르키 님이 왕좌에 오르는 것을 원하시는 겁니까? 우선순위를 확실히 정해 주십시오. 만약 전투를 하고 싶으시다면 말리지 않겠습니다. 지금 당장 왕궁으로 돌아가 투싼 투르키의 부대와 싸우십시오. 죽을 곳을 정하는 것도 전사의 자부심이라고 했었지요? 하지만 저의 우선순위는 알 투르키 님이 왕좌에 오르도록 보좌하는 것입니다."

"카림도 그만하거라. 모두 같은 뜻을 가지고 있는 전우들이다. 우리가 싸워야 할 상대는 옆에 앉아 있는 동료들이 아니라 왕궁에서 국민들의 등골을 빨아먹고 사는 기생충들이다. 아버님이 돌아가시자 기다렸다는 듯이 법을 개정하고, 돈이 될 만한 모든 것에 손을 뻗는 대신들과 멍청하게 대신들에 이끌려 다니는 투싼이 우리의 적이다."

"죄송합니다."

"저도 죄송합니다. 왕자님이 왕궁을 벗어나 이런 척박한 곳에서 고통받는 모습을 보니 울컥해서 마음에도 없는 소리를 했습니다."

"알고 있네. 조금만 기다리거라. 아직 우리의 전쟁은 시작하지도 않았다. 카인트 헌터 회사에서 물자가 오는 순간, 본격적인 전쟁이 시작된다."

알 투르키는 그렇게 오늘의 회의를 끝냈고, 수하들은 자신의 숙소로 돌아갔다.

하지만 카림만은 여전히 자리에 앉아 있었다.

"한국에서 아이템과 물자를 지원받는다면 우리가 이길 확률은 얼마나 되겠느냐?"

"이전에 우리가 이길 확률이 1% 미만이었다면, 아이템과 물자를 지원받게 되면 10% 정도로 상승합니다."

"고작 10%밖에 되지 않는다는 말이냐? 너는 우리의 전사들을 너무 과소평가하는 경향이 있구나. 너의 선배들이자 자랑스러운 우리 부대원들은 모두 뛰어난 헌터들이며, 전사들이다. 죽음의 두려움을 이겨내고, 몸을 사리지 않고 전투에 임하는 불굴의 전사들이다."

"알고 있습니다. 그렇기에 승률을 10%라고 한 것입니다. 일반적인 헌터들로 구성된 부대라면 승률은 5%도 되지 않습니다."

"그렇게 상황이 좋지 않으냐."

"그렇습니다. 한국에서 얼마나 좋은 아이템을 지급해 줄지는 모르겠지만, 그들이 가지고 있는 아이템은 세계에서 가장 성능이 좋습니다. 정령을 소환할 수 있는 아이템을 지원해 줄지도 모릅니다. 하지만 그렇다고 해도 수적인 열세를 메꾸기는 힘듭니다. 이라크와 아랍에미리트에서 투싼을 지원하는 헌터의 수가 1만 5천이 넘는 것으로 알고 있습니다. 지금 우리 부대의 수는 고작 5천 명입니다. 1부대도 우리와 마찬가지로 5천의 헌터를 보유하고 있습니다. 아이템으로 천 단위의 숫자는 극복할 수 있겠지만 1만이 넘는 수는 극복하기 어렵습니다."

"그렇다면 자네가 생각하기에 우리가 이길 수 있는 방법은 무엇인가? 질 것을 전제로 하고 전쟁을 준비하는 것은 아니지 않은가."

"지금 상황에서는 뚜렷한 방법이 없습니다. 가장 좋은 방법이라고 한다면 투싼 진영에 붙은 동맹국들을 돌려보내는 것이지만, 많은 것을 약속받은 그 국가들이 지금 돌아설 가능성은 없다고 볼 수 있습니다. 하지만 언제까지나 우리와의 전투에 많은 헌터를 파견할 수는 없습니다. 우리가 승리하려면 장기전을 노려야 합니다. 동맹군들이 돌아가는 순간을 노려 우리는 왕궁을 휘어잡아야 합니다. 한순간에 모든 병력을 집중한다면 충분히 왕궁을 점령할 수 있습니다. 왕궁을 점령하고 알 투르키 님이 왕좌에 오른다면 동맹군들이 우리를 공격할 명분이 없어집니다."

"그런 순간이 오겠는가?"

"기다려 봐야지요."

*　　　　*　　　　*

"아직 쥐새끼들을 찾지 못한 건가? 국왕 임명식 전에 쥐새끼들의 시체를 유린하고 싶은 나의 작은 소망을 이루어 주지 못한다는 말인가?"

"너무 걱정하지 않으셔도 됩니다. 알 투르키의 군대가 왕궁을 벗어나게 하는 것만으로도 충분히 성과가 있었습니다. 우리가 가장 약한 타이밍은 동맹군들이 합류하기 전이었습니다. 그때 알 투르키의 군대가 우리와 싸웠다면 우리도 큰 피해를 입었을 겁니다."

"대신 그들의 군대가 온전한 모습으로 왕궁을 벗어날 수 있지 않았나. 충분히 그들을 뒤쫓아 갈 능력이 있었으면서 겁쟁이처럼 왕궁에 숨어 자위하는 모습은 꽤나 역겹더군."

"지금은 그들의 수를 줄이는 것보다 동맹군에 안전하게 합류하는 것이 더 중요합니다. 알 투르키의 군대는 이제 언제든지 요리할 수 있습니다. 병력의 수가 4배 이상 차이가 납니다. 아무리 용맹한 전사라고 해도 이 정도로 압도적인 수적 차이를 극복할 수 없습니다."

"빨리 정리해 주게나. 임명식 준비는 다 마쳤는가?"

"그렇습니다. 계획대로 새로운 해가 뜨는 달에 임명식이 거행될 것입니다. 모든 국민들이 투싼 투르키 님의 이름을 환호하는 순간이 머지않았습니다."

"그런 것 따위는 관심이 없다. 어서 왕의 자리에 올라야 내 취미 생활을 마음 놓고 즐길 수 있지 않겠는가. 그리고 내가 구하라고 한 것은 구했느냐? 나도 개인 정령을 소유하고 싶구나. 그것도 귀하다는 최상위 정령을 말이다."

"아직 구하지 못했습니다. 한국에 있는 카인트 헌터 회사와 연락하고 있긴 하지만, 워낙 귀한 아이템이기에 판매가 불가능하다고 합니다."

"뭐라고! 나를 무시하는군. 왕국의 지배자를 무시한 대가를 치르도록 해라."

"알겠습니다. 왕국이 안정화되는 순간 한국으로 헌터들을 파견해 우리의 무서움을 뼛속까지 새겨 놓도록 하겠습니다."

"이만 돌아가 보도록 하거라."

투싼 투르키는 하고 싶은 말을 하고 듣고 싶은 말만 들은 채 아이템이 전시되어 있는 공간으로 이동했고, 대신들은 그런 그의 모습을 흘깃 보고는 왕궁 회의실을 빠져나왔다.

"저런 놈이 일국의 왕이라니. 욕심에 눈이 멀어 자신이 어떤 상황에 빠진 줄도 모르는 사람이란. 쯧쯧."

"그게 우리가 원한 것이 아니더냐. 투정을 부리는 어린아이라고 생각하면 마음이 편할 것이다. 그는 자신이 우리를 지배하고 있다고 생각하고 있겠지만, 우리가 그를 조종하고 있다. 왕국의 지배자는 그가 아니라 우리다. 그는 우리를 대신해 욕을 듣고 책임을 떠안아야 할 귀중한 사람이니 존중해 주거라."

"알겠습니다. 그래도 참 마음에 들지 않는 사람입니다. 어떻게 호랑이 밑에서 저런 개자식이 나왔는지 모르겠습니다."

"말을 아끼거라. 아무리 진실이라고는 해도, 때로는 진실을 숨겨야 할 때가 있는 법이다."

"죄송합니다."

대신들은 자신들이 맡고 있는 부서로 이동했다.

그들이 부서로 이동해 가장 먼저 한 일은, 국력을 자신의 것으로 돌리는 일이었다.

석유로 번 많은 돈을 개인의 금고로 이동시켰고, 군대를 사사로운 일에 사용했다.

그들은 대신이 아니라 귀족이었으며, 왕이었다.

국민들보다는 자신들의 이권을 더욱 생각했고, 나라의 발전은 안중에도 없었다.

오로지 자신의 권력이 더 커지기만을 원하고 있었다.

*   *   *

"한국에서 아이템을 가지고 온 수송대가 도착했습니다!"

롱구스로 꾸준히 연락했기에 한국의 수송대가 출발했다는 소식을 이미 알고 있는 알 투르키의 진영이었고, 드디어 오늘 기다리고 기다리던 물자가 도착했다.

"오시느라 수고가 많으셨습니다."

한국에서 사우디아라비아까지 이동하기 위해서는 중국을 횡단하고, 이란까지 지나야 했다.

마기의 정수를 동력원으로 삼는 차량의 발전이 없었다면 이렇게 짧은 시간에 도착하는 것은 불가능했다.

그리고 먼 거리인 만큼 많은 위험이 뒤따랐고, 혹시나 투싼의 부대와 마주칠 가능성도 있었기에 수송대의 책임자로 카인트 헌터 회사에서 최상위권의 능력과 지휘력을 가지고 있는 추용택이 선발되었다.

추용택은 군대에서의 경험을 살려 상단을 군대식으로 운용했고, 많은 전투를 하며 사우디아라비아까지 도착했다.

"최대한 많은 물자를 가지고 왔습니다. 정령을 소환할 수 있는 아이템은 총 600개이며, B급 이상의 아이템도 2,000개를 가지고 왔습니다. 많은 것 같지만, 알 투르키 님의 군대를 무장시키기에는 부족한 양입니다. 후속 수송대가 조만간 도착할 것입니다. 그들이 도착한다면 군대를 좋은 성능의 아이템으로 무장시킬 수 있습니다."

"고맙네. 이 은혜는 내가 왕좌에 올라 꼭 갚도록 하겠네."

"감사의 인사는 그때 받도록 하겠습니다. 그 전에 유의 사항이 있습니다. 정령 소환 아이템을 사용하기 위해서는 높은 정신력이 필요합니다. 정신력을 수련하는 방법을 책자로 정리해 두었습니다. 정신력이 뛰어난 헌터 600명을 선발해 따로 수련을 시키는 것이 좋습니다."

"알겠네. 다른 정보는 없는 건가?"

"저도 자세한 사항은 모르고 있지만, 조만간 전쟁의 전세가 뒤집힐 일이 생길 거라고 했습니다."

"전쟁의 전세가 바뀔 만한 사건이 터질 거라는 말인가?"

"그렇습니다. 조만간 본사에서 직접 연락해 올 것입니다. 그러면 저희는 이만 돌아가 보도록 하겠습니다. 여기서 시간을 지체하면 돌아가는 길이 힘들어집니다. 계속해서 물자를 수송하기 위해서라도, 하루라도 빨리 본국으로 돌아가야 합니다. 짧은 만남이었지만 영광이었습니다."

"고맙네. 배웅하지 못해 미안하네."

"아닙니다. 그럼 건승을 빌겠습니다."

폭풍처럼 왔다 간 카인트 헌터 회사의 수송대였다.

다섯 대의 대형 트럭에는 컨테이너가 실려 있었고, 그 안에는 아이템은 물론이고, 식량과 생필품들이 들어 있었다.

"이 정도의 물자면 1년은 더 버틸 수 있을 것 같습니다."

"그렇군. 생각보다 물자가 많구나. 그리고 후속 수송대까지 온다면 엄청난 양이 되겠다. 우리가 해줄 수 있는 것이 없어 미안할 따름이구나."

"그런 생각은 나중에 하셔도 됩니다. 왕위에 올라 그들에게 받은 은혜를 갚으면 됩니다."

"그런데 전쟁의 판도를 바꿀 사건이 무엇을 뜻하는 것인지 알겠느냐?"

"예상은 할 수 있지만, 정확한 정보가 없기에 섣불리 말하지 못하겠습니다. 조만간 연락을 준다고 했으니 기다리는 것이 좋을 듯합니다."

"또 기다려야 하는구나. 기다림의 시간이 길어지면 길어질수록 지치는구나."

알 투르키의 전사들은 은신처에서 숨어 지내며 왕궁으로 들어가는 보급품만을 노리고 공격했다.

게릴라전에 특화되어 있는 사막의 전사들이었고, 헌터 부대 중에서도 가장 능력이 뛰어난 사람들로 구성된 게릴라 부대였기에 투싼의 군대는 알면서도 속수무책으로 피해를 입었다.

전면전이 벌어지면 수적 우세를 이용해 한 번에 밀어 버릴 수 있겠지만 게릴라전을 막기에는 버거웠다.

크지 않은 피해였지만 이런 피해가 누적되면 나중에는 큰 위기 상황이 닥치기에 알 투르키의 병력이 숨어 지낼 은신처를 찾기 위해 혈안이 되었다.

"아직도 찾지 못했다는 말이냐! 사막에서 수십 년을 살아온 너희들이 은신처를 찾지 못한다는 것이 말이나 되는 소리더냐. 당장 나가거라. 너희 같은 밥버러지들에게 줄 식량 따위는 없다. 나가서 전갈을 잡아먹든 낙타를 씹어 먹든 알아서 하거라."

사우디아라비아의 권력의 중심이 된 법무부 장관 무하마드는 헌터 부대원들을 일렬로 세우고는 질책을 했다.

군 통치권은 왕에게 있었지만 투싼 투르키는 권력에는 관심이 없었고, 컬렉션을 채우는 것에만 관심이 있었기에 무하마드가 자신을 대신해 군대를 이용하는 것을 문제 삼지 않았다.

아니, 자신에게 군 통치권이 있다는 사실조차 모를지도 몰랐다.

왕의 말보다 무하마드의 말에 더 두려움을 느끼는 헌터들은 더 큰 불호령이 나오기 전에 알 투르키의 군대를 찾기 위해 밖으로 나갔다.

"못난 놈들. 저런 놈들을 유지하기 위해 천문학적인 돈이 들어가다니. 돈 잡아먹는 벌레가 있다면 저들을 칭하는 단어일 것이야."

무하마드는 헌터의 필요성을 크게 느끼지 못하고 있었다.

그는 전쟁이 일어날 가능성이 거의 없는 시대라고 생각했고, 헌터들은 자신의 주머니로 들어가는 돈을 가로채는 사람들로만 생각했다.

하지만 지금 당장은 헌터 부대를 유지해야 했다.

아직 왕권 전쟁이 끝이 나지 않았고, 알 투르키를 잡기 전까지는 돈이 아깝더라도 헌터 부대를 지원해 줘야 했다.

"무하마드 님, 저에게 좋은 방법이 하나 있습니다."

많은 대신들이 무하마드의 주변을 지켰다.

다들 권력의 끝자락이라도 잡기 위해 무하마드에게 손을 비볐다.

하지만 그런 대신 중 제대로 능력을 가지고 있는 사람은 없었고, 무하마드는 기분 전환용으로 그들의 말을 들을 뿐 깊게 생각하지는 않았다.

하지만 이번에 새로 자신의 수하로 들어온 우마르는 달랐다.

우마르는 귀족들만 받는다는 영국의 학교를 자력으로 들어갈 정도로 두뇌가 뛰어났고, 미국에서 큰 사업을 성공한 경험이 있었다.

자수성가한 유일한 수하가 우마르였다.

"말해 보거라."

"알 투르키의 군대는 사막 깊숙한 곳, 아무도 찾지 못하는 그런 비밀 장소에 숨었습니다. 우리 헌터 부대원들이 열심히 찾고 있다고는 하지만, 발견이 쉽지는 않을 것입니다. 숨은 쥐를 찾아다니는 것보다 쥐가 스스로 튀어나오게 만들어야 합니다."

"알 투르키의 군대가 스스로 나오게 만들자는 뜻인가? 어떻게 하면 사막에서 머리조차 내밀지 않고 있는 그들을 끌어낼 수 있다는 말인가?"

"알 투르키는 사막의 남자치고는 자비심이 많습니다. 그가 평소 은밀히 지원하는 고아원을 찾아내었습니다."

"오호라! 고아원의 아이들을 미끼 삼아 대어를 잡자는 말이구나. 정말 좋은 방법이구나."

고아원의 아이를 미끼로 삼는다는 것에 전혀 죄책감을 느끼지 못하는 그들이었다.

이미 그들은 사람이라기보다는 한 마리의 금수였다.

                    *   *   *

"알 투르키 님! 큰일 났습니다!"

"무슨 일인데 이렇게 호들갑이냐. 투싼의 군대가 우리를 찾기라도 했느냐?"

"그게 아닙니다. 제가 이번에 게릴라전을 다녀오면서 좋지 않은 소식을 전해 들었습니다."

"무슨 말인데 그렇게 뜸을 들이느냐. 당장 말해 보거라."

"알 투르키 님이 지원하던 고아원의 아이들이 지금 왕궁 한가운데 매달려 있다고 합니다."

"뭐라고? 그 아이들이 왜 그런 벌을 받고 있다는 말이냐? 설마!"

"그렇습니다. 아이들이 매달려 있는 옆에는 한 개의 게시판이 세워져 있습니다. 게시판에는 알 투르키 님을 도와 반역을 꾀했다는 죄목이 상세하게 적혀 있습니다."

흥분하는 알 투르키였고, 그를 진정시키기 위해 노력하는 카림이었다.

"진정하십시오. 이런 일이 생길 수 있을 거라고 충분히 예상하지 않았습니까. 그리고 이런 얘기를 왜 알 투르키 님에게 전한 것입니까. 전혀 도움이 되지 않는 일입니다."

카림은 알 투르키에게 아이들에 대한 얘기를 한 전사를 탓했고, 그 전사는 자신이 큰 실수를 했다고 생각하는지 고개를 푹 숙였다.

"그는 아무런 잘못이 없다. 자신이 알고 있는 정보를 나에게 보고했을 뿐이다."

두 볼이 바들바들 떨리고 있는 알 투르키였다.

그가 이렇게까지 분노하는 것은 처음이었다.

"참으셔야 합니다. 아이들에게 무슨 일이 생기더라도 참으셔야 합니다. 복수는 왕좌에 오른 뒤에 하셔야 합니다. 아이들을 살리기 위해 지금 나서면 알 투르키 님은 물론이고, 알 투르키 님을 존경하는 아이들도 싸늘한 시체가 되어 버립니다."

알 투르키가 스스로 걸어 나간다면 아이들이 살 수 있을까?

인간의 자비심이라고는 남아 있지 않은 대신들에게, 아이들은 인간이 아니라 가축이나 다름없었다.

가축을 죽이는 것을 늦출 이유가 없는 그들이었다.

"알고 있다. 지금 내가 나선다고 하더라도 달라지는 것은 없겠지. 하지만 더는 참을 수 없다. 우리는 사막의 전사들이다. 지금 이렇게 때를 기다리고 있는 것만 해도 많이 참은 것이다. 카인트 헌터 회사에서 받은 아이템들로 선자들을 모두 무장시켰다. 3배가 넘는 인원이라고 하더라도 우리는 충분히 이길 수 있다."

알 투르키의 입에서 자신들이 그토록 듣고 싶었던 말을 들은 헌터들은 환호성을 지르며 알 투르키의 이름을 환호했다.

오직 카림만이 힘겨운 전투의 시작을 걱정했다.

"우리가 이길 수 있을 거라고 생각하는가?"

"그렇습니다!"

"우리가 이기려면 한 사람당 3명의 목을 따야 한다. 가능하겠는가?"

"그렇습니다!"

"저는 3명이 아니라 5명의 목을 따겠습니다."

"저는 10명의 목을 딸 자신이 있습니다."

"그렇다면 우리는 절반의 인원만으로도 충분히 전쟁에서 승리할 수 있겠군. 그렇지 않은가?"

"그렇습니다!"

"압도적인 승리를 보여주자. 전 부대원들은 돌격을 준비하라!"

"우와아아아!"

환호성과 함께 부대원들은 아이템을 착용했다.

그들은 식량을 비롯한 생필품을 최소한으로 챙겼다. 뒤를 보지 않겠다는 굳은 의지의 발로였다.

"전군, 진군하라!"

드디어 본격적인 전쟁이 시작되려고 하고 있다.

무하마드의 작전은 완벽하게 통했고, 숨어서 때를 기다리던 알 투르키를 움직이게 만들었다.

                    *   *   *

"알 투르키의 군대가 왕궁을 향해 진군해 오고 있다고 합니다, 무하마드 님."

"드디어 시작되었군. 자네의 작전이 제대로 통했네. 이번 전쟁이 끝나면 지금보다 더 좋은 자리를 보장해 주마."

"자리를 연연하지 않습니다. 저는 단지 평생을 무하마드 님에게 봉사를 하며 살고 싶을 뿐입니다."

"말도 참 예쁘게 하는구나. 그래, 알 투르키의 군대의 수는 얼마나 되어 보인다고 하더냐."

"우리의 예상과 전혀 다르지 않습니다. 5천 명의 헌터들로 이루어진 군대입니다. 우리가 보유하고 있는 헌터와 동맹으로부터 지원받은 헌터를 합치면 만 5천 명이 넘습니다. 3배가 넘는 차이입니다."

"그렇군. 다른 작전을 시행할 필요가 없겠구나. 우리 군대도 진군시켜라. 앞으로 우리가 지낼 왕궁이 파괴되어서야 되겠느냐."

"뜻을 받들겠습니다."

왕궁과 그 주변에 거점을 삼고 지내고 있던 만 5천명의 헌터들이 알 투르키의 군대를 향해 진격해 나갔다.

3명의 지휘관이 있기에 유기적으로 움직이지는 않았지만, 압도적인 숫자였기에 그것만으로도 알 투르키의 군대에 위압감을 주기에는 충분했다.

"적들의 모습이 보입니다, 알 투르키 님."

"그렇구나. 이제 정말 전쟁이다. 모두 무기에 신의 의지를 담고, 두 다리에 사막의 기운을 담아라. 우리 왕국의 무구한 역사를 더럽히려는 자들에게서 왕궁을 되찾고, 국민들에게 평화를 선물하자. 모두 돌격하라!"

두 진영의 헌터들은 거의 동시에 전속력으로 거리를 좁히기 시작했다.

압도적인 수의 차이가 있다고는 하지만 전장은 한정적이라 강한 능력을 가지고 있는 알 투르키의 진영이 우세를 보이는 것처럼 보였다.

하지만 투싼 투르키의 진영은 그런 모습을 보면서도 전혀 걱정을 하지 않았다.

사람은 언젠가는 지치기 마련이다.

지금 당장이야 힘을 내고 있다고는 하지만 시간이 지나면 승기는 저절로 자신들에게 올 것이라고 믿어 의심치 않았다.

왕궁으로 들어가는 좁은 협곡을 이용해 최대한 이득을 취하고 있는 알 투르키의 전사들은 눈에 독기가 가득했다.

그들이 최선을 다해 전투를 하는 것은 당연할지도 몰랐다.

자신들의 군주이자 이번 전쟁에서 가장 중요한 인물 중 하나인 알 투르키가 직접 선두에서 전투를 지휘하고 있었고, 그 모습을 보는 것만으로도 전사들의 사기가 올랐다.

"알 투르키 님, 이만 뒤로 후퇴하는 것이 좋겠습니다. 전투가 길어지면 알 투르키 님을 향해 들어오는 공격이 거세집니다. 지금은 전사들이 다른 방향에서 공격해 오는 공격을 막아내고는 있지만 한계가 있습니다. 이만 뒤로 후퇴해 체력을 아끼셔야 합니다."

"나는 전사다. 내 신분이 왕족이라고는 하지만, 내 몸속에 흐르고 있는 것은 전사의 피고, 내 육신은 전사의 육신이다. 다른 것이라면 카림 자네의 말을 듣겠지만, 후퇴를 하라는 조언은 듣지 못하겠다."

알 투르키의 목에 걸려 있는 현상금은 10억이 넘었다.

돈은 물론이고, 평생 구경도 하지 못할 가치의 아이템이 현상품으로 걸려 있었기에 투싼의 헌터들은 알 투르키를 향해 미친 듯이 공격했다.

하지만 그들의 공격은 성공하지 못했다.

알 투르키의 주변에서는 전사들이 벽을 만들고 있었고, 그 벽을 뚫는다고 하더라도 사우디아라비아의 최고의 전사인 알 투르키가 공격을 모두 막아내었다.

하지만 그런 상황이 지속될 리는 없었다.

전사들은 조금씩 지쳐 갔고, 벽이 약해지고 있었다.

벽을 뚫고 들어오는 투싼의 헌터들의 수가 점점 늘어나 알 투르키 혼자 막아내기에는 벅찬 상황까지 찾아왔다.

"제가 돕겠습니다, 알 투르키 님!"

알 투르키를 돕기 위해 달려오는 전사가 있었다. 가장 최근 합류한, 전쟁의 참모 역할을 하고 있는 카림이었다.

카림은 검을 곧게 들고는 알 투르키를 향해 공격해 들어오는 투싼의 군대를 도륙했다.

이제 막 헌터가 되었다고는 믿기지 않는 실력이었다.

대부분의 헌터가 체력의 한계를 느끼고 있었다. 알 투르키마저 거친 숨을 내뱉고 있는 상황이었지만 카림만은 처음과 별반 다르지 않는 모습이었다.

"제가 상대하겠습니다. 그동안 재정비를 하십시오. 후퇴를 하라는 것이 아닙니다. 체력이 회복될 때까지 제가 시간을 벌겠습니다."

카림은 홀로 알 투르키를 지키는 벽이 되어 수십 명의 헌터들을 상대했다.

사방에서 들어오는 검을 검으로 막아내었고, 검이 막아내지 못한 공격은 몸으로 버텨냈다.

그의 몸은 피투성이가 되어가고 있었고, 그는 진정한 전사라고 불리기에 아깝지 않은 모습을 하고 있었다.

전쟁이 시작된 지 벌써 반나절이 흘러가고 있었다.

식사를 할 시간은 물론이고 휴식을 취할 시간도 없는 전쟁이었다.

양쪽 진영은 피로를 호소했지만 어느 진영도 후퇴할 수 없었다.

마지막이라고 생각하고 공격해 들어가는 알 투르키의 진영은 후퇴라는 단어를 머릿속에서 지워버렸고, 투싼의 진영은 시간이 지나면 지날수록 자신들에게 유리하기에 부대원들의 상태를 신경 쓰지 않고 전쟁을 지속시켰다.

하늘의 중앙에 떠 있던 태양이 서서히 서쪽으로 기울어지고 있었고, 전쟁의 신은 투싼 진영의 손을 들어주고 있었다.

쓰러진 헌터의 수로만 보면 투싼 군대의 피해가 더 컸지만, 남아 있는 헌터의 수는 투싼의 진영이 훨씬 많았다.

아직도 두 배가 넘는 병력의 우세를 가지고 있는 투싼의 군대는 마지막 돌격을 준비했다.

"이제 전쟁의 끝을 볼 시간이다. 모두 힘을 내어라. 알 투르키의 목을 베는 자는 평생을 금은보화 위에서 구르도록 만들어 주겠다. 영웅이 될 준비가 된 자들은 앞으로 나아가라!"

자신의 미래를 천국으로 만들어 줄 존재가 앞에 있었다.

저자의 목을 베기만 한다면 모든 사람들이 우러러보는 영웅이 될 수 있다.

1부대에는 알 투르키를 존경하는 헌터들도 많이 있었지만 무하마드의 불호령과 협박에 서서히 물들어 갔고, 지금은 존경심보다 자신의 안위를 더 중요하게 생각하고 있었다.

이처럼 지휘관이 누구냐에 따라 부대의 성향이 백팔십도 바뀌게 되기 마련이다.

"목을 내밀어라!"

엄청난 수의 헌터들이 파도처럼 알 투르키를 향해 돌진해 오고 있었다.

최후의 벽인 카림이 저 파도를 막기에는 버거워 보였다.

Chapter 2

두 얼굴의 그림자

시체를 뜯어 먹는 파리처럼 투싼의 병력들이 알 투르키를 향해 달려들었다.

그들의 눈에는 알 투르키가 사람이 아니라 돈이 든 자루로만 보였고, 돈 자루의 주인이 자신이라고 생각하고 있었다.

"알 투르키 님, 피하십시오. 제가 시간을 벌겠습니다."

카림은 온몸에 피가 나는데도 검을 다시 한 번 들어 올려 공격을 막아내었다.

사방에서 들어오는 공격을 몸으로 막아내는 그의 모습을 볼 수밖에 없는 알 투르키는 자신의 무력함을 원망했다.

"이렇게 끝나는 것인가! 카림, 너의 말을 듣지 않은 나를 탓해라. 지옥에서 이번 생의 잘못을 너에게 회개하겠다. 모든 전사들이여, 마지막 불꽃을 태워라."

이곳이 자신들의 무덤이 될 것이라는 것을 예상하고 있는 알 투르키의 전사들은 마지막 남은 생명의 불꽃을 태우기로 다짐했다.

마지막 가는 길을 자신들이 존경했던 사람과 함께하는 것을 그들은 후회하지 않았다.

그렇게 전투가 끝나려 하고 있었다.

"으아아아!"

어디선가 들려오는 환호성.

지금 이런 환호성을 지를 수 있는 사람은 투싼의 진영만이 가능했다.

하지만 환호성은 전방이 아니라 후방에서 들려오고 있었다.

알 투르키에게 자신도 모르는 동맹군이 출현한 것이었다.

*   *   *

이란은 이유를 알 수 없는 전염병으로 죽어가고 있었다.

일반인은 물론이고, 헌터들까지 전염병에 시름시름 앓아갔다.

전염병을 초기에 진화하지 못한 것이 실수였다.

다른 전염병과 달리 리도칸이라고 불리는 이 전염병은 치사율이 매우 낮았다.

몸이 정말 좋지 않은 사람이 아니라면 죽는 일이 없었다.

그랬기에 초기에 적절히 대응하지 못한 것이었다.

단순히 영양분을 제대로 섭취하지 못한 사람이 아픈 것이라고만 생각했다.

그렇게 시간이 지나 전염병이 이란의 도시 모두를 장악했을 때, 비로소 전염병의 무서움을 알게 되었다.

리도칸에 감염된 사람은 천천히 신체의 기능이 떨어졌고, 나중에는 겨우 숨만 쉴 수 있었다.

다른 사람이 영양분을 제공해 주지 않으면 굶어 죽을 정도로 최소한의 신체 기능만이 작동했다.

이란은 리도칸을 치료하기 위해 모든 의사와 연구원들을 투입했지만 전염병이 모습을 드러낸 지 반년이 지나도 해결하지 못하고 있었다.

만 5천 명에 달하던 헌터들이 1만으로 줄어들었다.

헌터들은 일반인보다 병에 대한 내성이 강했다. 그런 헌터들의 1/3이 리도칸에 감염되었다면 일반인들은 어떻게 되었을까?

이란은 급속히 죽음과 가까워지고 있었다.

그래도 의사들과 연구원들의 노력으로 더 이상 전염병이 퍼지는 것을 막았지만 치료제를 만들지는 못했다.

전염병의 문제를 해결하기 위해 이란의 통치권자인 대통령과 헌법수호위원회, 그리고 국가지도자협의회에서 헌터 협회로 이름을 바꾼 협회의 수장들이 모여 하루도 빠짐없이 회의를 했다.

"다른 국가의 도움을 받아서라도 리도칸의 치료제를 찾아야 합니다. 더는 환자들의 생명을 유지시킬 방법이 없습니다. 환자들에게 들어가는 돈이 천문학적입니다. 이대로 환자들에게 더 투자한다면 이란의 미래는 없습니다."

"지금 무슨 말을 하는 겐가! 이대로 환자들을 죽이자는 말인가."

"페르시아의 역사를 우리 손으로 끊을 생각이 아니라면 극단적인 선택을 해야 합니다. 환자들을 안고 가기에는 우리의 국력이 위태위태합니다."

팽팽한 기 싸움이 회의장 안에서 벌어졌다.

누구의 말이 옳고 그른지는 알 수 없다.

환자를 살려야 한다는 책임감과 나라를 지속시켜야 한다는 의무감의 싸움이었기에 어느 한쪽의 편을 들 수가 없는 것이었다.

"대통령님! 한국에 있는 카인트 헌터 회사에서 연락이 왔습니다."

"카인트 헌터 회사라면 아이템 판매로 급부상한 기업이지 않은가? 이란까지 지점을 늘리려는 생각인가? 지금 우리의 상황을 알고 그런 결정을 내린 것인지. 누가 회사를 운영하고 있는지는 모르겠지만, 우리를 놀리려는 생각이 아니라면 머리에 돌이 가득한 놈이겠군. 그딴 회사와 대화할 시간은 없다. 우리는 전염병에만 집중해야 한다."

"하지만… 리도칸을 치료할 방법을 알고 있다고 합니다."

"뭐라고! 당장 롱구스를 가지고 오너라."

이란은 경제 구조가 폐쇄적이었지만 롱구스는 가지고 있었다.

장거리 연락이 가능한 롱구스는 선택이 아니라 필수였다.

"현 이란 대통령 하산 네자르일세. 정말 리도칸을 치료할 방법이 있는 것인가!"

─저는 카인트 헌터 회사의 경영 이사를 맡고 있는 강현수입니다. 우리는 이란에 발병한 리도칸이라는 병에 관심을 가지고 연구를 했습니다. 완전히 새로운 전염병이었기에 연구가 쉽지는 않았지만 우리 회사의 연구원들이 리도칸을 치료하는 방법을 찾아내었습니다. 리도칸은 지구에서 생긴 병이 아니라 악마의 탑에서 넘어온 병입니다. 그래서 치료법을 찾지 못한 것입니다.

"악마의 탑에서 전염병을 가지고 왔다는 뜻인가?"

─그렇습니다. 리도칸은 몬스터들의 내장에 서식하고 있는 병균들로 인해 전염이 됩니다. 공기나 체액을 통해 전염되지는 않지만, 몬스터의 시체를 먹을 경우 적은 확률로 인간에게 감염이 됩니다. 감염된 순간부터 그 병균은 변종을 만들어 냅니다. 지금 이란에 퍼져 있는 전염병은 몬스터 내장에 서식하는 병균의 변종입니다.

"리도칸이 몬스터 내장에 서식하는 병균이고, 감염되려면 몬스터 시체를 먹어야만 하단 말인데, 그렇다면 우리 헌터 중에서 몬스터의 시체를 먹은 사람이 있다는 말인가."

─그렇습니다. 많은 실험을 통해 다른 방식으로는 감염되지 않는다는 것을 알아내었습니다. 몬스터 고기가 비린 향을 풍기고 독성이 있기에 일반적인 헌터들은 아무리 배가 고파도 몬스터의 시체를 섭취하지 않습니다. 하지만 독특한 취향을 가지고 있는 사람은 항상 존재합니다.

"믿을 수가 없네."

―믿기 힘드셔도 믿으셔야 합니다. 많은 양의 치료제를 만들지는 못했지만 만드는 대로 치료제를 보내도록 하겠습니다.

"고맙네. 우리가 보상으로 무엇을 해주면 되는 것인가? 치료제 한 병을 얼마에 구입하면 되겠는가?"

―돈은 필요 없습니다. 전염병에 걸린 사람을 상대로 장사할 정도로 우리 기업은 악독하지 않습니다. 정 도와주고 싶으시다면⋯⋯.

"계속 말해 보게나. 우리 나라의 은인이나 다름없는 사람의 부탁이니 무엇이든 들어주겠네."

―조금 무리한 부탁일 수도 있습니다. 하지만 우리의 부탁을 들어줄 나라는 이란뿐입니다.

"말해 보게나. 들어주겠네."

―현재 사우디아라비아에서는 왕권 전쟁이 벌어지고 있습니다. 사우디아라비아는 물론이고 아랍에미리트와 이라크의 군대까지 포함된 국제적인 전쟁입니다.

"알고 있네. 우리에게도 합류 요청이 왔었네. 자네도 잘 알고 있겠지만, 지금 우리 나라는 전쟁을 할 여유가 없어 거절했었다네. 우리가 전쟁에 관여하면 되는 것인가? 어느 진영을 도우면 되는가?"

―우리 카인트 헌터 회사는 알 투르키를 돕기로 결정했습니다. 이미 많은 아이템과 물자를 알 투르키에 지원해 주었습니다. 하지만 물자만으로는 전쟁에서 이기기 힘듭니다. 이란의 헌터들

이 투입된다면 전쟁의 판도를 알 투르키 진영으로 넘어가게 할 수 있습니다. 이라크와 아랍에미리트의 헌터 수를 합쳐도 이란의 헌터 수에 미치지 못한다고 알고 있습니다.

"맞는 말일세. 자네 회사에서 만든 치료제가 정말 리도칸을 치료한다는 것을 확인하면 그 순간 알 투르키 진영으로 우리 헌터 모두를 투입시키겠네."

—알겠습니다. 며칠 안에 우리 회사의 상단이 이란을 지나갑니다. 그들에게 리도칸을 치료하는 치료제를 맡겨 두었습니다. 빠르면 오늘이라도 우리 회사의 상단이 도착할 수도 있습니다.

"대통령님! 카인트 헌터 회사의 상단의 책임자라는 사람이 찾아왔습니다."

"당장 들어오라고 하게나!"

—벌써 도착했군요. 그럼 꼭 약속을 지켜 주시기 바랍니다.

강현수의 말은 부탁이었지만 받아들이는 입장에서는 협박이나 다름없었다.

국민의 절반 정도가 리도칸에 감염되어 있었다. 카인트 헌터 회사에서 치료제를 공급해 주지 않는다면 치료할 방법이 없었다.

치료제가 확실하다면 카인트 헌터 회사의 요청에 따라 알 투르키를 도와야 했다.

"안녕하십니까. 저는 카인트 헌터 회사의 상단을 책임지고 있는 추용택입니다. 우리 회사와 연락을 하셨는지는 모르겠지만, 저는 리도칸을 치료할 수 있는 약을 가지고 왔습니다."

추용택이었다. 그는 한국을 떠나 알 투르키에게 물자를 공급해 주고는 바로 이란으로 들어왔다.

순서상으로 본다면 이란을 거쳐 사우디아라비아로 가는 것이 맞았지만, 강현수의 요청에 따라 알 투르키에게 물자를 공급해 준 다음 이란에 연락을 했다.

알 투르키가 왕권을 차지하게 되었을 때를 생각하면, 강현수는 다급한 상황에서 도와주어야 한다고 생각했다.

만약 추용택이 하루라도 늦게 이란에 도착했다면 사우디아라비아의 역사는 크게 바뀌었을 것이다.

"당장 이 치료제를 리도칸 환자들에게 투여해라!"

카인트 헌터 회사에서 가지고 온 약이 정말 치료제인지, 아니면 독약일지 모르는 상황이었다.

하지만 지금은 그들을 믿는 것 말고는 다른 수가 없었기에 확인 작업을 무시하고 바로 리도칸 환자에게 치료제를 투여할 것을 지시한 이란 대통령이었다.

리도칸 환자 중에는 고위직 인사도 있었고, 회의장에서 가까운 거리에 격리되어 있는 간부도 있었다.

약의 실험은 일반인을 대상으로 하는 것이 더 나을 수도 있었지만 시급한 상황이라 직위를 따질 수 없었다.

대통령은 물론이고 헌법수호위원회장과 헌터 협회장이 함께 환자가 있는 곳으로 이동했다.

추용택도 그들에게 이끌려 리도칸 환자가 있는 병실로 향했다.

"바로 부여하겠습니다."

부유한 가문의 환자였기에 개인 의사를 두고 있었는데, 그 의사는 대통령이 직접 들고 온 치료제를 의심 없이 환자에게 투여했다.

주사기에 담긴 치료제는 서서히 환자의 몸으로 투여되었고, 즉각적으로 반응이 왔다.

숨소리가 잘 들리지 않을 정도의 환자였지만 치료제가 들어가는 순간 목으로 숨을 쉬기 시작했다. 그리고 서서히 혈색이 밝아졌다.

그렇게 10분이 지나자 환자의 눈이 떠졌고, 마른입으로 말을 하기 시작했다.

"대통령님이 직접 치료제를 가지고 오시다니, 가문의 영광입니다. 이전에도 그랬지만 앞으로도 국가를 위해 봉사하겠습니다."

그를 위해서 달려온 것이 아니라 치료제의 효능을 실험하기 위해 가장 가까운 거리에 있는 환자를 찾은 것이었지만 굳이 그에게 그런 설명을 해 주지 않아도 되었기에 이란의 대통령은 몸조리를 잘하라는 말만 남기고 병실을 떠났다.

"치료제가 확실하군. 우리 이란의 헌터들을 사우디아라비아로 보내겠네. 치료제의 추가 분량은 언제쯤 도착하는가?"

"이미 치료제를 가득 실은 상단이 한국을 떠나 이란을 향하고 있다고 들었습니다. 리도칸에 걸린 사람의 수가 많기에 몇 번 오가야 하겠지만, 6개월 안에 모든 사람들이 리도칸에서 벗어날 수 있게 하겠습니다."

"고맙네. 이 은혜를 알 투르키의 승리로써 갚도록 하겠네. 그리고 이란에 카인트 헌터 회사의 분점을 만들 수 있게 도와주겠네. 우리 헌터들이 사용하는 아이템도 전부 카인트 헌터 회사의 무기로 교체하겠네."

"감사합니다. 그럼 저는 바로 한국으로 출발하도록 하겠습니다. 하루라도 빨리 치료제를 실어 와야 되지 않겠습니까."

"부탁하네. 식사도 제대로 대접하지 못하고 보내서 미안하네."

"아닙니다. 모든 국민들이 치료되면 그때 식사를 대접받겠습니다."

"그때가 오면 이란의 모든 음식을 맛볼 수 있도록 하겠네."

*   *   *

"알 투르키 님! 후방에서 이란의 헌터들이 우리를 돕고 있습니다! 헌터의 수가 1만에 달합니다!"

죽음을 기다리고 있던 알 투르키의 진영에 희망의 꽃이 피어올랐다.

"페르시아의 정기를 받은 전사들이여, 우리의 친구를 도와 적들을 사막의 먼지로 만들어 버려라!"

"우와아아아!"

엄청난 기세로 달려드는 이란의 헌터들은 알 투르키의 진영을 도와 투싼의 군대를 압도하기 시작했다.

순식간에 전쟁의 판세가 뒤집혔고, 여유로웠던 대신들은 다급해졌다.

"이란의 헌터가 합류했습니다. 이제는 우리가 불리해졌습니다."

"이 상황을 어떻게 대처해야 하는가! 빨리 답을 찾아라."

"성벽을 끼고 방어한다면 시간을 벌 수는 있지만, 그게 전부입니다."

권력의 중심을 손에 잡았다고 생각했다. 아니, 잡았었다.

한 번 잡은 권력을 놓치는 것은 죽기보다 싫었다.

그에 무하마드는 도망가기보다는 마지막 발악을 택했다.

"알 투르키 님, 입궁을 감축드립니다! 투싼 투르키의 헌터들과 병사들이 모두 항복했습니다. 이제 왕좌에 오를 일만 남으셨습니다."

알 투르키는 왕좌가 있는 곳으로 천천히 걸어갔고, 그의 수하들은 감격에 찬 눈으로 그 모습을 바라봤다.

"금과 보석으로 치장되어 있는 욕심으로 만들어진 이 왕좌를 가지기 위해 너무도 많은 피를 흘렸구나."

"알 투르키 님이 왕좌에 오르게 되셨으니 더 많은 피를 흘리지 않게 막으실 수 있습니다. 투싼 투르키와 대신들이 권력을 잡은 시간이 더 지났다면 국민들의 피로 그들의 배를 채웠을 겁니다. 숭고한 희생을 안타까워하시는 건 좋지만, 후회는 하지 마십시오. 사우디아라비아의 미래를 위해 목숨을 바친 전사들은 후회하지 않습니다."

"너무도 차갑고 딱딱하구나."

왕좌가 차가운 건지, 아니면 이 자리에 오르기 위해 자신의 형을 끌어내린 자신이 차갑다고 탓하는 건지 알 수 없는 알 투르키의 말이었다.

"모두들 고생이 많았다. 특히 많은 피를 흘리며 나를 지킨 카림의 공이 가장 크다고 할 수 있다. 그에게 나는 통합 헌터 부대의 총사령관 자리를 주겠다. 반대하는 사람이 있는가?"

전쟁이 벌어지기 전이었다면 신입 헌터에 불구한 카림에게 높은 관직을 주는 것을 반대할 사람이 많았겠지만 목숨을 바쳐 알 투르키를 지킨 방패가 된 카림의 희생을 보았기에 반대하는 사람은 없었다.

모든 헌터들과 병사들은 카림을 존경했고, 축하했다.

카림은 모두의 축하를 받으며 알 투르키의 오른편에 섰다.

전우애로 다져진 카림을 보며 알 투르키는 외쳤다.

"나는 여기서 선언한다. 국민을 위한 정치를 할 것이고, 헌터들이 중심이 되는 왕국을 만들겠다. 사사로이 권력을 사용하지 않으며 귀를 열어 소통할 것이다. 그리고 폐쇄적인 국가는 도태되기 마련이다. 나는 앞으로 여러 나라와 교류하면서 왕국의 발전을 위해 최선을 다할 것이다. 여기에 있는 모두가 나를 도와주어야만 가능하다. 왕국의 평화와 발전을 위하여!"

"알 투르키 국왕 만세!"

사우디아라비아에 축제가 열렸다. 짧은 시간이었지만 투싼 투르키와 대신들의 통치를 받으며 억압받았던 국민들은 왕국의 영용인 알 투르키가 새로운 국왕이 되자 진심으로 그를 환영했다.

하지만 그들은 모르고 있었다. 그들이 존경하는 알 투르키의 옆자리에 누가 있는지를 말이다.

*   *   *

"팀장님, 사우디아라비아의 왕권이 바뀌었어요. 우리가 지원한 알 투르키가 새로운 국왕이 되었어요. 롱구스로 통화를 했는데 앞으로는 국경을 개방하겠다고 해요. 우리 지부가 들어오는 것도 지원해 준다고 하네요. 확실히 지원을 해준 보람이 있네요."

"중동 국가와 교류를 하는 것도 나쁘지 않지. 우리 회사가 아무리 많은 돈을 번다고 하더라도 몇백 년 동안 부를 축적한 중동 국가보다는 자금력이 떨어지지. 그리고 사막의 전사들은 뛰어난 능력을 가지고 있다고 들었어. 그들이 악마와의 전쟁에 합류한다면 좀 더 쉽게 이길 수 있겠지. 그런데 악마의 탑이 너무 조용한데. 악마가 모습을 드러낸 지 벌써 반년이 흘렀는데 너무 조용해."

"그러네요. 너무 조용해요. 우리를 제외한 다른 나라들은 악마의 탑에 들어가 사냥을 재개했다고 해요. 공식적으로 악마의 탑으로의 출입을 자제해 달라고 요청하긴 했지만 당장 눈에 보이는 이득을 포기하고 싶진 않겠죠. 이제는 우리가 능동적으로 움직여야 할 것 같아요."

"헌터의 수도 충분하고, 동맹도 견고해졌으니 이제는 우리가 먼저 악마의 탑으로 들어가야겠다. 하지만 너와 나 둘만으로는 악마의 탑을 공략하는 것이 쉽지 않을 거야."

"그러면 다른 사람을 데리고 갑니까? 아무리 능력이 뛰어난 헌터라고 하더라도 우리에 비하면 능력치가 너무 떨어지잖아요. 누구를 데리고 가실 생각이세요?"

"위용욱. 용가리 통뼈인 위용욱이라면 충분히 악마의 공격을 막을 수 있어. 나도 그런 전례가 있기도 하고 말이야."

"위용욱이 방어에 특화되어 있다고는 알고 있지만 악마의 공격을 막기에는 부족해 보이는데요."

"다 방법이 있어. 위용욱을 데리고 수련장으로 와."

위용욱의 신체를 이루고 있는 뼈는 드래고니안의 것이다. 어떻게 인간이 드래고니안의 뼈를 가지고 있는지에 대해서는 이계에서도 많은 연구를 했었고, 마법사들과 함께 고서를 탐독해 봤지만 정확한 사실은 알지 못했다.

그리고 이계가 아닌 지구에서 드래고니안의 뼈를 가지고 있는 사람을 볼 줄은 꿈에도 상상하지 못했다.

처음 만나고 얼마 지나지 않아서 나는 위용욱의 뼈를 각성시켜 주었다. 각성된 드래고니안의 뼈를 가지게 된 위용욱은 헌터 중에서도 가장 강한 육체의 힘을 낼 수 있게 되었다.

하지만 악마를 상대하기에는 부족하다.

악마의 탑 5층까지의 몬스터라면 위용욱이 충분히 상대할 수 있겠지만 아이템을 착용한다고 하더라도 상층의 악마를 상대하기에는 인간의 한계가 있었다.

"저 찾으셨어요? 오랜만에 이렇게 저를 찾네요. 맨날 현수형이랑 둘이 붙어서 쿵짝거리더니 오늘은 웬일로 저를 다 찾으셨어요?"

"그동안 같이 안 놀아줘서 삐졌냐? 덩칫값 좀 해라. 그리고 네가 데리고 있는 헌터 수가 몇 명인데 그런 사소한 거로 삐지고 그러냐."

"제가 언제 삐졌다고 그러세요. 그냥 처음 헌터 회사를 시작할 때는 저와 현수 그리고 팀장님 이렇게 3명이었는데 어느새 제가 소외된 것 같아서 하는 말이죠. 저도 나름 튼튼한 몸을 가지고 있는데 좀 사용해 달라고요!"

"그래서 이렇게 불렀잖아. 앞으로는 너의 도움이 필요하다."

우리 회사의 설립 목적이 악마와의 전쟁을 대비해서라는 것은 회사 간부들에게 알려주었다. 물론 그들은 믿기 힘들다는 반응을 보였지만 정말 악마의 탑에서 악마 하나가 나온 순간부터는 믿기 시작했다.

위용욱은 단순한 성격을 가지고 있었기에 악마와의 전쟁에 대해 전혀 의심을 하지 않았고, 그렇다고 해서 조급해하지도 않았다.

그냥 자신이 하던 수련만 계속할 뿐이었다.

"용욱아, 네가 아무리 강해졌다고는 하지만 악마를 상대로는 힘들어. 너도 알고 있지?"

드래고니안의 뼈를 가진 사람은 육체적인 능력도 발달되고, 육감도 일반인에 비해 민감해진다.

악마의 모습을 실제로 본 위용욱이라면 악마가 자신보다 강하다는 것을 느꼈을 것이다.

"저도 알고 있어요. 제가 방어력에 특화되어 있는 헌터라고는 하지만 악마를 상대로는 힘들겠더라고요. 어디서 그런 괴물 같은 놈이 나왔는지. 그래도 몇 번 정도는 견딜 수 있지 않겠어요?"

"아직 그런 자신감이 남아 있네. 오랜만에 현수랑 한번 대련해 볼래?"

"현수 형이랑요? 저야 상관없지만, 갑자기 웬 대련이에요."

"현수가 네 힘의 한계를 알려줄 거야."

현수는 가만히 있다가 내 말을 듣고는 소곤거리는 목소리로 귓가에 대고 말했다.

"정말 해요?"

"용욱이가 자신의 능력을 과신하지 않으려면 충격이 필요해. 지금도 악마를 상대로 몇 번은 견딜 수 있을 거라는 헛소리를 하고 있잖아. 실력의 격차를 직접 보여줘."

"팀장님, 다 들립니다. 제가 아무리 약해도 그렇지, 회사의 장부를 뒤적거리고 있는 현수 형한테 맞고 다니겠어요. 저를 너무 물렁하게 보시는 거 아니에요."

"해보면 알겠지."

위용욱은 자신을 무시하는 말에 빈정이 많이 상했는지 씩씩거리며 현수를 향해 걸어갔고, 현수는 의미심장한 미소를 지으며 위용욱이 다가오기를 기다렸다.

"먼저 오세요. 못 보는 사이 제가 얼마나 수련을 열심히 했는지 보여드릴게요. 방패를 뚫고 충격을 주면 제가 패배를 인정할게요."

펑!

위용욱이 방패를 들어 올리는 순간 현수는 주먹을 내질렀다. 그 주먹에는 고리의 기운이 가득 담겨 있었다.

정말 독하게 하네. 아무리 봐주지 말고 하라고 했어도 그렇지, 고리의 기운을 저렇게 가득 담아서 공격하면 어떡해.

"으아아악! 이거 뭐예요? 무슨 아이템을 착용하고 있길래 이런 힘을 낼 수 있는 거예요? 우웩!"

충격을 견디지 못하고 바닥을 몇 바퀴 구른 위용욱은 억울한 심정을 담아 소리를 질렀다.

그러자 목구멍이 열리며 오늘 아침에 먹은 음식물들이 입을 통해 바닥으로 쏟아졌다.

"말을 아껴야지. 속이 진탕이 되어 있을 건데. 입을 열면 토밖에 더 하겠냐. 어때? 상대해 보니까 내가 했던 말이 이해가 가지? 지금 네 능력으로는 우리에게 도움이 되지 않아. 우리는 앞으로 더 강한 악마를 상대할 거니까. 솔직히 지금 현수의 능력도 악마에 비하면 약해."

"젠장, 인간이 낼 수 있는 힘의 한계가 있잖아요. 아무리 아이템을 착용했다고 하더라도 이런 힘을 낼 수는 없어요!"

악마에 대한 관심은 눈곱만큼도 없는 위용욱은 현수의 강함에만 의문을 가지고 있었다.

"네 말이 맞아. 인간이라면 이런 힘을 낼 수 없지. 아무리 강한 아이템을 착용하고 있다고 하더라도 인간의 한계는 분명하지. 하지만 나와 현수는 인간의 한계를 뛰어넘은 사람이라고 볼 수 있어. 내가 알기로 이런 힘을 낼 수 있는 이는 나와 현수 말고는 없어."

몸속에 고리를 가지기 위해서는 마기에 대한 친화력을 가지고 있어야 한다.

많은 사람을 만나 봤지만 마기에 대한 친화력을 가지고 있는 사람은 현수 말고는 없었다.

다른 방법으로 강해지는 방법이 있다면 모르겠지만 고리를 통해 강해지는 방법이 가능한 사람은 나와 현수뿐이었다.

"뭐예요. 그러면 저는 안 된다는 말씀이에요?"

"그래. 너는 우리와 같은 방식으로 강해질 수 없어."

"그러면 왜 저를 이리로 부른 건데요."

"너는 우리와 다른 방법으로 강해질 수 있어서 불렀지."

어두웠던 위용욱의 얼굴이 화사한 꽃처럼 밝아졌다.

덩치가 산만한 성인 남성의 얼굴이 꽃처럼 변하는 것은 그리 보기 좋지 않았다.

"예전에 대표님이 너를 강하게 해줬던 걸 기억하니?"

"무슨 뼈를 각성시킨다고 그랬었죠. 그때를 제외하고 대표님을 제대로 본 적이 없어서 무슨 말인지 물어볼 기회도 없어서 그냥 그러려니 하며 지냈죠."

"대표님을 대신해 네가 강해질 수 있는 방법을 알려줄게. 너의 뼈는 일반적인 인간의 뼈가 아니라 드래고니안이라는 존재의 뼈와 매우 흡사한 구조를 가지고 있어. 우리 공장에서 아이템을 어떻게 만들고 있는지 알고 있어?"

"알고는 있죠. 등급이 설정된 아이템에 문양을 새기거나, 몬스터의 뼈에 문양을 새겨 아이템을 만드는 것으로 알고 있어요. 문양이 어떤 역할을 하는지, 그리고 어떤 방식으로 그렇게 되는지는 모르지만 대충 제가 아는 건 이게 전부예요."

"그래, 네가 아이템을 만들 것도 아니고, 그 정도만 알면 충분해. 몬스터의 뼈에 문양을 새겨 특수한 방식으로 문양을 활성화시키면 고유의 능력을 가지게 되지. 몬스터 뼈가 아닌 다른 재질에 문양을 새기는 것도 가능하긴 하지만, 효율이 떨어져."

내가 가지고 있는 고리의 기운이 강해진다면 몬스터의 뼈가 아니라 모든 물건에 문양을 새겨 넣어 활성화시킬 수 있다.

하지만 지금은 몬스터의 뼈처럼 마기에 대한 친화력이 높은 재질의 재료에 문양을 새겨 넣는 것이 더욱 효과적이었다.

"혹시 제 몸에 있는 뼈가 몬스터의 뼈처럼 아이템으로 만들기에 적합한 재료라는 말씀이세요?"

"그래. 그렇다고 해서 네 몸에 있는 뼈를 추출해서 아이템을 제작하겠다는 것은 아니고."

"당연하죠! 아무리 팀장님이라고 하더라도 제 뼈를 주고 싶지는 않아요!"

"어렵게 말해 봐야 달라지는 건 없으니까. 쉽게 설명할게. 네 힘을 강하게 만들 방법이 있어. 그 방법이 뭐냐면 네 몸에 있는 뼈에 문양을 새겨 넣는 거지. 모든 부위에 말이야. 손가락뼈는 물론이고, 갈비뼈 한 대 한 대까지 모두 다 문양을 새겨 넣는 거야. 그렇게 하면 너는 걸어 다니는 아이템 창고가 되는 거지. 신체적 능력치는 지금보다 수십 배는 강해지고 공격력과 방어력, 그리고 다른 특수한 능력까지 가지게 된다."

"정말이세요? 그러면 무조건 해야죠! 저는 강해지고 싶어요. 강해져서 팀장님과 현수 형과 함께 악마를 사냥하고 싶어요. 뭔가 소외되는 기분을 더는 받고 싶지 않아요."

"쉬워 보이지만 매우 고통스러운 작업이 될 거야. 생살을 발라 내 뼈가 드러나게 한 후 문양을 새겨야 해. 고통을 줄여주는 마취제와 약을 투여하긴 하겠지만 모든 고통을 줄일 수는 없어. 차라리 죽는 게 나을 것 같은 고통일 수도 있어."

"제가 필요한 거죠? 엄청나게 고통스러운 작업을 통해서라도 제가 강해져야 하는 이유가 있어서 이런 말을 하시는 거잖아요. 제가 필요하면 당연히 도와드려야죠. 저는 준비가 되어 있어요. 아무리 고통스러운 작업이라도 강해진다면 참을 수 있어요."

*　　　　　*　　　　　*

사우디아라비아의 회의실은 정갈한 흰색과 부드러운 녹색의 구조물로 이루어져 있어 회의에 참석하는 사람들이 다시 한 번 생각하고 말을 뱉도록 설계되어 있었다.

하지만 그런 설계자의 노력과는 상관없이 고성이 오고 가고 있었다.

"지금 그게 말이 되는 소리인가! 아무리 자네가 알 투르키 국왕님의 총애를 받고 있다고는 하지만 할 수 있는 일이 있고, 해서는 안 되는 일이 있다네."

형제간의 전쟁이 끝나고 요직은 승자의 진영에서 차지했지만 알 투르키의 진영에서 머리를 쓰는 인재는 드물어서 투싼의 진영에서 개입도가 낮은 인재들을 선발해 요직을 맡겼다.

투싼이 권력의 중심인 시대는 대신들이 권력을 가지기에 좋은 시대였다.

하지만 그들은 그러지 않았다. 한발 물러나 냉정하게 법안들을 확인했고, 사적인 이익보다는 나라를 생각하는 애국자들이었다. 그러니 권력의 유혹을 이길 수 있었다.

이번 왕권에서도 그들은 중립을 유지하며 냉정하게 반응했다.

알 투르키의 말이라면 무조건적으로 수용하는 사람들을 비난했고, 조금이라도 잘못된 점이 보이면 가감 없이 잘못을 지적했다.

"피를 피로 갚는 것이 왜 말이 안 되는 소리라고 생각하십니까? 우리가 입이 아닌 몸으로 정치를 한다고는 하지만, 사실을 왜곡하지는 않습니다. 투싼의 진영을 도와 두 국가가 우리를 공격했습니다. 카인트 헌터 회사와 이란의 도움이 아니었다면 우리는 지금 이곳에 있지도 못했습니다. 그들에게 감사의 인사를 표하는 것도 중요하지만 우리에게 칼을 들이민 국가에게 우리의 힘을 보여줄 필요성도 있습니다. 우리는 사막의 전사들이며, 사막의 전사들은 은혜와 복수를 참지 않습니다."

이 말을 하는 사람은 다름 아닌 카림이었다.

중립파 대신들은 알 투르키의 진영에서 그래도 카림과는 말이 통한다고 생각하고 있었다. 정말 말도 안 되게 수도 가운데 황금으로 만든 알 투르키의 동상을 세우자는, 맹목적으로 알 투르키를 따르는 사람과는 달리 민생을 위한 법안을 생각할 줄 아는 사람이 카림이었다.

하지만 이번에는 대립할 수밖에 없는 상황이었다.

전쟁에서 많은 피를 흘린 지금은 새로운 전쟁이 아니라 피를 수혈할 시기였다.

하지만 카림은 피를 다른 국가의 피로 채우려고 하고 있었다.

물론 그 방법이 나쁘기만 한 것은 아니지만 위험성이 컸다.

"지금 우리가 가지고 있는 헌터의 수는 겨우 7천에 불과하네. 투싼의 진영에서 헌터들을 영입했다고는 하지만 이 숫자로는 전쟁을 벌이기에 적합하지 않네. 살이 붙기까지 기다리는 것도 나쁘지 않다고 생각한다네. 재정비를 마치고 전쟁을 시작해야 되지 않겠는가."

중립파는 무조건적인 반대를 하는 것은 아니었다.

상식적으로, 그리고 냉정하게 생각해서 지금은 전쟁을 시작할 시기가 아니라고 생각했기에 내린 결정이었다.

하지만 알 투르키를 맹목적으로 따르는 사람들에게는 상식과 냉정은 중요하지 않았다.

단지 알 투르키에 반하는 행동을 한 국가를 처단해야 된다고만 생각했고, 카림의 의견에 열광했다.

머리보다 몸을 사용하는 것을 즐기는 헌터들은 사막의 거친 풍파를 견디며 숨어 지냈던 시간을 보상받기 위해서라도 두 국가를 처단하고 싶어 했다.

"다들 조용히 하도록. 나는 이번에는 카림의 의견에 동의한다. 지금은 전쟁하기 좋지 않은 시기라는 의견도 틀렸다고 볼 수 없지만, 우리 왕국의 발전을 위해서는 엉킨 실타래를 푸는 것이 우선이라고 본다. 뒤를 돌아봐야만 하는 상황에서 무슨 발전이 있겠는가. 그리고 이번 전쟁은 영토를 침략하거나 사람을 학살하기 위한 게 아니다. 사과를 목적으로 하는 전쟁이다. 압도적인 힘으로 사과를 받아 낸다면 희생이 많지 않을 것이며 시간도 많이 걸리지 않을 것이다."

알 투르키가 결정을 내렸다. 이제는 중립파의 대신들이 아무리 자신의 의견을 피력해 보아도 달라지지 않는다.

그들은 어쩔 수 없이 알 투르키의 말을 따라 전쟁을 준비해야 했다.

"옳으신 선택이십니다. 우리 왕국의 권력에 손을 대려고 했던 두 국가에게 우리의 힘을 보여주어야 합니다."

이렇게 다시 중동 지역에서 전쟁이 시작되려고 했다.

*　　　　*　　　　*

"으아아아아!"

위용욱이 소리를 질러대기 시작했다.

그의 눈은 붉게 충혈되어 있었고, 입과 코, 그리고 눈에서는 연신 물이 흘러나오고 있었다.

스스로를 고통을 모르는 사람이라고 자신했던 위용욱이었지만 지금의 고통은 인간이 참아내기 힘든 고통이었다.

"진통제를 더 투여해."

"팀장님, 이미 더 투여했어요. 진통제가 소용이 없어요. 이러다가 정말 큰일 나겠습니다."

모르는 사람이 지금 위용욱의 모습을 본다면 고문을 당하고 있다고 생각하기에 딱 좋았다.

팔뚝의 살이 전부 도려내져 있었고, 도려내진 팔뚝은 허연 뼈가 고스란히 드러나 있었다.

나는 드러난 뼈에 문양을 빼곡하게 새겨 넣었다.

보호의 문양부터 공격의 문양까지, 다양한 문양을 규칙에 맞게 새겨 넣었는데, 이 문양들이 활성화되면 지금보다 몇 배는 강한 능력치를 가지게 될 것이다.

하지만 쉽지 않은 작업이었다.

이제 겨우 팔뚝에 문양을 새겨 넣었을 뿐인데 위용욱은 눈을 뒤집으며 소리를 질러대고 있었다.

"팔뚝에는 작업을 마쳤어, 빨리 천사의 눈물을 발라줘."

발라낸 살을 다시 붙이고는 그 위에 천사의 눈물을 병째로 쏟아부었다.

천사의 눈물의 엄청난 효능에 위용욱의 팔은 빠른 속도로 재생되었다. 고통도 잠잠해졌는지 비명을 지르지 않았다.

하지만 이제 겨우 10% 정도의 작업이었다.

"이번에는 다리에 작업을 시작한다. 진통제를 준비해."

"젠장, 오래 살다 보니 별 이상한 장면을 다 보게 되네요. 사람의 생살을 도려내 문양을 새겨 넣을 생각을 하다니."

"지금 바로 들어간다. 바로 진통제를 투여해!"

"으아아아아!"

마취제와 진통제를 동시에 투여해 봤지만 고통은 줄어들지 않았고, 위용욱은 생살을 뜯어내는 고통을 느꼈다.

최대한 빠르게 작업을 마치고 위용욱의 입에서 더는 비명이 나오지 않게 해주고 싶었지만 조급함은 작업을 망치는 지름길이었다.

수천 번은 더 새겨본 문양이었기에 실수할 리는 없었지만 그래도 완벽을 추구해야 했다.

다른 아이템에 문양을 새기는 것이라면 조금 실수하더라도 다시 문양을 그려 넣으면 그만이었지만 지금은 살아 있는 사람의 뼈에 문양을 새기고 있었기에 실수는 곧 위용욱의 고통의 시간을 늘려주는 것이었다.

밝은 달이 하늘을 비추고 나서야 작업이 끝났다. 탈진한 위용욱은 숙소로 데려다 놓았다.

"그런데 정말 몸에 문양을 새기는 게 효과가 있을까요? 우리처럼 고리의 기운이 아닌 신체적인 능력치만 올린다고 해도 큰 효과는 없어 보이는데요."

"조만간 다시 대련하게 해줄게. 백 마디 말보다 직접 몸으로 목격하는 게 나으니까."

이틀 꼬박 잠에 빠져 있던 위용욱이 눈을 떴다.

"몸은 좀 어때? 통증이 느껴지지는 않고?"

"아아아!"

"왜 그래? 통증이 느껴지는 부위가 있어? 치료를 완벽하게 해서 이럴 리가 없는데."

"배가… 너무……."

"배가 아파? 갈비뼈에 문양을 새겨 넣을 때 뭔가 잘못되었나?"

"그게 아니라 배가 고파요."

"미친……. 그래, 일단 밥부터 먹고 시작하자. 하루에 다섯 끼를 먹는 사람이 이틀 동안 한 끼도 못 먹었으니 몸에 이상이 오는 게 당연하지."

식당으로 이동한 우리는 미친 듯이 음식을 입안에 부어 넣는 위용욱의 모습을 관람하고는 다시 개인 수련장으로 이동했다.

"어때, 몸이 달라진 게 느껴져?"

"아직은 잘 모르겠어요. 마치 몸에 맞지 않는 옷을 입은 느낌이에요."

"아직 적응이 안 돼서 그래. 간단하게 몸을 풀어봐. 그리고 다시 대련을 하자. 전투만큼 새로운 몸을 적응하는 데 좋은 것은 없지."

위용욱은 몸에 익숙해지기 위해 다양한 방법으로 몸을 풀었다. 한쪽에서는 현수가 손을 풀며 대련을 준비했다.

"이번에도 전력으로 상대해요? 이번에는 몇 대나 견딜지 모르겠네요."

"너무 만만하게 생각하지 않는 게 좋을 거다."

"그래도 고리의 기운이 없는 일반인에게 제가 질 리는 없잖아요."

"그건 대련이 끝나면 알겠지."

대련은 시작되었다. 위용욱은 저번과 다르지 않게 방어를 선택했다. 현수가 먼저 위용욱을 향해 움직였다.

곧게 선 방패를 향해 고리의 기운이 담겨 있는 다리로 발차기를 시도하는 현수였다.

강한 기운이 서려 있는 현수의 다리는 공기를 가르는 소리와 함께 위용욱의 방패를 향해 빠르게 들어갔다.

교통사고에서나 들릴 법한 굉음이 위용욱의 방패에서 울려 퍼졌다.

"견딜 만해?"

"전과 같은 힘을 실은 공격인가요? 충격이 전혀 없는데요."

"그럴 리가 없는데……."

현수는 자신의 공격을 너무도 쉽게 막아내는 위용욱의 모습에 자신의 눈을 의심했고, 다시 힘을 실어 공격을 하기 시작했다.

전보다 더 많은 기운을 실은 공격이었지만 그의 공격은 위용욱의 방패를 뚫지 못했다.

머리끝까지 화가 솟구쳐 오른 현수는 전신에 기운을 뿜어내며 위용욱을 압박하기 시작했고, 빠른 발을 이용해 방패로 몸을 막지 못한 부위를 집요하게 공격했다.

하지만 그의 공격은 그렇게 성공적이지 못했다.

"어떻게 방패를 들고 이렇게 빨리 움직이냐. 제발 한 대만 그냥 맞아 줘라!"

"저도 맞으면 아픈 사람입니다. 고통은 지겹게 느껴 봤으니 이번에는 제가 공격할 차례인 것 같네요!"

방패로 방어만 하던 위용욱이 공격으로 전환했다.

방패는 방어에 특화되어 있는 아이템이긴 했지만, 공격을 하지 못하는 것은 아니었다.

무게가 나가는 방패를 이용해 방패 밀쳐내기 공격을 시도하는 위용욱이었고, 현수는 고리의 기운으로 몸을 보호하며 방패를 몸으로 막아내려고 했다.

하지만 그것은 좋지 않은 선택이었다.

고리의 기운이라면 충분히 방패에 실린 힘을 막아 낼 수 있다고 판단했겠지만 현수의 생각보다 위용욱의 힘이 강했다.

"어어어! 뭐야, 이게 인간이 낼 수 있는 힘이라고?"

바닥을 뒹굴긴 했지만 큰 충격을 받지 않은 현수는 바로 몸을 세웠고, 그의 얼굴에는 물음표가 가득했다.

"그러니까 내가 만만하게 생각하지 말라고 했잖아. 지금은 몸에 제대로 적응되지 않은 상태라서 이 정도지, 완벽하게 몸을 사용하게 되었을 때 이 공격을 받았으면 고리의 기운을 가지고 있는 너라도 무사하지 못했을 거다."

"이런 인간 같지 않은……."

"고리의 기운을 가지고 있는 네가 할 말은 아닌 것 같다만."

여기서 가장 놀란 사람은 현수가 아니라 위용욱이었다.

자신의 능력치가 믿기지 않는 위용욱은 현수가 멀어졌음에도 계속해서 방패를 날리며 자신의 능력치를 확인했다.

"지금이라면 악마가 아니라 악마 할아버지라도 상대하겠는데요. 정말 제가 이런 힘을 가지게 되다니. 다시 겪고 싶지 않은 고통이긴 하지만, 결과가 이 정도라면 충분히 할 만하네요."

"그렇게 생각해서 다행이다. 그럼 네가 몸에 완벽히 적응될 동안 현수랑 대련을 해. 그러고 나서 악마의 탑으로 들어가자."

"자꾸 악마의 탑으로 들어가자고 하는데, 악마의 탑으로 가서 무슨 일을 하시려고 그러시는 거예요?"

"아! 아직 제대로 설명을 안 해줬구나. 악마와의 전쟁의 진도가 너무 느려서 확인해 보려고 그래. 이미 전쟁이 일어나고도 수십 번은 더 일어났어야 하는 상황인데, 악마의 탑이 너무 조용해. 악마들이 무슨 일을 꾸미는지 알아야겠어. 이대로 가만히 있을 수만은 없잖아. 능동적으로 움직여야지."

"이거 기대되네요. 악마의 탑 고층은 어떨지, 그리고 악마는 얼마나 강할지 기대가 돼서 심장이 두근거립니다."

"너무 큰 기대는 하지 않는 게 좋을 거다. 이름 그대로 악마 같은 놈들이니까."

위용욱이 몸에 적응하는 데는 오랜 시간이 걸리지 않았다.

워낙 센스가 좋기도 했고, 현수가 옆에서 대련하며 도와줬기에 빠르게 몸에 적응했다.

그러는 동안 나는 위용욱의 방패를 한층 더 강화시켜 주었고, 다른 아이템도 준비해 주었다.

"이제 가면 되나요? 설레서 어젯밤에 제대로 못 잤어요."

"거짓말도 잘한다. 네 코 고는 소리 때문에 옆방의 헌터가 잠을 설쳤다고 하던데."

"말이 그렇다는 거죠. 제가 잠을 설치는 걸 본 적 있으세요. 다른 건 몰라도 먹는 거랑 자는 거는 어디서든 할 자신이 있어요."

"그래, 자랑이다. 헛소리는 여기까지 하고, 악마의 탑으로 들어가자."

한국에서 유일하게 남은 데빌 도어가 회사 근처에 있었다. 우리는 그 데빌 도어를 통해 악마의 탑으로 들어갔다.

오랜만에 들어가는 악마의 탑이었기에 위용욱과 마찬가지로 설레는 마음으로 데빌 도어에 엉덩이를 붙였다.

Chapter 3

악마의 사정

"악마의 탑은 여전하네요. 몬스터들의 능력도 다르지 않고, 딱히 위험 요소도 보이지 않네요."

　"이제 1층이라서 그렇지. 고층으로 갈수록 달라질 거야. 괜히 저층에서 시간 보내지 말고 바로 6층으로 올라가자. 6층에는 악마가 자리를 잡고 있을 거다."

　혹시나 하는 마음에 악마의 탑을 1층부터 시작했지만 다른 모습 하나 보이지 않았기에 우리는 아이템을 이용해 바로 악마의 탑 6층으로 올라갔다.

　"악마의 기운이 느껴지지 않는데요. 팀장님은 느껴지시나요?"

　"아니, 나도 느껴지지 않아. 무슨 일이 있는 거지."

　"악마의 탑에 몬스터나 악마가 없는 경우도 있나요?"

"악마의 탑 고층으로 가면 몬스터는 없고 악마만 있는 경우는 있어도 지금처럼 아무도 없는 경우는 드물어. 아니, 없어."

"그렇다면 무슨 꿍꿍이를 가지고 있다는 말 같은데요."

"그래. 분명 악마들을 모아 무슨 일을 저지르려고 하는 거 같아. 위험하긴 하지만 다음 층으로 올라가자. 여기까지 왔는데 빈손으로 돌아갈 수는 없잖아."

위험한 상황이 찾아올지도 모르지만 그래도 우리는 앞으로 나아갔다.

악마의 탑에는 보통 한 마리의 악마가 있었기에 악마의 탑으로 오른 것이긴 하지만 만약 다음 층에 많은 수의 악마들이 대기하고 있다면 우리가 당할 가능성도 있었다.

"많은 수의 악마의 기운이 감지됩니다!"

"그래, 나도 느껴져. 최소 다섯 마리 이상의 악마들이 악마의 탑 7층에서 대기하고 있었어. 하지만 서열이 높은 악마는 없어 보인다. 이 정도 기운이면 악마의 탑 6층을 지키고 있어야 할 악마의 기운이야. 저들이 왜 악마의 탑 7층에 있는지 이유를 알아내야겠어."

우리는 위용욱의 방패를 앞장세워 악마들을 향해 걸어갔다.

악마들은 자신들의 존재에 대한 자부심이 강했고, 인간을 벌레처럼 취급했었다.

당연히 우리가 자신들의 영역을 침범했다는 것을 아는 순간 공격하기 마련이었다.

아니면 심심함을 달래기 위해 우리에게 장난을 칠 것이다. 하지만 지금은 그 둘 모두 아니었다.

악마들은 우리에게 눈길 한 번 주지 않고, 한곳을 멍하니 응시하고만 있었다.

"이거 우리가 너무 무시받는 것 같은데요. 아무리 우리가 인간이라도 그렇지, 인사 정도는 해도 될 건데……."

용욱이의 말에 나도 동감했지만 현수는 다른 반응을 보였다.

"악마들을 상태가 정상이 아니에요. 눈에 초점도 없어 보이고, 마치 누군가에게 정신을 지배당하는 모습 같아요."

"그러네. 마치 로봇 같은 모습이야. 여기서 악마들의 정신을 지배할 만한 존재라면 상위 악마밖에 없는데 왜 같은 악마끼리 정신을 지배하고 있는 거지?"

"이제 그걸 알아봐야죠."

우리는 천천히 정신이 지배당한 악마들에게 다가갔다.

"가까이서 보니 확실히 알겠네. 이렇게 건드려도 전혀 반응을 하지 않고 있잖아. 악마를 골렘으로 만들어버렸어. 이렇게 된 김에 손쉽게 악마들을 사냥하자."

"누가 만들어준 기회인지는 모르겠지만 악마의 탑에서 제 힘을 처음 사용하는 게 정신을 잃은 악마라니 조금 아쉽네요."

"헛소리하지 말고 방패나 휘둘러."

찾아온 기회를 발로 찰 필요는 없다. 누군가의 의해 멈춰져 있는 악마들의 심장을 공격해 마기의 정수를 뽑아내었다.

다섯 마리의 악마들은 자신들의 마기의 정수가 빠져나가는 것도 인지하지 못하는지 그대로 선 자세에서 소멸을 맞이했다.

"마기의 정수랑 아이템만 챙기고 바로 다음 층으로 이동하자."

"다음 층도 악마들이 이런 모습을 하고 있었으면 좋겠네요."

"일단 가보면 알겠지."

아이템과 마기의 정수를 보관 상자에 담고는 바로 악마의 탑 8층으로 올라갔다.

악마의 탑 8층은 7층과는 확연히 다른 곳이다. 오염된 정령의 정수를 흡수해 고리의 기운을 많이 회복했다고는 하지만 악마의 탑 8층의 주인인 악마를 상대로는 쉽지 않았다.

지지 않을 자신은 있지만 아무런 피해를 입지 않고 사냥할 자신은 없었다.

"8층에서 많은 수의 악마의 기운이 감지되네요."

"나도 느껴져. 방금 전에 사냥한 악마들보다 강한 기운을 가지고 있는 걸로 봐서는 7층의 악마들로 보이는데 왜 8층에 있는 걸까. 그리고 7층의 악마들을 이렇게 만들 능력이 있는 존재라면 못해도 최상위권 악마 같은데. 왜 이런 짓을 벌이는지 도저히 이해가 가지 않아."

점점 머리가 복잡해지기 시작했다.

아무런 피해 없이 악마의 수를 줄일 수 있는 것은 좋았지만 이유를 알지 못하는 상황이었기에 불안감이 느껴졌다.

이제는 선택을 해야 했다.

"8층 정리도 끝난 것 같은데. 결정을 내려야 해. 이대로 돌아갈래, 아니면 9층으로 올라갈래? 9층이 아니면 10층에 이런 짓을 저지른 악마가 있을 텐데 우리만으로 상대하기는 벅차 보여."

"저도 그렇게 생각해요. 차라리 악마의 탑을 빠져나가 다시 들어와 7, 8층을 다시 공략하는 게 좋지 않을까요?"

"악마의 탑을 리셋시키자는 말이지."

"네. 다른 곳도 이런 환경이라면 우리는 손도 안 대고 코를 풀수 있어요. 괜히 위험을 자초하는 것보다는 이득을 챙기는 쪽으로 움직이는 게 좋아 보이네요."

"그래, 그렇게 하자. 악마의 수를 줄일 기회가 많지 않으니 지금은 악마의 수를 줄이도록 하자."

우리는 데빌 도어를 이용해 악마의 탑을 빠져나왔고, 곧장 다시 악마의 탑으로 들어갔다.

랜덤으로 바뀌는 악마의 탑이었기에 우리는 새로운 환경의 악마의 탑으로 이동되었다. 거기에서는 같은 모습으로 정지되어 있는 악마들이 우리를 기다리고 있었다.

하루 사이에 소멸시킨 악마의 수는 50마리가 넘었다.

지금 악마 하나를 줄이게 되면 본격적인 악마와의 전쟁에서 100명의 헌터를 살리는 효과가 있었기에 나쁘지는 않은 결과였지만 악마들이 왜 이런 모습을 하고 있는지, 그리고 무엇을 위해 이러는 건지 모르는 상황이었기에 마음이 편하지 않았다.

*   *   *

"전쟁의 준비를 마쳤습니다. 이번 전쟁은 오로지 우리 왕국의 건재함을 알리기 위한 것이기에 우리를 지원해 주겠다는 국가들의 지원을 모두 거절했습니다. 이란은 우리가 왕권을 잡기 위해 도와준 국가이며 혈맹적인 관계이긴 하지만, 이번 전쟁은 우리의 사적인 복수이기에 이란의 합류까지 거절했습니다."

"그래, 고생했다. 이제는 진격할 순간이구나. 모든 헌터들을 정문에 집결시켜라."

전쟁은 여러 가지 유형으로 나뉜다.

이전에는 영토를 점령하기 위한 전쟁이 가장 많이 벌어졌다면 최근에는 점령이 아니라 멸망 혹은 힘을 줄이기 위한 전쟁이 자주 일어났고, 이번처럼 복수를 위한 전쟁도 심심치 않게 일어났다.

전쟁의 유형에 따라 전쟁 방식도 크게 차이가 났다.

영토 전쟁의 경우에는 빼앗은 영토를 유지해야 했기에 많은 수의 일반병들이 필요하다. 당연히 많은 물자가 필요했고, 진군 속도는 느릴 수밖에 없었다.

하지만 이번 전쟁은 영토 전쟁이 아니라 복수를 위한 것이었고, 사우디아라비의 힘을 다른 국가들에게 알리기 위한 목적으로 벌이는 전쟁이었기에 정예 헌터들로만 전쟁을 치르려고 했다.

헌터와 일반병의 차이를 단순히 아이템의 차이라고 보는 사람도 있었지만 헌터 생활 혹은 교육을 받은 정식 헌터를 아이템을 착용한 일반병이 막아내는 것은 불가능했다. 최소 3배 이상의 숫자를 투입해야 겨우 동수를 이룰 수 있었다.

하지만 그렇게 많은 아이템을 구할 방법은 없다.

저급의 아이템이라면 구할 수 있겠지만 저급의 아이템으로는 할 수 있는 게 한계가 있었고, 그 돈을 차라리 헌터들의 아이템을 구입하는 데 사용하는 것이 이득이었다.

사우디아라비의 왕권에 개입하면서 본국의 헌터들을 대부분 잃은 아랍에미리트와 이라크는 사우디아라비아가 선포한 전쟁을 피하기 위해 많은 노력을 했지만 노력은 헛수고로 돌아갔고, 어쩔 수 없이 전쟁을 준비했다.

국력을 다해 아이템과 물자를 구입하려고 했지만 그 두 국가를 돕는 국가 또한 적으로 간주하겠다는 사우디아라비아의 말에 큰돈을 벌 수 있는 기회를 잡지 못한 국가들이었다.

"알 투르키 님, 모든 헌터들이 기다리고 있습니다."

알 투르키는 카림의 호위를 받으며 왕국의 정문을 향해 이동했다.

왕궁을 보호하기 위한 최소한의 헌터를 제외한 9천 명의 헌터들이 도열해 있는 모습은 아름다웠다.

중립을 지키던 헌터들까지 모두 포섭에 성공했기에 현재 사우디의 병력은 만 2천 명에 달했고, 3천 명만을 왕궁에 남겼다.

"전쟁이 끝난 지 얼마 지나지 않았음에도 다시 전쟁을 하려는 나를 욕해도 좋다. 하지만 이대로는 우리 왕국은 다른 국가들의 비웃음을 사게 된다. 사막의 전사들이 비웃음을 사는 것을 나는 바라볼 수가 없다. 많은 피를 흘려야 하더라도 우리의 자부심을 되찾고 싶다. 역사가 나를 욕하더라도 나는 이 선택을 후회하지 않는다."

국왕이 입기에는 너무도 단출한 알 투르키의 복장은 헌터의 것과 흡사했다.

알 투르키는 스스로를 헌터라고 생각했고, 헌터들은 당연히 그런 알 투르키를 존경하고 좋아했다.

이번 전쟁도 직접 선두에 나서 전쟁을 지휘하고자 한 알 투르키였지만 많은 대신들과 수하의 만류에 그는 왕궁에 남게 되었고, 그를 대신해 카림이 헌터들을 지휘하기로 했다.

그의 지휘력은 이전 전쟁에서 확인되었기에 헌터 생활이 길지 않은 그의 지휘를 받는 것에 반발하는 이는 아무도 없었다.

"사막의 전사들의 위엄을 보여주어라. 전갈의 독보다 전사들의 의지가 더 강하다는 것을 보여주어라."

알 투르키의 말에 헌터들은 목소리를 키워 알 투르키의 이름을 연호했다.

그렇게 중동 지역의 전쟁은 시작되었다.

빠른 속도로 진군하는 사우디의 병력이 향하는 곳은 이라크였다.

아랍에미리트는 이미 항복 선언이나 다름없는 사과를 하였다. 사우디에 비하면 영토가 작았기에 헌터의 수도 적어 사우디의 속국을 자처했다.

그들의 항복 선언을 받아들이지 않고 있는 사우디였지만 이라크에게도 사과를 받게 되면 사우디를 받아들일 것으로 보였다.

"이라크의 국경이 보입니다. 국경에는 병력이 보이지 않습니다."

카림의 도움을 받아 헌터가 되었고, 이제는 그의 오른팔을 자처하고 있는 마흐무드는 정찰대를 이끄는 지휘관으로 임명되었다.

자신이 선배 헌터들을 제치고 높은 자리에 오르게 된 마흐무드였지만 전혀 눈치를 보지 않았다.

자신의 친구이자 배경이 군에서 가장 높은 권력을 차지하고 있는 카림이었기에 그는 꺼릴 것이 없었다.

"계속 전진한다. 일차 방어선이 있는 위치까지 쉬지 않고 이동한다."

사우디의 헌터들은 한 번의 저항도 없이 이라크의 국경을 넘었다.

국경을 넘어 계속 이동했지만 여전히 이라크의 병력은 보이지 않았고, 이대로 이라크의 수도까지 가는 것처럼 보였다.

"다들 멈춰라. 전방에 매복이 예상된다."

"제가 정찰대를 이끌고 다녀왔지만 전방에는 매복이 없었습니다."

"이라크도 우리와 마찬가지로 사막과 친한 존재들이다. 사막을 이용해 모습을 감추고 있다. 사막의 모래 안에 숨어 있을 것이다. 전방에 보이는 지형은 매복하기에 최적의 요건을 갖추고 있다. 이런 지형을 이용하지 않을 정도로 이라크의 지휘관이 멍청하다고 생각되지는 않는다."

마흐무드는 자신과 정찰대의 정보를 믿지 못하는 카림의 말에 자존심이 상했지만 상관의 말에 반발할 수는 없었기에 그의 의견에 따라 다시 정찰을 나섰다.

그는 모르고 있겠지만 카림은 사막 안에 모습을 숨기고 있는 이라크의 헌터들을 느낄 수 있었다.

인간의 능력으로는 불가능한 일이었지만 카림은 인간이 아니었다.

마흐무드가 이끄는 정찰대는 기다란 꼬챙이를 이용해 모래를 찌르며 매복이 있을 만한 지역을 확인했다.

"매복이 없습니다. 카림 님께서 조금 민감하게 반응하시는 것 같습니다."

"여기도 매복은 없습니다."

"여기도 없습니다. 뭐야! 꼬챙이에 피가 묻어 있습니다. 사람이 모래 안에 숨어 있습니다!"

정찰대 중 한 명의 꼬챙이에 붉은 피가 잔뜩 묻어 있었다.

풀 한 포기 없는 이곳에, 동물이 사막에 숨어 있을 가능성은 당연히 없었으니 매복하고 있는 이라크의 헌터가 분명했다.

정찰대는 매복을 확인한 순간 본대에 알리기 위해 전력을 다해 달렸다.

그 순간 모래가 갈라졌고, 많은 수의 헌터들이 쏟아져 나왔다.

"다들 전력을 다해 본대에 합류해라! 전투를 피해라. 우리의 임무는 정찰이다!"

뒤도 돌아보지 않고 달리는 정찰대였지만 그들을 뒤쫓는 많은 수의 헌터들이 빠르게 다가오고 있었다.

그들 간의 거리가 좁혀졌을 때 큰 환호성이 전방에서 들려왔다.

"사막의 전사의 자존심을 버리고 모래 안에 숨어 있는 쥐새끼들을 사냥해라!"

본대가 미리 마중을 나와 있었다.

안도의 한숨을 쉬는 마흐무드의 옆을 본대의 헌터들이 빠르게 지나갔고, 곧이어 병장기가 부딪히는 소리가 울려 퍼졌다.

이라크에 대한 사우디의 침공은 신속하게 시작되었다. 헌터의 수도 차이가 났지만 그보다 아이템의 차이가 극심했다.

한국 카인트 헌터 회사에서 지원받은 아이템을 아직 사용하고 있는 사우디였고, 최도 2등급 이상의 아이템을 보유하고 있었다.

헌터의 수도 부족할뿐더러 아이템의 등급까지 차이가 나니 제대로 된 반항도 하지 못하고 있는 실정이었다.

특히 회심의 일격이었던 사막 매복 작전이 카림에 의해 수포로 돌아가게 되자 방어할 힘을 잃은 이라크였다.

"카림 님, 이라크에서 무조건적인 항복을 요청하고 있습니다. 어떻게 할까요?"

"항복? 우리가 당한 수모가 있는데 어떻게 항복을 허락하겠는가. 수도를 완벽히 잿더미로 만들기 전에는 전쟁은 계속되어야 한다."

"하지만 무고한 사람들의 희생이 늘어가고 있습니다. 이라크는 우리의 전사들을 자신들의 헌터들로 막지 못하자 일반인들을 투입해 길을 막고 있습니다. 이대로 전쟁을 계속한다면 많은 피가 흐를 것입니다."

"자네는 피가 흐르지 않는 전쟁이 있다고 생각하는가? 나는 그런 전쟁은 보지 못했다. 당연히 전쟁은 피가 흐르기 마련이다. 우리 왕국이 다른 국가들에게 비웃음을 사지 않으려면 이번 전쟁을 무자비하고 압도적으로 끝을 내야 한다. 지금 흐르는 피가 나중에 흐를 피를 예방하게 된다. 앞을 막고 있는 것이 사람이라고 생각하지 말고 벽이라고 생각하고 돌파해라."

카림의 명에 사막의 전사들은 수긍했고, 일반인으로 만들어진 방벽을 뚫고 이라크의 수도를 향해 돌진했다.

헌터도 막지 못하는 사우디의 병력을 일반인이 막을 가능성은 0에 가까웠으므로 잠시도 버티지 못하고 돌파당했다.

사우디의 전사들은 이라크의 수도를 완전히 잿더미로 만들고 나서야 이라크의 항복 선언을 받아들였고, 이라크를 속국과 비슷하게 만들었다.

아니, 그보다 더 심한 조치를 취했다.

"앞으로 이라크의 모든 헌터들은 분기에 한 번 우리 왕국으로 찾아와 교육을 받아야 한다. 이라크의 헌터 작전권은 우리에게 있으며, 헌터들을 이용하기 전에는 우리 왕국의 허락을 받아야 한다. 그리고 이라크를 통치할 사람은 우리가 직접 선발한다."

너무도 치욕스러운 사항들이었지만 이라크는 선택권이 없었고, 자신들의 잘못된 선택을 후회하며 사우디의 속국이 되었다.

이라크와의 전쟁을 조기에 종료시키고 돌아온 사우디의 전사들은 아랍에미리트를 향해 방향을 틀었다.

무조건적인 항복을 위해 모든 것을 다 주겠다는 아랍에미리트였지만 사우디의 전사들은 거침이 없었다. 자신들을 건드린 대가를 톡톡히 보여주었다.

세간에서는 사막의 전사의 행보가 잔인하다고 했지만 지금의 시대는 평화보다 공포심이 더욱 효과적이었다.

"수고했다. 이번 전쟁 또한 너의 공이 가장 크구나. 카림, 너는 나에게 온 가장 큰 선물인 것 같구나."

전쟁이 끝나고 간단한 공치사를 마친 후 알 투르키는 카림을 저녁 식사에 초대했다.

이번 전쟁을 통해 사우디는 중동에서 미치는 영향력을 키울 수 있었고, 왕권을 안정화시키는 데 노력을 다하고 있는 알 투르키에게 큰 도움이 되었다.

알 투르키는 카림을 완전히 믿었고, 의지했다.

"아닙니다. 전부 알 투르키 님이 있었기에 가능했습니다. 헌터로서의 경력도 얼마 되지 않는 저를 이렇게 사용할 지도자가 얼마나 있겠습니까. 저는 오직 알 투르키 님을 위해 움직이고 충성을 다할 것입니다."

"그래, 수고했다. 오늘은 편히 쉬도록 하거라."

"휴식보다는 더 많은 대화를 하고 싶습니다. 우리가 중동에 대한 영향력을 키웠다고는 하지만 다른 선진국들에 비하면 아직 부족한 것이 많습니다. 우리에게 도움을 주었던 한국만 보더라도 우리보다 훨씬 앞선 기술력과 아이템 제작 능력을 가지고 있었습니다. 우리 왕국이 세계 제일의 국가가 되기 위해서는 새로운 사업이 필요합니다."

"나도 그게 고민이구나. 석유의 가치가 떨어진 지금 우리 왕국의 미래를 위해서는 새로운 사업이 필요하지만 무슨 사업을 해야 되는지 보이지 않는구나."

"카인트 헌터 회사가 아이템을 제작해 판매하고 있습니다. 아이템을 통해 웬만한 국가의 1년 치 수익을 몇 달 안에 번다고 합니다. 우리 왕국도 충분히 그럴 능력이 있다고 생각합니다."

"아이템을 제작해 판매하자는 것인가? 하지만 우리 왕국은 그런 능력을 가진 장인들이 부족하지 않은가. 아이템을 구하기 위해서는 악마의 탑으로 들어가거나 특수한 능력을 가진 사람이 아이템을 제작해야 되는 것으로 알고 있다. 우리가 가능한 방법은 악마의 탑에서 아이템을 수집하는 방법뿐인데, 그런 방법으로 수익을 올릴 수 있겠는가?"

"악마의 탑에서 아이템을 수집하는 방법 말고 아이템을 제작할 방법을 저는 알고 있습니다. 저에게 시간을 주신다면 카인트 헌터 회사와 대등한 아이템을 제작해 보겠습니다."

"그런 방법이 있단 말인가? 무조건적으로 자금을 지원해 주겠네. 정말 자네는 사막이 나에게 보낸 천사구나."

알 투르키와의 식사를 마친 카림은 늦은 시간임에도 불구하고 대신들을 불러 모았고, 아이템 공장 건설에 대한 의견을 나누었다.

부정적인 입장을 가지는 대신들도 많았지만 알 투르키의 허락이 떨어졌다는 말에 반대를 하지 못했다.

"팀장님, 우리가 악마의 탑에서 악마를 사냥하는 동안 사우디가 중동 지역을 완전히 장악했어요. 이란을 제외한 모든 국가들이 사우디에 충성을 바쳤다네요."

"어, 정말? 사우디가 그럴 능력이 있었어?"

"우리가 지원해준 아이템을 앞세워 다른 국가들을 압박했고, 그들의 행보는 잔인했다고 하네요. 잔인한 그들의 행보에 다른 국가들은 지레 겁먹고 항복을 하고, 사우디의 밑으로 들어갔어요."

"이거 상황이 요상하게 돌아가네. 사우디의 왕권에 개입한 게 이런 결과를 만들 줄은 예상 못 했어."

"저도 예상하지 못한 일이니 당연히 팀장님도 예상을 못 하는 게 정상이죠. 어쨌든 중동 지역에 관심을 두고 지켜봐야 알겠지만, 우리에게 딱히 나쁘지는 않은 것 같아요. 사우디는 일단 우리를 굉장히 우호적으로 생각하고 있으니, 중동의 모든 국가들을 사우디가 조종할 수 있다면 악마와의 전쟁에서 큰 도움을 받을 수 있지 않겠어요."

"그렇긴 하겠네. 우리 생각대로 사우디가 움직여 준다면 말이지."

"악마와의 전쟁에서 다른 생각을 할 틈이 있겠어요. 국가 간의 문제라면 다르게 움직일 수도 있겠지만 악마와의 전쟁은 인류 전체가 움직여야 승리할 수 있는 전쟁이니까요."

"그렇다면 다행이지만……. 어쨌든 중동은 그렇게 두기로 하고 우리는 다시 악마의 탑으로 들어가야지. 이제야 겨우 악마들이 그런 모습을 하고 있는지 실마리를 잡았잖아."

"또 악마의 탑으로 들어가자구요? 저번 주는 정말 죽는 줄 알았어요. 악마의 탑 8층에서 겨우 도망쳤잖아요. 조금만 늦었으면 정말 죽었을 거예요."

"그래도 덕분에 악마들이 왜 움직이지 않는지 알게 되었잖아."

"그렇긴 하지요. 상위 서열의 악마들이 다른 악마들을 재료로 사용하고 있을 줄이야."

"그들이 능력이 떨어지는 악마들의 목숨을 이용해 무엇을 만들고 있는지 알아내야 되지 않겠어. 엄청난 숫자의 악마들로 만들고 있는 게 뭔지 알아야 대처가 가능하지."

마지막으로 악마의 탑 8층에서 본 장면은 충격적이었다.

사냥을 위해 악마의 탑 8층으로 올라가고 얼마 지나지 않아 엄청난 마기를 풍기는 악마가 모습을 드러냈고, 그는 악마들의 심장에서 마기의 정수를 뽑아내어 유리병에 마기를 모았다.

그가 악마 하나를 죽일 때마다 외치던 소리가 아직도 기억났다.

"마왕님을 위하여!"

악마들 간의 유대감은 없다고 하지만 그래도 같은 동족이나 다름없는 악마를 자신의 손으로 직접 소멸시킨다는 것에 죄책감을 느끼는지, 아니면 행사의 일부인지 악마와는 어울리지 않게 슬픈 얼굴을 하고 있었다.

"분명 마왕의 부활을 앞당기는 방법을 찾아낸 게 분명해. 만약 마왕이 부활한 상태에서 전쟁이 시작된다면 우리가 이길 확률은 거의 없어. 마왕이라는 존재는 악마들을 하나로 묶을 것이고, 우리는 속수무책으로 당하고 말 거야."

"그렇다고는 하지만, 우리만으로 막을 수 있겠어요? 8층에서 본 악마의 마기에 아직 소름이 돋아 있어요. 우리 세 명이 전력을 다한다고 해도 이기지 못할 존재 같았어요."

"나도 거기에는 동의해. 하지만 치고 빠지는 작전을 한다면 충분히 가능성이 있어. 그리고 우리가 나서 멈춰져 있는 악마들을 사냥하면 그들의 계획에 차질이 생길 거야. 마기의 정수를 통해 무언가를 하려고 하고 있는데 우리가 계속 악마들을 사냥하면 마기의 정수를 모으는 데 지장이 생길 거야."

"팀장님, 그리고 현수 형. 무슨 말이 그렇게 길어요. 악마의 탑으로 가서 악마를 사냥하면 되는 일이잖아요. 남자가 겁이 많아서 어떡합니까. 안 갈 거면 우리끼리 가고요. 팀장님, 가시죠."

"그래, 가자. 겁쟁이는 따라오든지 말든지 알아서 하겠지."

"알았어요. 자죠. 제발 내일 뜨는 해를 편안히 보고 싶네요."

우리는 그렇게 다시 데빌 도어를 향해 발길을 옮겼고, 바로 악마의 탑 7층으로 이동했다.

지금까지 파악한 정보로는 악마의 탑 7층에서부터 악마들이 멈춘 상태로 대기하고 있었다. 일차적인 목표는 악마들의 마기의 정수로 무슨 짓을 꾸미려는지 알아내는 것이고, 다음은 악마들의 계획을 방해하기 위해 대기하고 있는 악마들의 마기의 정수를 우리가 스틸하는 것이었다.

"누워서 떡 먹기보다 쉽네요. 악마의 가슴을 만지고 싶지는 않지만 그래도 이게 전 인류를 위한 것이라면 제 손을 더럽히겠어요."

"멍 때리고 있는 악마를 사냥하면서 무슨 영웅놀이를 다 하냐. 얼른 처리하고 다음 층으로 가자."

"네에! 이제는 손에 익어서 금방 끝내요. 잠시만 기다리고 계세요."

마기의 정수와 아이템을 수집하느라 바삐 움직이는 위용욱이었다.

"헐!"

갑자기 위용욱의 손이 멈추었다.

"왜 그래?"

"저기 좀 보세요. 이상한 몬스터 한 마리가 움직이고 있어요. 최근 들어 움직이는 몬스터는 처음 봐요."

"몬스터가 있다고? 보통 악마의 탑 7층부터는 몬스터가 없는데, 웬 몬스터가 있지?"

"그것도 처음 보는 모습을 하고 있는 몬스터라고요. 시계 모양의 얼굴을 하고 있는 몬스터는 정말 처음 봐요."

"시계 모양?"

위용욱의 거대한 덩치에 가려져 몬스터의 모습이 제대로 보이지 않아 나는 고개를 쭉 내밀어 몬스터의.모습을 확인했다.

"정말 시계 모양을 하고 있는 몬스터잖아. 저렇게 생긴 몬스터는 나도 처음 봐."

시계 모양의 몬스터는 우리를 향해 고개를 돌리고는 고개를 좌우로 돌리며 일정한 리듬을 만들어내고 있었다.

"어떻게 할까요? 죽일까요?"

"약해 보이는 몬스터인긴 하지만 그래도 이대로 처리해야지. 용욱아, 저 정도는 충분히 처리할 수 있지?"

"당연하죠. 저를 뭐로 보시고. 이런 나약한 몬스터는 무기를 사용할 필요도 없어요. 발차기 한 방이면 충분하죠."

위용욱은 다리를 들어 올려 시계 모양의 몬스터의 머리를 내리찍었다.

"으아아아!"

몬스터의 입에서 나오는 비명 소리가 아니었다. 소리의 주인은 위용욱이었다.

"왜 그래?"

"이 몬스터 완전 돌덩어리예요."

"자신만만하게 소리치더니 저런 몬스터 한 마리도 처리를 못하냐. 현수야, 네가 처리해."

"아무리 약해 보이는 몬스터라고 해도 최선을 다해야지. 나를 보고 좀 배우라고, 용욱아."

현수는 고리의 기운을 다리로 집중시켰고, 고리의 기운이 가득 담겨 있는 다리를 이용해 몬스터를 공격했다.

공격이 끝낸 현수는 위용욱과 마찬가지로 다리를 붙잡고 바닥에 뒹굴었다.

"팀장님, 정말 돌덩어리예요. 이렇게 강한 방어력을 가지고 있는 몬스터는 처음이에요. 악마보다 더 방어력이 뛰어나요."

"딱히 마기가 느껴지지도 않는 몬스터가 방어력이 그렇게 뛰어나다고?"

현수와 위용욱의 말이 거짓처럼 들리지는 않았지만 직접 확인하고 싶었다.

나는 바닥을 뒹구는 동생들의 옆에 누워 있고 싶은 마음은 없었기에 50%가 넘는 고리의 기운을 이용해 몬스터를 공격했다.

발이 몬스터에 닿는 순간 왜 현수와 용욱이가 쓰러졌는지 이해가 되었다.

발에서 느껴지는 반발력은 내 예상보다 훨씬 컸다. 그래도 내 공격이 완전히 실패한 것은 아닌지 시계 모양의 몬스터가 이상행동을 보이기 시작했다.

"위용! 위용! 위용!"

"시계가 미친 듯이 고개를 흔드는데요. 고장이 난 건가?"

"몬스터가 고장이 나겠냐. 조심해라. 무슨 짓을 하려는 건지 모르겠다."

방패를 집어 든 위용욱의 뒤에서 우리는 몬스터의 이상행동을 지켜봤다.

파앗!

시계 모양 몬스터의 얼굴에서 빛이 터져 나왔다. 그 빛은 우리 셋을 향해 쏟아져 나왔고, 나는 그 빛을 피하기 위해 현수와 용욱이의 손을 잡고 벗어나려고 했지만 빛은 내 움직임보다 더 빠르게 우리를 뒤쫓아서 우리는 어느새 빛에 완전히 잠식당했다.

빛은 우리를 어디론가 인도하고 있었다. 데빌 도어의 차원 문이 악마의 탑으로 안내하듯이 빛 또한 우리를 새로운 장소로 안내하고 있었다.

"여긴 어디지? 용욱아! 현수야! 정신 좀 차려봐. 정신력 수련도 한 사람들이 이 정도는 견뎌내야지."

겨우 고개를 든 현수가 주변 환경을 보며 입을 벌리며 말했다.

"여긴 어디죠? 누가 이곳의 주인인지는 모르겠지만 정신 감정을 꼭 받아 봐야 할 필요가 있겠네요. 온통 검은색으로 가득한 방이라니. 이런 곳에서 사는 존재는 분명 정신에 이상이 있을 거예요."

"나도 적극 동의한다. 그런데 네 말에 동의하지 않는 존재가 저기서 느껴지는데."

강대한 기운이 어둠 속에서 느껴지기 시작했다.

"강하네요. 지금까지 상대해 왔던 악마들과는 차원이 다른 존재 같아요."

천천히 다가오는 악마의 모습은 기괴했다. 분명 인간과 흡사한 모습이었지만 공포 영화를 볼 때면 느껴지는 감정이 그의 모습에서 느껴졌다.

"오랜만에 인간이 이 공간에 왔군. 그래 나의 초대를 받은 인간이여. 환영한다."

"환영을 받을 만한 상황은 아닌 것 같은데 어쨌든 우리를 여기로 부른 이유가 무엇입니까?"

"오호, 너희 2명에게는 익숙한 기운이 느껴지는구나. 마계에서 너를 찾을 만한 악마가 있지. 하지만 걱정은 하지 말게나. 나는 그 악마와 친한 사이가 아니라서 말일세."

"정말 고맙네요. 빨리 우리를 여기로 부른 이유나 설명해 주시죠."

"전에 봤던 인간은 그래도 예의는 있었는데 자네는 그렇지 않군. 사실 내가 자네들을 여기로 부른 이유는 딱히 없네. 그냥 심심함을 달래기 위해 불렀다고 봐도 좋네."

"그러면 이만 돌아가도 되겠네요."

"그렇게 하고 싶으면 그렇게 하게나. 하지만 내가 자네들이 하는 일들을 지켜봤는데 지금 악마들이 하는 일을 방해하려고 하는 것 같던데. 나에게 묻고 싶은 말이 있지 않나?"

"묻고 싶은 말이 있으면 대답은 해줄 겁니까?"

"어떤 질문인지에 따라 다르겠지만 그냥 돌아가는 것보다는 낫지 않겠느냐?"

웃는 얼굴이지만 기괴한 악마의 모습에 믿음은 가지 않았지만 궁금증을 참지 못하고 질문을 했다.

"악마들이 무슨 일을 꾸미고 있는 겁니까? 서열이 낮은 악마의 마기의 정수를 이용해 무슨 짓을 하려는 건지 알고 싶습니다."

"그 정도는 알려 줄 수 있지. 현재 악마의 탑은 2개의 파벌로 나뉘어 있다고 볼 수 있다. 가장 세력이 큰 파벌이었던 마왕 부활파의 악마들이었지만 자네들의 등장으로 인해 반대파의 세력이 늘어났지. 하지만 세력이 늘었다고는 하지만 워낙 큰 세력을 형성하고 있는 마왕 부활파를 이겨 낼 수는 없었던 반대파는 자신들의 뜻을 이루기 위해 작전을 구상하고 있다네. 마기의 정수를 순수한 마기로 바꾸고 있는 것이지."

"마기의 정수를 순수한 마기로 바꾼다고 해서 세력이 늘어나기라도 한답니까?"

"그건 나도 정확히 모른다네. 순수한 마기를 이용해 누군가와 거래를 한다는 것 정도만 알고 있지."

"악마와 거래를 하는 대상이 있습니까?"

"아마 반대파가 원하는 것을 이룰 수 있게 도와줄 만한 능력이 있는 악마가 있는 것 같네."

"반대파가 원하는 것은 무엇입니까?"

"반대파가 원하는 것? 당연히 인간계 침공이지 않겠는가. 마왕 부활파는 악마의 탑을 유지하며 마왕의 부활을 기다리고 있지만 반대파는 인간계로 넘어가 피의 잔치를 벌이고 싶어 하지."

"그래서 악마들이 악마의 탑에서 나오지 않고 있었던 것이군요."

전쟁의 준비를 끝마친 지 오래되었지만 악마들이 움직이지 않은 이유가 설명이 되었다.

인간들도 그렇지만 악마들까지 파벌 싸움을 할 줄은 몰랐다.

"자, 이제 내가 질문할 차례인 것 같군. 자네는 어디서 그 힘을 얻게 되었는가. 인간이 사용할 수 없는 순수한 어둠의 힘. 그 힘을 누가 알려 주었는가?"

"비밀입니다."

비밀을 이렇게 쉽게 알려주기는 싫었다. 이계에서 배웠다고 말하는 순간 귀찮은 일이 생길 것만 같았다.

"허허, 나는 호의를 베풀었건만 그 작은 것 하나 말해주지 못하다니. 역시 인간은 믿을 수 없는 존재로군."

"다른 질문을 하신다면 알려 드리겠지만 그 질문에는 답해드리지 못하겠습니다."

"다른 질문? 다른 질문은 딱히 알고 싶은 것이 없구나. 그냥 가보거라."

"정말 그냥 가봐도 되겠습니까?"

이렇게 순순히 보내줄 거라고는 생각하지 못했지만 악마가 말을 바꾸기 전에 이곳을 나가는 것이 상책이었다.

"저 몬스터를 따라 나가면 자네들이 있던 곳으로 돌아갈 수 있네."

언제 나왔는지 시계 모양의 몬스터가 우리 옆에서 고개를 좌우로 돌리며 기다리고 있었다.

점점 빠르게 고개를 움직이기 시작하는 몬스터였고, 다시금 빛이 쏟아져 나왔다.

눈을 가리는 빛이 잠잠해지자 우리는 다시 악마의 탑으로 돌아와 있었고, 지체하지 않고 바로 악마의 탑을 벗어나 회사로 돌아갔다.

"무슨 거래를 하려고 하는 걸까요? 그리고 악마들의 파벌 싸움이라니 전혀 예상하지 못했어요."

"무슨 거래를 할지는 나도 모르겠어. 그리고 악마들의 파벌 싸움 덕분에 우리는 시간을 더 벌 수 있게 된 거지. 최대한 고리의 기운을 강화시켜야 돼. 정공법은 아니지만 고리의 기운을 강화시킬 방법이 없는 건 아니잖아."

"마기의 정수를 흡수하는 방법 말이죠? 하지만 그 방법은 효율이 너무 떨어지잖아요."

"그래도 다른 방법이 없으니까. 이대로 가만히 있을 수는 없잖아. 지금까지 모은 마기의 정수의 양이 적지 않으니 최대한 흡수하자."

"그런데 팀장님 눈이 좀 침침하지 않으세요? 강한 빛을 너무 강하게 쐬어서 그런지 눈에서 이질감이 느껴지네요."

*   *   *

"이집트를 공격하겠다니 갑자기 왜 또 전쟁을 벌이겠다는 것입니까. 이미 중동은 우리의 속국이나 다름없게 된 상황에서 새로운 전쟁은 시기상조입니다. 그리고 전쟁을 벌인 이유도 명분도 없습니다."

하루도 조용한 날이 없는 사우디의 회의실은 오늘도 어김없이 큰 목소리가 울려 퍼졌다.

가장 목소리를 키우고 있는 대신은 중립파의 수장이었으며 새로운 사우디 왕조의 기둥 중 하나인 우스만이었다.

우스만의 목소리가 커지는 이유는 딱 한 사람에게 있었다.

바로 카림. 그는 언제나 평화를 원하는 우스만과 반대되는 입장을 펼쳤다.

사우디에 새로운 왕권이 들어서면 일어난 모든 전쟁의 앞에는 그가 있었고, 한 번도 패배하지 않은 왕국의 영웅인 카림이었지만 우스만의 입장에서는 골칫덩어리나 다름없었다.

"제가 구상하고 있는 사업에 꼭 필요한 자원이 이집트에 있습니다. 명분이 부족하다는 것은 알고 있지만 이집트를 점령해야 될 이유는 있습니다."

"하지만 명분 없이 전쟁을 벌인다면 아프리카 지역의 국가들과 다른 국가들이 우리를 비난할 것이고, 우리를 향해 무기를 집어 들 가능성까지 있습니다."

"우스만 님이 무슨 걱정을 하고 있는지 잘 알고 있습니다. 하지만 우리 아이템 제작 연구원들이 아이템을 제작하는 마지막 단계까지 다가섰습니다. 이제 한 발만 더 나아가면 사우디의 찬란한 미래가 펼쳐지게 되는데 여기서 멈출 수는 없습니다. 명분이 없는 전쟁은 비난받기 마련이지만 해야만 하는 상황입니다. 그리고 명분이 없다면 만들면 되지 않겠습니까. 제가 이미 사람을 보내 두었습니다."

"항상 저는 통보만 받게 되는군요."

우스만은 낙심한 표정으로 뼈가 실린 말을 카림에게 날렸다.

왕국을 지탱하는 큰 기둥 중 하나라고 불리고 있지만 중요한 결정은 카림과 알 투르키 국왕이 결정하고 통보했다.

자신은 잡다한 일들을 처리하는 담당일뿐이었다.

"이번만 이해해 주시기 바랍니다. 다음부터는 이렇게 독단적으로 일을 처리하지 않겠습니다."

입을 굳게 다물고 있는 알 투르키 국왕을 보고 있자니 이미 결론은 나와 있는 상황이었다.

자신이 여기서 할 수 있는 일은 전쟁을 준비해 물자와 아이템을 확보하는 것 정도였다.

"어떤 식으로 명분을 만드실 생각입니까? 국가 간의 전쟁을 사소한 명분으로 치를 수는 없는 일이지 않습니까."

"사소할 수도 있지만 전쟁으로 발전할 수 있는 문제를 만들려고 하고 있습니다. 바로 홍해에 관련된 문제입니다."

"홍해라고 한다면 우리 왕국과 이집트 사이에 있는 바다이지 않습니까? 그게 무슨 문제가 됩니까?"

"미국과 한국에서 들어오는 기술력 덕분에 모든 국가들의 선박 기술이 크게 늘었습니다. 이전에야 앞바다에서 조업을 하는 것이 전부였지만 지금은 깊은 바다까지 나가 조업을 하는 경우가 늘었습니다. 우리 왕국은 예멘과 이스라엘과 함께 홍해의 소유권을 주장할 것입니다."

"하지만 이전부터 홍해는 중동 지역과 아프리카의 공동 어장이었습니다. 우리와 근접한 바다라고는 하지만 우리가 소유권을 주장하기에는 부족합니다."

"알고 있습니다. 물론 홍해 전체에 대한 소유권을 주장하지는 않을 것입니다. 하지만 깊은 바다를 우리의 영역으로 만들 것입니다. 그렇게 되면 자연스럽게 이집트의 선박들이 우리의 영역을 침범하게 됩니다. 그리고 만약 우리 선박이 이집트의 선박에 의해 좌초되기라도 한다면……."

"전쟁이군요."

"그렇습니다. 그 정도면 충분한 명분이 되리라고 봅니다. 그리고 아마 오늘 안에 이집트 선박에 의해 우리 왕국의 선박이 좌초되었다는 소문이 중동 지역과 이집트에 돌게 될 것입니다."

사실은 중요하지 않았다. 전쟁은 명분과 여론만 형성되면 충분했다.

이전에도 그러했고 지금도 그랬다. 전쟁을 위한 명분 만들기는 어느 시대에나 존재했었다.

*　　　*　　　*

"팀장님, 이집트와 사우디 연방이 전쟁을 벌이고 있다고 합니다."

"또 전쟁이야? 그쪽 지역은 왜 하루가 멀다 하고 전쟁을 벌이는지 모르겠네. 그래, 이번에는 무슨 문제로 전쟁을 벌인다는데? 전처럼 왕권에 개입했다는 명분도 없잖아."

"이집트의 선박이 사우디 연방의 선박을 좌초시켰다고 하네요. 그쪽 지역이 워낙 식량난이 극심해서 조업으로 확보하는 식량이 중요하잖아요. 아마 홍해에 대한 주도권을 잡기 위한 전쟁으로 보입니다."

"식량 전쟁이야? 이거 참 개입하기 난감한 문제이긴 하네. 어떻게 하는 게 좋을까?"

"우리가 개입할 여지가 전혀 없어요. 사우디 연방과 이집트가 전쟁을 벌인다면 아마 사우디 연방이 압도적인 격차로 승리할 것이라고 예상되네요. 이집트가 작은 국가는 아니지만 사우디를 중심으로 만들어진 사우디 연방의 힘을 막기에는 역부족이고, 최근 들어 전쟁을 벌이며 실전을 쌓은 사우디 연방의 헌터들을 막지 못할 거예요."

"그렇겠지. 이집트는 거의 무정부 상태라고 봐도 무방한 국가니까. 그런데 사우디 연방이 전쟁을 벌이는 이유가 부족하단 말이야. 아무리 홍해에서 조업을 하는 게 중요하다고는 하지만 조업이 가능한 선박을 많이 보유하고 있는 것도 아니고, 어떻게 보면 전쟁광의 나라라고 볼 수도 있겠는데."

"그래도 우리가 개입하기에는 이유가 부족해요. 정말 악마와의 전쟁이 얼마 남지 않은 시점이니까. 전쟁에 개입하기보다는 우리 힘을 강화하는 데 집중해야 될 것 같아요."

"나도 그렇게 생각해. 그래도 전쟁이 어떤 방식으로 이루어지는지는 알아야 되니까. 정보원들을 이집트로 파견 보내봐. 안전을 최우선으로 하고 말이야."

"중동 지역에 회사 지부를 건설하고 하고 있는 중이니까. 그쪽 인원을 파견 보내면 될 것 같아요."

*   *   *

이집트로 넘어간 사우디 연방의 병력은 다른 전쟁과 달리 헌터들로만 구성된 군대가 아니었다.

점령을 목적으로 하는 전쟁이었기에 헌터들과 일반병들이 포함되어 있는 군대였다.

이집트는 사우디 연방의 행태를 비난하며 국제사회의 도움을 요청했지만 명분이 사우디 연방에 있었기에 국제사회의 도움을 받을 수 없었다.

그리고 아프리카 국가들은 워낙 반정부 세력이 많았기에 이집트를 도울 수 있는 병력을 차출하지 못하고 있었다.

결국 이집트는 자신들의 힘만으로 사우디 연방을 막아내야 했다.

하지만 그렇게 될 가능성은 커 보이지 않았다.

"카림 님, 이집트의 국경에 도착했습니다. 오늘은 여기서 하루 쉬고 출발하는 것이 좋아 보입니다."

"그렇게 하자. 오늘 병사들에게 식사를 충분히 제공해 주거라. 내일이 되면 큰 전투가 벌어질 것이다. 그리고 헌터 100명을 차출하거라. 따로 시킬 일이 있다."

전쟁에서 카림의 말은 알 투르키 국왕의 말과 다름없었다.

국왕을 제외하면 가장 센 권력을 가지고 있는 사람이 카림이기도 했고, 전쟁에서 무패의 전설을 써 내려가고 있었기에 헌터들과 병사들은 카림의 말을 법처럼 생각했다.

"선임 헌터급으로 100명을 차출했습니다."

100명의 헌터들이 카림의 막사 근처에서 대기하고 있었고, 카림은 막사를 나와 선임 헌터급 중에서도 가장 능력이 뛰어난 헌터 한 명을 불러 무언가를 열심히 설명했다.

100명의 헌터들이 빠져나갔지만 사우디 연방의 전력은 전혀 줄어들지 않았고, 그들은 빠르게 이집트의 성벽을 무너뜨리며 안으로 진입했다.

"민간인들을 앞세워 우리를 막고 있습니다. 이전에는 복수라는 명분 아래 민간인들과 전투를 치렀지만 이번에도 민간인들을 학살한다면 우리들의 입지가 많이 떨어질 수도 있습니다."

마흐무드의 조언에 카림은 고개를 가로저으며 답했다.

"왕국의 미래를 위한 전쟁이다. 우리가 저지르는 일이 올바르지 않다고 하더라도 이기면 된다. 승자가 저지른 일은 미화되기 마련이고 패자는 더러운 오물을 뒤집어쓰게 된다. 우리는 승자가 되어 우리 스스로 역사를 만들어 나갈 것이다. 우리가 저지르고 있는 악행이 우리 왕국의 미래를 위한 거름이 될 것이다."

"알겠습니다. 민간인들로 만든 벽을 뚫고 들어가겠습니다."

중동 국가와는 확실히 다른 이집트였다. 제대로 된 정부는 고사하고 반군만이 가득한 이집트였기에 사우디 연방의 병력을 막아내지 못했다. 간간히 헌터 부대가 그들을 막으려고 했지만 압도적인 격차에 한 줌 흙으로 돌아가 버렸다.

이번 전쟁은 사우디 연방의 피해는 거의 없다고 봐도 무방했다. 하지만 이집트의 땅은 피로 물들었다. 이집트의 헌터들과 병사들 그리고 민간인들이 흘린 피였다.

그렇게 전쟁이 끝나가고 있었다.

"주도권은 우리가 완벽히 잡았다. 이제는 반군을 정리해야 한다. 우리 사우디 연방은 이집트를 우리 미래를 위한 식민지로 만들 것이다. 아이템 제작을 위해서는 많은 노동력이 필요하다. 우리 왕국의 국민들에게 노동을 강요할 수는 없다."

"이집트인들을 노예로 사용하실 생각이십니까?"

"노예? 제대로 밥도 먹지 못하는 이들에게 일자리를 제공해 주고 밥까지 주는데 좋아하지 않겠는가. 스스로 노예가 되고자 하는 사람들이다. 죄책감을 가질 필요는 전혀 없다. 하지만 이집트에 본격적인 아이템 공장을 건설하기 전에 해야 될 일이 남았다."

"말씀만 내려 주십시오. 제가 다 해결하겠습니다."

마흐무드는 이제 완벽히 카림에게 복종을 했다. 헌터 자격 시험 때만 하더라도 카림과 자신을 비교하며 상대적 우월감을 느꼈던 그였지만 전쟁을 통해 카림의 능력을 가장 가까운 곳에서 보아 왔기에 카림을 존경하며 복종하게 되었다.

"이집트를 우리가 점령했다고는 하지만 이집트의 정부는 허약했다. 이집트의 모든 힘이 정부에 모이지 않았기에 이렇게 빨리 점령이 가능했다. 반군이라는 이름으로 흩어져 있는 세력을 제압해야만 이집트를 완벽히 점령했다고 볼 수 있다. 최대한 빠르게 반군을 정리해야 한다. 반군의 위치와 세력을 일주일 안에 알아내어 보고하라."

"알겠습니다. 포로로 잡은 사람들을 고문해서라도 알아내겠습니다."

마흐무드가 자신의 막사에서 나가자 카림은 천천히 자신의 막사에서 나와 이동했다.

그가 향하고 있는 곳은 이집트의 수도인 카이로에 있는 기자 지구였다.

기자 지구는 이집트에서 가장 유명한 피라미드가 있는 곳이었다.

약 4500년 전 세워진 기자 피라미드는 쿠푸 왕, 카프레 왕, 멘 카우라 왕 피라미드가 대표적이었다.

특히 쿠푸 왕의 묘실에 대해서는 아직 많은 의문점이 남아 있었다.

무수히 많은 시간이 흘렀기에 많은 도굴꾼들이 피라미드에 있는 보물을 노리고 도굴을 시도했고, 그 과정에서 많은 것들이 유실되었다.

그래서 크게 두 가지 설이 있었다. 하나는 묘실이 피라미드의 숨겨진 장소에 있다는 것과 사실은 무덤이 아니라 다른 목적으로 만들어졌다는 설이었다.

피라미드는 단순한 삼각형의 형상으로 만들어진 무덤으로 생각하기 쉽지만 사실은 우주의 기운을 모으는 역할을 하고 있는 구조물이라고 여러 단체들이 주장했다.

카림이 쿠푸 왕의 피라미드에 도착하자 100명의 헌터들이 미리 나와 그를 기다리고 있었다.

"카림 님, 쿠푸 왕의 피라미드를 샅샅이 둘러 봤지만 숨겨진 묘실을 발견하지 못했습니다."

"일반인들이 발견하지 못했다고는 하지만 일반인에 비해 오감과 육체적 능력이 뛰어난 헌터들이 발견하지 못했다면 정말 묘실이 없는 것 같군. 마지막으로 나와 함께 피라미드 안을 조사한다."

카림을 따라 100명의 헌터들이 쿠푸 왕의 피라미드 안으로 들어갔다.

미라미드 내부는 이집트 정부에서 관광지로 사용할 목적으로 정비를 해 두었기에 그렇게 좁지는 않았다.

길을 따라 그들은 어느새 피라미드의 중심에 다가섰다.

"혹시 알고 있는가? 피라미드가 왕실의 무덤이 아니라 사실은 다른 목적을 위해 만들어졌다는 얘기를?"

100명의 헌터들은 피라미드의 중심에서 주변을 둘러보다 갑작스러운 카림의 질문에 어리둥절하며 답했다.

"그 말을 들어 본 적은 있지만 얘기를 꾸며내기 좋아하는 사람들의 허황된 말로 알고 있습니다."

100명의 헌터 중에서 가장 경력과 능력이 뛰어난 헌터가 대표로 답했고, 나머지 헌터들도 그의 말에 동의한다는 몸짓을 했다.

"그렇게 생각하나? 그렇다면 내가 오늘 그 허황된 말이 거짓이 아니란 걸 보여주마."

헌터들은 도통 알 수 없는 말만 하는 카림을 이상하게 바라봤지만 딱히 행동을 취하지는 않았다.

"헌터들이라면 몬스터를 사냥하기 위해 악마의 탑에 한 번 이상은 다녀와 봤겠군."

"그렇습니다. 우리가 사냥한 몬스터들만 해도 왕궁 창고를 가득 채울 정도입니다."

"악마의 탑이 현실에서 지금 한 번만 나왔다고 생각하는가? 그렇지 않다네. 4700년 전에도 악마의 탑이 모습을 드러낸 적이 있었지. 그때는 지금과 달리 악마들은 악마의 탑을 보금자리로 사용했다네. 마왕이 살아 있었기에 움직임에 제약이 없었지. 악마의 탑에서 나오는 몬스터들과 악마들은 인간 세계를 정복해 나갔지. 하지만 그 계획은 실패에 돌아갔고, 악마의 탑은 힘을 잃었지. 하지만 전대 마왕의 유산이 고스란히 남아 있는 장소가 몇 군데 있다네. 그중 한 곳이 바로 쿠푸 왕의 피라미드라네."

"무슨 말씀을 하시는지 모르겠습니다."

"자네들이 굳이 알 필요는 없네. 마지막으로 알고는 있어야 될 것 같아 말해주는 것일세. 마왕의 유산과 악마의 탑으로 통하는 통로를 막기 위해 세워진 건물이 피라미드였네. 하지만 우매한 후손들은 그 사실을 모르고 피라미드를 도굴하고 훼손시켰지. 하지만 그들은 마왕의 유산이 있는 장소를 찾지 못했네. 괜히 이곳에 들어와 목숨을 잃는 사람이 생기기만 했었지. 혹시 피라미드 안에 들어와 저주를 받아 죽었다는 사람에 대해 들어보았는가?"

"그런 얘기는 들어봤습니다. 하지만 그 얘기도 부풀려진 것이지 않습니까. 지금의 시대에 저주라니요."

"그래, 저주는 아니지. 마왕의 유산이 사람의 생기를 빨아들이기 위한 작업일 뿐일세. 그리고 지금 마왕의 유산이 더욱 강한 생기를 원하고 있네. 일반 사람이 아니라 강한 육체적인 능력을 가지고 있는 존재의 생기를 말일세."

카림이 사우디에 숨어 지내면서 한 번도 드러내지 않았던 마기를 폭발시켰다.

"이게 무슨 일입니까? 몸이 움직이지 않습니다."

검은 기운에 잠식당한 100명의 헌터들은 밧줄에 구속당한 것처럼 움직이지 못하고 있었다. 그들이 할 수 있는 일은 입을 열어 자신의 상황을 알리는 것이 전부였다.

"공허의 지배자의 유산이여, 내가 너에게 다시 살아갈 생기를 주겠다. 100명의 강한 생기가 너에게 새로운 힘을 줄 것이다."

카림의 몸에서 나오는 마기가 피라미드의 중심을 향해 빠르게 이동했다.

마기는 천천히 피라미드의 천장을 가렸다.

천장이 더는 삼각형이 아니게 된 순간 피라미드의 중심은 울렁거리기 시작했다.

"피라미드는 마기를 제어하는 능력을 가지고 있는 구조물이지. 만약 인간들이 피라미드를 심하게 훼손시켰다면 굳이 내가 오지 않았더라고 마왕의 유산이 깨어났을 것이다. 하지만 오랜 시간 동안 그 형태를 지켰더군."

바다 위에 만들어진 다리가 강한 바람에 흔들리는 것처럼 피라미드의 중심은 흔들렸고, 흔들리는 바닥에서 수천 개의 이빨을 가진 벌레들이 기어 나오기 시작했다.

벌레들은 구속당한 헌터들의 몸에 이빨을 박아 넣어 생기를 빨아들였다.

"으아아아! 카림 님, 제발 살려 주십시오!"

"너희들은 새로운 마왕의 일부가 될 것이다. 영광스럽게 생각하고 죽어라. 죽음은 끝이 아니라 새로운 시작이다. 너희들은 지금보다 더욱 가치 있는 존재의 일부가 될 것이다."

벌레들은 쉬지 않고 이빨을 움직여 헌터들의 생기를 빨아들였고, 더는 입을 움직이는 헌터들이 없어졌다.

미라처럼 가죽만 남게 된 헌터들의 눈에는 생기를 찾아볼 수가 없었고, 살아 있는 시체의 모습을 하고 있었다.

"이제는 모습을 드러내라! 내가 너의 새로운 주인이 될 것이다."

카림의 외침이 피라미드의 중심을 울리자 벌레들은 마지막 남은 헌터의 생기까지 빨아들이고는 다시 바닥으로 돌아갔다.

벌레들이 모두 바닥으로 들어가자 이전과는 비교도 되지 않을 정도의 울림이 바닥에서 느껴졌다.

흔들리는 바닥은 스스로 움직여 하나의 상자를 카림의 앞으로 내밀었다.

"드디어 가지게 되었군. 이런 곳에 마왕의 유산이 숨겨져 있을 줄이야. 우연히 본 벽화에서 전대 마왕의 유산에 대해 알게 되었지. 마왕의 유산이라면 나를 새로운 마왕으로 만들어줄 것이다."

손에 들린 상자를 조심스럽게 열자 상자 안에는 작은 구슬 하나가 들어 있었다.

"이건… 순수한 마기의 정수이지 않은가!"

흡수 계통의 능력을 가지고 있는 악마인 카림, 다른 이름으로는 트마워라고 불리는 악마는 자신과 같은 계통의 능력을 가진 악마의 힘을 흡수하며 힘을 키웠다.

다른 종류의 마기를 흡수하는 것은 불가능했다. 하지만 마기의 정수를 통해 만들 수 있는 순수한 마기의 정수를 통해서는 힘을 흡수할 수가 있었다.

그러나 순수한 마기의 정수를 만드는 것은 매우 힘들고 효율이 좋지 않았다.

수백 마리의 악마의 심장에서 마기의 정수를 꺼내도 만들 수 있는 마기의 정수는 많지 않았고, 같은 계통의 악마의 기운을 흡수하는 것의 절반도 되지 않았다.

하지만 지금 손 안에 들린 순수한 마기의 정수는 지금까지 흡수한 마기의 수백 배, 아니 수천 배가 넘는 양의 마기였다.

"이 마기를 흡수할 수 있다면 굳이 악마의 탑에서 빠져나가려고 안간힘을 쓰는 악마들과 거래를 하지 않아도 되겠군."

반대파 세력이 악마들을 사냥하는 이유는 하나였다. 카림과의 거래.

카림은 반대파 세력에게 은밀하게 다가가 하나의 거래를 제안했다.

많은 양의 생기를 모아줄 테니 자신에게 순수한 마기의 정수를 가져와 달라는 제안.

한 국가의 권력자가 된 카림은 전쟁을 통해 많은 양의 인간의 생기를 모을 수 있었다. 생기를 모으는 것은 어렵지 않지만 생기는 자신을 강하게 해주지 않기에 그는 거래를 제안했었고, 인간계로 나가고 싶어 하는 반대파 악마들은 카림의 제안을 받아들여 악마들을 사냥해 순수한 마기의 정수를 만들었다.

하지만 이제 그 거래는 필요가 없어졌다.

그들이 아무리 많은 악마를 사냥해 순수한 마기의 정수를 만들었다고 한들 지금 가지고 있는 순수한 마기의 정수 앞에서는 반딧불에 불과했다.

"이제 새로운 마왕으로 거듭나는 것이다."

카림은 지체하지 않고 순수한 마기의 정수에 손을 뻗었다.

그는 가슴을 열어 마기의 정수를 받아들일 준비를 했고, 엄청난 양의 마기가 그의 전신에 쏟아져 내려왔다.

순수한 마기의 정수는 트마워를 축복해 주듯이 쏟아져 내렸고, 카림은 전신의 모든 모공을 열어 마기를 받아들였다. 1분 1초가 다르게 강해지는 트마워는 마기에 취해 정신을 차리지 못했다.

어느 순간 트마워의 손에 들린 마기의 정수는 사라졌고, 트마워는 절대적인 힘을 가진 악마가 되어 있었다.

"이게 전대 마왕의 유산인가. 믿기지가 않는군. 내가 이렇게 강해지다니. 마계에 있는 모든 악마의 마기의 정수를 흡수한다고 한들 이렇게 강해지지는 못할 것이다."

트마워는 한동안 자신의 힘을 느끼며 미소 지었다.

"이렇게 시간을 보내기에는 너무 아깝군. 더는 여기에 있을 필요가 없지. 하지만 지금까지 내가 이룬 것이 있으니 그냥 가기에는 아쉽군."

트마워는 어느새 돋아난 10개의 뿔 중 하나의 뿔을 뜯어내었고, 그 안에 많은 양의 마기를 불어넣었다.

그러자 뿔은 하나의 인형으로 변했다. 트마워와 흡사한 인형으로 말이다.

"너는 이제 나의 분신으로 움직인다. 내 지시에 따라 중동과 이집트를 지배한다."

"알겠습니다, 주인님이시여."

트마워의 뿔은 카림이 되었다. 악마의 가면이었던 카림이라는 이름은 이제 악마의 뿔의 차지가 되었다.

"나는 악마의 탑으로 가겠다. 그동안 중동 국가와 이집트를 장악해라."

트마워는 자신의 분신인 카림의 대답을 듣고는 데빌 도어가 있는 곳으로 이동했다.

데빌 도어를 통해 악마의 탑으로 들어가는 그의 뒷모습은 그 어떤 존재보다 당당하고 힘이 넘쳤다.

카림의 탈을 벗어 던지 트마워가 악마의 탑으로 돌아왔다.

그가 처음 향한 곳은 자신의 영역이 아니라 최상위권 서열의 악마들이 있는 악마의 탑 10층이었다.

트마워도 악마의 탑 10층에 들어갈 수 있는 자격이 있긴 했지만 마기가 상대적으로 약해서 상위 악마들의 부름이 있기 전에는 스스로 찾아가지 않았다. 아니, 찾아가지 못했다.

하지만 지금은 그가 스스로 악마의 탑 10층으로 올라서고 있었다.

트마워가 악마의 탑 10층에 올라서자 가장 먼저 반긴 이들은 반대파에 서 있는 악마였다.

"여기로 찾아오면 어떻게 하는가. 우리는 거래를 위한 순수한 마기를 모두 수집했다. 우리가 인간계로 넘어가기 위한 생기를 가지고 왔는가?"

"말이 짧군."

"뭣이라? 우리가 너와 거래를 한다고는 하지만 네가 우리 위에 있는 것은 아니다. 감히 나에게 그따위 말투를 사용하다니. 소멸당하고 싶은가? 생기를 우리의 약점으로 삼아 위에 군림하고 싶은가? 그렇다면 이번 거래는 없다. 대신 너의 목숨을 받겠다."

"웃기는 소리는 이제 그만하지. 너와의 대화는 격이 떨어지는 것 같군. 이만 물러나거라."

"인간계로 가더니 간덩이가 부어서 돌아왔군. 수멸시켜 버리겠다."

반대파에서 행동력이 가장 뛰어난 악마 하나가 트마워를 향해 달려들었다.

마왕 부활파의 악마들이 자신들을 바라보고 있다는 사실을 알고 있었지만 며칠 사이 도도해진 트마워의 기를 꺾어줄 필요가 있었다.

그는 강한 마기를 끌어내 트마워를 압박할 생각이었다.

트마워가 상위권 악마라고는 하지만 자신에 비하면 약한 마기를 가지고 있다고 생각했기에 선택한 방법이었다.

그의 마기가 트마워의 전신을 압박하기 시작했다. 하지만 표정이 좋지 않은 쪽은 트마워가 아니라 마기를 방출하고 있는 악마 쪽이었다.

"이게 끝인가? 너무도 약하군. 이런 마기로 나를 상대하려 했다니, 웃음도 나오지 않는군. 좋은 말로 할 때 그만두어라. 그래도 나와 거래를 하려고 했던 악마를 상대로 직접 나서고 싶지는 않다."

"그만두지 못하겠다면 어떻게 할 건데!"

악마는 마기의 정수를 쥐어짜며 소리쳤고, 그에 대한 대답은 소멸이었다.

"어떻게 이런 일이……."

그 장면을 지켜보던 반대파의 악마들이 당혹감을 감추지 못하고 트마워를 바라봤다.

트마워를 압박하던 악마의 마기는 분명 강했다. 여기에 있는 악마 중에서는 약하다고 하지만 그의 마기를 몸으로 온전히 받을 수 있는 악마는 얼마 되지 않았다.

하지만 트마워는 몸으로 받는 것뿐만 아니라 압도적인 마기를 이용해 자신을 압박하던 악마를 소멸시켜 버렸다.

"이제 알겠는가? 나는 예전의 트마워가 아니다. 마계의 새로운 주인이 될 존재다."

반대파 악마들은 트마워를 막을 생각을 하지 못했고, 트마워는 그들을 뒤로하고 악마의 탑 10층의 중심을 향해 천천히 걸어 갔다.

악마의 탑 10층의 중심에는 한 가지 중요한 물건이 있었다. 마왕의 부활을 위한 마계의 심장이 거기에 있었다.

"더는 다가오지 마라. 한 발자국만 더 다가오면 적으로 간주하겠다."

"여전히 마왕의 부활을 기다리는 건가? 왜 그렇게 마왕의 부활을 기다리고 있는 거지?"

트마워의 질문을 받은 악마는 화크나트였다.

마계 서열 2위이자 마왕의 부활을 가장 원하는 악마이며, 트마워를 인간계로 보낸 그를 향해 질문을 하고 있는 트마워였다.

"네가 인간계에서 어떤 힘을 가지고 돌아왔는지는 모르겠지만, 함부로 마왕님을 입에 담지 마라."

"여전히 마왕의 부활을 기다리는 이유를 모르겠군. 나를 보아라. 나에게서 느껴지는 마기를 느껴 보아라."

트마워는 두 팔을 벌리고는 가슴을 열었다. 그의 몸에서 엄청난 양의 마기가 흘러나와 악마의 탑 10층을 가득 채웠다.

숨 막히는 마기에 10위권 밖의 악마들은 고개를 숙였으며, 그래도 높은 마기를 가지고 있는 악마들은 이빨을 악물며 마기를 버티고 있었다.

서열 2위인 화크나트만이 겨우 입을 열 수 있는 여유가 있었다.

"강하구나."

"그렇다, 나는 강하다. 새로운 마왕이 되기에 부족함이 있어 보이는가? 나를 모셔라. 내가 너희들에게 새로운 세상을 열어

주겠다."

"너는 강하지만 마왕은 아니다. 나는 평생을 마왕님의 부활을 위해 살아왔다. 잡종 놈을 모시기 위해 힘든 시간을 견뎌온 것이 아니다!"

"아직도 정신을 차리지 못했군. 그래, 임관식을 대신해 내 힘을 보여주는 것도 나쁘지 않겠군. 너를 제압하면 다른 악마들은 나에게 복종하게 될 테니 말이다."

화크나트가 마계에서 차지하는 비중은 절대적이었다.

그가 마왕의 부활이 아니라 스스로 마왕이 되겠다고 선언했다면 모든 악마들이 찬성했을 것이다.

그만큼 다른 악마들보다 많고 순수한 마기를 가지고 있는 존재가 화크나트였다.

트마워는 악마의 탑으로 퍼져 나가 있는 마기를 다시 몸으로 불러들였고, 마기를 방출하는 방향을 화크나트로 국한시켰다.

"이런 힘으로 나를 이길 수 있다고 생각했나? 동족의 피를 마시며 강해진 너 따위에 순수한 마기를 가진 내가 질 거라고 생각했다면 큰 착각이다!"

마기의 정수를 폭발시키며 강한 마기를 끌어낸 화크나트는 전신을 압박하던 트마워의 마기가 약해지는 것을 느꼈다.

화크나트는 불의 기운이 담긴 마기를 사용하는 악마였다.

그가 마기를 끌어낼 때마다 주변에서는 쇠마저 녹이는 뜨거운 용암이 끓어 올라왔다.

약간이라도 스쳐도 뼈마디가 녹아내릴 것만 같은 열기를 뿜어내는 화크나트에 악마들은 뒤로 물러나기에 바빴다.

"네 힘이 순수하다고 했던가? 불의 힘이 담겨 있는 너의 마기는 순수하지 않다. 오로지 어둠의 힘만을 가지고 있는 나의 마기가 순수한 마기다. 잡종은 내가 아니라 화크나트 너다."

"닥쳐라!"

화크나트는 스스로 화산이 되어 트마워를 향해 달려들었다.

그도 알고 있었다. 마기의 양으로는 자신이 불리하다는 것을……

이런 식으로 마기만을 이용한 힘 싸움을 한다면 자신에게 손해였다.

그는 근접전을 즐겼다. 마기의 양도 압도적이었지만 전투 능력이 그의 특기 중의 특기였다.

뜨거운 열기가 트마워의 머리카락을 태우고 지나갔다.

"인간계에서는 머리를 태우기 위해 돈을 투자한다고 하더군. 특별히 나를 위해 머리 모양을 바꿔주다니, 고맙다고 말하고 싶군."

"인간계에서 농담을 많이 배우고 왔구나. 이번 공격은 녹록하지 않을 것이다!"

화크나트는 빠르게 거리를 좁히며 트마워에게 다가가서는 상체를 폭발시켰다.

두 팔은 물론이고, 가슴과 머리에서까지 불길이 터져 나왔고, 그 불길은 그대로 트마워를 향해 쏟아져갔다.

화크나트가 지금 만들어내는 불길은 마계에서 모르는 악마가 없을 정도로 유명한 공격 기술이었다.

자신의 권위에 도전하는 악마에게 선보인 적이 있는 기술로 조금이라도 불길에 닿는다면 죽기 전까지 꺼지지 않는 죽음의 불길이었다.

"이 공격을 멀리서 지켜본 적이 있었지. 그때는 이 불길이 어찌나 무섭던지. 하지만 지금은 장작불 같군."

트마워는 화크나트가 만들어낸 불길에 손을 집어넣었다.

다른 악마들이 보기에는 자살행위 같았지만 트마워는 자신이 있었다.

불길 또한 마기의 일부였다. 전대 마왕의 정수를 얻은 자신이 이런 불길에 당할 리가 없었다.

그의 생각은 정확히 맞아떨어졌다.

모든 것을 태우기로 유명한 화크나트의 불길은 트마워에게 아무런 피해를 주지 못했고, 화크나트는 굴욕적으로 트마워의 손에 목이 잡혀 버렸다.

"이제 그만하도록 하지. 그래도 한때 마계의 주인 자리에 있던 존재를 치욕스럽게 할 수는 없지. 이만 사라지거라."

트마워는 조금씩 손아귀에 힘을 주기 시작했고, 화크나트는 자신의 공격이 트마워에게 통하지 않는다는 사실을 알게 된 순간부터 반항할 생각을 하지 못했다.

하지만 그 순간 화크나트는 한 가지 의문점이 생겼다.

"갑자기 이렇게 강한 마기를 가지게 된 이유를 알려줄 수 있겠는가? 이 기운은 정말 마왕님의 기운과 비슷하다. 이런 기운을 가지고 있는 악마가 마왕님 말고 또 있다는 사실이 믿기지 않는다."

"마왕과 비슷한 힘이라고 했는가? 그렇지, 4700년 전에 인간계에 강림했던 마왕의 힘을 흡수했으니 비슷하게 느껴질 수밖에 없겠지. 나는 네가 기다리던 그 마왕은 아니지만 다른 마왕의 힘을 가지게 되었다."

트마워는 자신의 생각 일부를 화크나트와 공유했다. 자신이 어떻게 지금의 자리에 오게 되었는지 그에게 자랑하고 싶었다.

트마워의 기억을 통해 마왕의 유산이 인간계에 남아 있게 되었다는 사실을 알게 된 화크나트는 조용히 눈을 감고 마지막을 기다렸다.

"이만 가거라. 내가 새로운 마왕이 되어 마계를 다스리겠다. 그 전에 인간계를 새로운 마계로 만들어야 하겠지만 말이다."

트마워의 손에서 마기가 점토처럼 뭉쳐졌다.

점토는 스스로 모습을 바꾸었고, 얼마 지나지 않아 날카로운 무기로 변했다.

마기로 만든 날카로운 칼날은 화크나트의 가슴을 후벼 팠고, 그의 육체를 지탱하고 있던 마기의 정수를 뽑아내었다.

마기의 정수를 잃은 화크나트의 육체는 소멸되었다. 하지만 강한 정신체를 가지고 있던 최상위 악마인 화크나트였기에 작은 구슬에 정신이 봉인되었다.

데빌 실이라고 불리는 이 작은 구슬은 악마의 무덤이라고 볼 수 있었다.

트마워는 데빌 실을 축구공 차듯이 발로 차버렸고, 화크나트의 데빌 실은 데굴데굴 굴러 악마의 탑 10층 한구석으로 들어가 버렸다.

"이제 나에게 복종해라. 복종한다면 새로운 세상을 보여줄 것이고, 그렇지 않다면 화크나트와 같은 모습으로 변하게 해주겠다."

트마워의 몸 주변에서는 어떠한 마기도 느껴지지 않았다. 하지만 전처럼 엄청난 양의 마기로 몸을 압박할 때보다 더 큰 압박을 느끼는 악마들이었다.

마계의 1인자인 화크나트를 너무도 쉽게 처리한 트마워의 능력에 두려움을 느끼고 있는 것이었다.

악마들은 하나둘 무릎을 꿇기 시작했다. 급기야는 악마의 탑 10층에 있는 모든 악마들이 무릎을 꿇었다.

반대파는 드디어 인간계로 나갈 수 있게 되었기에 트마워에게 받았던 수모는 이미 기억에서 잊어버렸고, 마왕 부활파의 악마들은 파벌의 중심이었던 화크나트가 사라지게 된 순간부터 와해되었다.

"내가 새로운 마계의 왕이다. 나의 수족이 지금 너희들을 위한 생기를 모으고 있다. 악마의 탑에서 모은 생기와 내 수족이 보내올 생기를 합친다면 악마의 탑에 있는 모든 몬스터들과 악마들이 인간계로 내려갈 수 있는 생기가 된다. 조금만 더 참고 기다려라. 내가 너희들에게 신세계를 보여주겠다."

도도한 발걸음으로써 악마의 탑 중심에 있는 화크나트의 의자를 차지한 트마워였다.

"마왕이 앉을 의자로는 부족하군. 누가 나에게 새로운 의자를 바치겠는가?"

"제가 만들어 드리겠습니다."

"아닙니다. 제가 하겠습니다."

작은 일에도 민감하게 반응하는 악마들은 이미 새로운 마왕인 트마워의 수족이 되어 있었다.

하지만 모든 악마들이 그런 것은 아니었다.

표면적으로는 트마워의 명령을 따르고 있어 보였지만 화크나트의 죽음을 애도하고 있는 악마도 있었다.

아는 악마는 없었지만 화크나트에게는 양아들이 하나 있었다. 자신이 직접 출생을 목격했으며, 마기를 사용하는 방법과 전투법을 가르친 악마.

화트인이 바로 화크나트의 양아들이었다.

화트인은 자신의 스승이자 아버지인 화크나트를 죽인 트마워에게 복종할 수가 없었다.

자신의 힘으로 복수할 수 있다면 좋겠지만 그에게는 그런 능력이 없었다.

힘을 숭상하고, 힘이 모든 것이라고 생각하는 악마들이었지만 화트인은 악마 중에서도 머리가 깨어 있었다.

그러니 지금까지 화크나트와 자신의 관계를 악마들이 알지 못했다.

그는 다른 악마들이 트마워의 비위를 맞춰 주는 틈을 노려 조심스럽게 화크나트의 데빌 실을 품에 챙겼다.

"이제 각자의 자리로 돌아가 때를 기다려라."

악마의 탑 10층에 거주하고 있는 악마들도 있었지만 악마의 탑 9층에서 거주하는 악마들도 있었다. 화트인은 9층을 배정받은 악마였다.

그는 최대한 고개를 숙이며 데빌 도어를 통해 자신의 보금자리로 돌아갔다.

적막감만이 흐르는 자신의 보금자리로 돌아온 화트인은 그제야 슬픔에 눈물 짓기 시작했다.

"이대로 끝나게 두지는 않겠다. 네가 하려는 일은 절대 성공하지 못할 것이다. 내가 그렇게 만들 것이야!"

화트인은 슬픔을 속으로 삭이며 보금자리에 있는 작은 상자를 열었다.

그 안에는 인간의 생기가 가득 들어 있는 구슬이 하나 들어 있었다.

자신의 양아버지인 화크나트가 자신의 안전을 걱정하면서 만들어준 생기의 구슬이었다.

그는 트마워가 그랬던 것처럼 인간계로 넘어가 기회를 엿볼 생각이었다.

"팀장님, 데빌 도어에서 악마의 기운이 느껴져요."

"나도 느끼고 있어. 현수 너는 나와 함께 데빌 도어가 있는 곳으로 가고, 용욱이 너는 회사의 헌터들을 모아서 데빌 도어로 와!"

다시 한 번 데빌 도어에서 악마의 기운이 감지되었다. 이번에는 정말 본격적인 전쟁이 일어날지도 모르기에 긴장된 마음으로 데빌 도어가 있는 곳으로 이동했다.

"뭐야, 이번에도 혼자야?"

"그런 것 같은데요. 악마의 탑은 왜 악마를 한 마리씩 보내는 건지 모르겠네요."

불의 기운을 가지고 있어 보이는 악마가 데빌 도어를 통해 인간계로 넘어왔다. 하지만 전에 넘어왔던 트마워에 비해 약한 마기를 가지고 있을 뿐만 아니라 전투 의지도 보이지 않았다.

"역시 맞았군요. 인간에게서 마기가 있다는 말이. 한국으로 온 선택이 정말 옳았어요."

"무슨 말을 하는 건지 모르겠는데. 인간계로 넘어온 이유가 뭐지?"

"저는 그쪽을 만나러 왔습니다. 현재 악마의 탑은 트마워가 장악했습니다. 그는 마왕의 부활을 기다리지 않고 스스로 마왕이 되려고 하고 있습니다. 그리고 그의 손에 저의 아버지가 돌아가셨습니다. 저는 트마워를 막을 수 있는 그리고 제 아버지의 복수를 할 수 있는 존재를 찾아 인간계로 넘어왔습니다."

악마의 탑 사정이 어떤지는 모르겠지만 급박하게 돌아가고 있는 것만은 분명했다.

상위 서열로 보이는 악마가 도움을 청하기 위해 인간계로 넘어왔다는 말은 쉽사리 믿기지 않았다.

아니면 악마의 요상한 작전일 수도 있다는 생각이 들었다.

전투 의사를 전혀 보이지 않는 악마였지만 나는 무기를 더욱 굳세게 잡으며 긴장을 풀지 않았다.

"우리가 왜 악마를 도와줘야 하는지 모르겠군. 악마는 우리의 적이다. 인간계를 점령하려고 하는 악마들의 말이 믿음이 가지 않는다."

"저를 믿지 못하는 것이 당연합니다. 하지만 트마워를 막지 못한다면 인간계에 미래는 없습니다. 제 마기의 정수를 걸고 제 말에 거짓이 없다고 약속드립니다."

마기의 정수는 악마의 목숨이었다. 마기의 정수까지 건다는 악마의 말에 마음이 조금 움직였다.

"트마워라고 하면 전에 인간계로 넘어온 악마 아니에요? 흡수 계통의 능력을 가진 악마였잖아요. 그가 어떻게 악마의 탑을 정복했을까요?"

현수의 질문에 나도 의문이 들었다. 흡수 계통의 악마가 강해지는 방법은 하나뿐이었다.

마기를 흡수해 강해지는 법.

우리의 눈을 피해 인간계에서 시간을 보낸 트마워가 강해졌다면 인간계에서 강해지는 방법을 찾은 것이 분명했다.

"트마워가 얼마나 강해진 건가?"

"트마워는 지금 악마의 탑에서 가장 강한 마기를 가지고 있는 악마가 되었습니다. 제 아버지이자 마계 서열 1위였던 화크나트님을 장난감처럼 가지고 놀았습니다. 그는 인간계를 새로운 마계로 만들어 왕이 되려고 하고 있습니다. 그는 악마의 탑에 있는 모든 악마와 몬스터들을 인간계로 넘어가게 하려고 하고 있습니다."

"그가 아무리 악마의 탑을 지배하는 악마가 되었다고는 해도 몬스터와 악마가 인간계로 넘어오려면 많은 양의 생기가 필요하니 지금 모은 생기로는 한계가 있을 텐데."

"그는 인간계와 끈을 만들어 두었습니다. 전쟁을 통해 혹은 다른 방법을 통해 생기를 모을 방법을 찾은 것 같습니다. 제가 알고 있는 정보는 여기까지입니다. 하지만 저희 아버지와 대화를 하신다면 저 많은 정보를 얻을 수 있을 겁니다."

"너희 아버지는 트마워의 손에 죽었다고 하지 않았나?"

그는 슬픔에 찬 눈으로 품에서 구슬 하나를 꺼내 들었다.

어디서 많이 본 구슬이었다. 데빌 실.

악마의 무덤인 데빌 실이 그의 품에서 나왔다.

"제 아버지가 잠들어 있는 데빌 실입니다. 당신의 능력이라면 충분히 아버지를 불러낼 수 있습니다."

데빌 실을 처음 보는 것은 아니었다. 이계에서 데빌 실을 통해 악마에게서 정신력 강화법을 배운 적도 있었다.

데빌 실에 잠들어 있는 악마를 깨우기 위해서는 강한 기운이 필요했다.

눈앞에 있는 악마도 데빌 실을 깨울 만한 마기를 보유하고 있었다. 하지만 그는 절대 데빌 실에 기운을 투입하지 못했을 것이다.

자신이 아버지라고 부르는 존재에게 주인님 소리를 듣고 싶은 아들은 없을 테니까 말이다.

"데빌 실을 나에게 줄 정도라면 정말 악마의 탑에 큰일이 생겼다는 건데. 일단은 데빌 실에 들어 있는 악마와 대화를 해보겠다."

데빌 실을 받아 들고는 바로 고리의 기운을 불어넣었다.

고리의 기운은 데빌 실의 주위를 돌며 하나의 끈을 만들어 내었다.

아기가 영양분을 섭취하기 위해 배 속에 탯줄을 만드는 것처럼, 데빌 실에 내 기운을 전해줄 끈이 연결된 것이었다.

데빌 실에서 악마의 정신체를 끌어내기 위해서는 많은 양의 기운이 필요했기에 나는 끊임없이 고리의 기운을 집어넣었다. 시간이 지나면 회복되는 고리의 기운이었기에 아낌없이 불어넣어도 되었다.

하지만 그런 생각은 10분이 흐르자 사라졌다.

"얼마나 강한 악마가 여기에 있는 거야. 내가 가지고 있는 대부분의 기운을 집어넣었는데도 아직 부족하잖아!"

그래도 다행히 마지막 남은 고리의 기운까지 투입하자 데빌 실은 두껍고 어두운 막이 걷어지며 속에 잠들어 있는 정신체가 빠져나왔다.

"내가 깨어났는가? 결국 이렇게 되었군."

데빌 실에 봉인된 정신체들은 처음 자신들의 처지를 깨닫지 못하고 우왕좌왕하기 마련이었다.

하지만 지금 나온 정신체는 지금의 상황을 정확하게 인지하고 있을 뿐만 아니라 알 수 없는 위엄까지 느껴졌다.

"마기를 가지고 있는 인간이 나를 깨어나게 했군. 화인트여, 수고했다."

"아닙니다, 아버지."

눈물 나는 부자 상봉을 막을 생각은 없었지만 워낙 강한 악마였고, 내가 투입한 고리의 기운으로 데빌 실에서 나오게 할 수 있는 시간이 길지 않았기에 빨리 대화를 시도해야 했다.

"악마의 탑은 어떻게 된 거지? 그리고 트마워가 어떻게 그렇게 강한 마기를 가지게 된 거지?"

"트마워는 인간계에서 엄청난 양의 마기를 가지게 되었다. 그는 나를 죽이는 마지막 순간에 자신의 기억을 나에게 보여주었다. 자랑하고 싶었겠지. 이전의 자신이 두려워했던 나에게 자신의 강함을 증명해 보이고 싶었기에 기억을 나에게 공유한 것이겠지."

"인간계에서 마기를 가지게 되었다는 말이 이해가 되지 않는데. 인간계에 다른 악마들이 나와 있는 건가?"

"그렇지는 않다. 현재 인간계에 나와 있는 악마의 수를 정확하게 알 수는 없지만 트마워의 마기를 늘려줄 정도의 악마는 없다."

"그렇다면 어떻게 트마워가 강해진 거지?"

"인간계에 데빌 도어가 생긴 것은 이번이 처음이 아니다. 4700년 전에 데빌 도어가 생긴 적이 있다. 그때 강림한 마왕의 유산이 순수한 마기의 정수였다. 그 힘을 트마워가 이어받았다."

"인간계에 악마가 강림한 적이 또 있었단 말이야? 그러면 다른 시대에도 마왕이 강림한 적이 있나?"

"그렇다고 볼 수 있다. 전대 마왕님에게 들은 기억이 있다. 2300년 전에 넓은 영토를 가진 국가에 강림한 적이 있다고 한다. 그곳에 마왕의 정수가 잠들어 있을 가능성이 높다."

"잠깐만, 순수한 마기의 정수가 또 있을 수도 있단 말이야?"

"그렇다. 만약 그 힘까지 트마워가 흡수하게 된다면 그를 이길 방법은 없다. 그리고 내가 기다리는 마왕의 부활도 영원히 불가능하게 된다."

마왕의 부활을 원하는 자와 인간계의 생존을 원하는 나.

완전히 다른 목적을 가지고 있었지만 방법은 동일했다. 트마워를 막는다.

"만약 우리가 트마워를 막는다면 네가 기다리는 마왕이 부활해 인간계를 정복하지 않을까? 그렇다면 우리는 애먼 곳에 힘을 쓰게 되는 건데……."

"그렇지는 않다. 트마워는 이미 악마의 탑에 있는 마기 대부분을 소멸시켰을 것이다. 마왕의 부활은 이제 다음 세대로 넘어갔다. 이번 세대에는 불가능하다. 최소 1000년의 시간이 지나야 마왕의 부활을 기대할 수 있다. 하지만 트마워가 계속 마계를 장악하고 있다면 마왕의 부활은 불가능하다."

1000년 뒤의 세계? 걱정되긴 하지만 지금은 우리 코가 석 자였다.

"알겠다. 그러면 트마워를 막기 위해 노력해 보겠다. 그런데 그를 막으려면 전대 마왕의 유산을 찾아야 하는데, 2300년 전의 기록이 인간계에 남아 있을 리는 없을 거고, 좀 더 정보가 있어야 찾을 수 있다."

"내가 알고 있는 정보는 넓은 영토를 가지고 있는 곳이었다는 것밖에… 아! 인간계를 지배하기 위해 산성을 만들었다고 한다. 그리고 거기에 유산을 찾을 수 있는 기록을 남겨 두었다고 했었다."

"2300년 전에 만들어진 산성? 그걸 어떻게 찾으라는 거야. 그런 정보로는 제대로 찾지 못한다고."

"팀장님……."

현수가 나를 불렀다. 그의 표정은 흡사 동네 바보를 동정하는 듯했다.

"왜 나를 그렇게 보는 거냐?"

"2300년 전에 넓은 영토를 가지고 있으며, 산성을 만든 국가를 지금 모르겠다는 겁니까?"

"내가 세계사는 약해서 말이야."

"만리장성도 모르세요? 아니, 세계사의 문제가 아니라 상식이라고요. 그리고 지금 말을 들어보니 한 가지 가설이 생각나네요. 정확하지는 않겠지만, 그래도 저자의 말이 맞다면 2300년 전 그러니까, 기원전 260년 전에 진시황이 엄청난 능력을 가진 왕이 모습을 드러냈어요. 중국을 처음으로 통일한 황제가 말이죠. 만약 그가 마왕의 도움을 받아 중국을 통일했다면 저자의 말이 이해가 되지 않아요?"

"진시황이라면 나도 들어본 적이 있는데. 그 사람이 마왕의 도움을 받았든가, 혹은 마왕 그자체일 수도 있다고?"

"그럴 수도 있다는 말이죠. 만약 이 가설이 맞다면 정말 마왕의 유산인 순수한 마기의 정수가 중국에 있을 가능성이 높아요."

"그 땅이 중국인가? 하지만 인간의 능력으로 마왕의 유산을 찾는 일은 쉽지 않을 것이다. 고대의 악마들만 사용하던 글자로 남겨 두었을 것이다. 부디 성공해 트마워를 막아주길 바란다. 나는 이만 돌아갈 시간이 되었군."

"아버님!"

"너는 인간들을 도와 트마워를 막아라."

마지막 말을 남기고 화크나트는 데빌 실로 들어갔고, 사방은 적막이 가득했다.

눈물 짓고 있는 악마의 모습을 보는 것이 흔치 않았기에 더욱 입을 떼기가 어려웠다.

"악마가 어디에 있습니까? 저자가 악마입니까? 전원, 정령을 소환해라!"

정적은 위용욱과 회사 헌터들에 의해 깨졌다.

위용욱은 지금 당장 운용할 수 있는 수천 명의 헌터들을 데리고 데빌 도어 앞에 도착했고, 오자마자 전투 준비로 떠들썩하게 만들었다.

"무기 집어넣어. 적이 아니야."

"악마가 적이 아니라니요? 딱 봐도 인간으로 보이지 않는데요. 혹시 벌써 악마의 유혹에 넘어가신 겁니까? 제가 악마의 유혹을 이길 수 있도록 해드릴게요."

방패를 높이 들고 나를 향해 돌진해 오는 위용욱이었다. 나는 위용욱의 방패를 몸을 돌려 피하고는 그대로 그의 뒤통수를 후려갈겼다.

"말 좀 들어라. 내가 악마의 유혹에 왜 넘어가냐. 자세한 말은 회사로 돌아가서 해줄 테니 일단은 헌터들부터 해산시켜."

"아니면 아니라고 말로 하면 되지, 꼭 손을 써야 되는지……."

"네가 한 행동을 생각하면 그런 말을 못 할 건데. 어서 회사로 돌아가!"

우리는 자신을 화인트라고 소개하는 악마를 데리고 회의실로 들어갔다.

"그래도 마계에서 서열 1위인 이의 양아들이면 고대 악마의 언어를 배운 적 있을 텐데?"

"그렇지 않습니다. 저를 양아들로 삼긴 했지만 파벌 다툼 혹은 서열 다툼에 제가 희생되는 것을 원치 않았던 아버님이 저의 존재를 알리지 않았습니다. 그리고 고대 악마의 언어를 알고 있는 존재가 얼마 되지 않습니다. 트마워가 어떻게 고대 악마의 언어를 배워 4700년 전의 마왕의 유산을 가지게 되었는지는 모르겠지만, 현재 마계에서 고대 악마의 언어를 아는 악마는 거의 없다고 볼 수 있습니다."

"그래. 그러면 어떻게 하지……."

"팀장님, 머리를 좀 쓰세요. 진짜 답답하네요."

"나도 최선을 다해 머리를 쓰고 있다고. 그리고 머리를 쓰는 일은 네 담당이잖아. 그래, 말 잘했다. 나보다 훨씬 머리가 좋으니까, 네가 좋은 방법을 생각하고 있겠지. 어서 말해봐."

"우리 회사 연구소에서 일하고 있는 존재를 벌써 잊었어요? 팀장님이 직접 데리고 왔는데."

"아! 마준기!"

"그래요. 인간의 이름은 마준기지만 크런클이라는 악마의 이름을 가지고 있는 존재. 그리고 마계에서 흔치 않게 지식을 공부하는 데 소홀히하지 않는 존재가 우리 회사에 있잖아요."

"그러네! 당장 그를 불러야겠어."

Chapter 4

전대 마왕의 유산을 찾아서

롱구스를 이용해 연구소에서 홀로 연구를 하고 있는 마준기를 회의실로 불렀다.

그는 회의실에 도착하는 순간 화인트의 얼굴을 보고 놀랐다.

"아니, 당신이 어떻게 여기를⋯⋯."

"저도 크런클 님과 같은 사정으로 여기에 왔습니다. 현재 악마의 탑은 트마워가 장악하고 있습니다. 화크나트 님을 죽이고 스스로 새로운 마왕이 되려고 하고 있습니다."

"크런클이라는 이름은 버렸네. 나를 이제는 마준기라고 불러주게나. 나야 누가 마왕이 되든 큰 상관은 없지만 트마워가 인간계를 새로운 마계로 만들려고 한다면 조금 그렇긴 하군. 나는 지금 생활에 매우 만족하고 있단 말이지. 연구할 것도 넘쳐 나고, 지원도 부족하지 않은 지금의 시간을 방해받고 싶지는 않은데……."

"그러니까. 우리를 도와야지. 혹시 고대 악마의 언어에 대해서 알고 있어?"

"고대 악마의 언어 말이십니까? 제가 누구입니까. 마계에서 사라진 기록들을 기억하고 있는 유일한 존재라고 할 수 있습니다. 고대 악마의 언어는 한때 제가 연구한 적이 있습니다. 저보다 고대 악마의 언어를 잘 아는 존재가 있다고는 생각되지 않습니다."

"그런데 트마워도 고대 악마의 언어를 알고 있던데."

"아! 트마워도 알 수 있겠네요. 흡수 계통의 악마는 생존을 위해 많은 정보를 필수적으로 알아야 합니다. 생존을 위해 고대 악마의 언어를 배웠을 수도 있겠네요."

"생존이랑 고대 악마의 언어랑 무슨 상관인데?"

"마계에는 고대 악마의 언어로 적힌 책자들이 남아 있습니다. 그 책자에는 강해지는 방법이 수록되어 있기도 하죠. 태생부터 높은 마기를 가지고 태어나는 악마들과는 혈통이 다른 트마워니까 강해지기 위해 그 책자들에 관심을 가졌을 겁니다."

"정말 그런 책들이 있어?"

"관심이 있으십니까? 하지만 권하고 싶지는 않습니다. 고대 악마의 언어로 적힌 책자 대부분을 해독해 봤지만 전부 쓰레기였습니다. 잡다한 지식들이 적혀 있거나, 일상생활 혹은 로맨스에 관한 내용들이 적혀 있는 책자들이었죠. 트마워도 고대의 책들을 해독해 봤다면 큰 좌절을 맛봤을 겁니다."

"어쨌든 고대 악마의 언어를 해독할 수 있다는 말이지. 그러면 우리를 도와줘야겠어."

"연구할 게 많이 있긴 하지만 고대 악마의 언어를 오랜만에 해독하는 일도 재미가 있겠군요. 함께하도록 하겠습니다."

화인트가 재촉하긴 했지만 현 상황의 심각성을 잘 알고 있었기에 우리는 바로 중국으로 이동했다.

회사 연구소에서 제작한 딱 한 대밖에 없는 속도형 승용차가 이동 시간을 많이 줄여 주었다.

하지만 비행기에 비해서는 느렸기에 일주일의 시간을 허비하고 나서야 만리장성의 모습을 볼 수 있었다.

"이게 만리장성이네. 이제 어떻게 해야 되지?"

"만리장성을 보게 되면 바로 답이 나올 줄 알았는데, 이렇게 봐서는 도저히 모르겠어요."

만리장성은 몬스터의 침입에 크게 부서져 온전한 부위가 얼마 남지 않은 상태였다.

"고대의 악마의 언어가 보이지 않는데……."

마준기의 말처럼 고대 악마의 언어라고 할 만한 것은 전혀 없었다.

우리는 결국 흑룡회의 도움을 받아 만리장성에 대한 자료들과 고문서들을 수집해 분석을 시도했다.

시간이 아깝지만 이렇게 있다가는 도저히 답이 나오지 않는 상황이었기에 현수와 마준기가 중심이 되어 만리장성에 숨어 있는 마왕의 유산의 힌트를 찾았다.

그렇게 일주일이 넘는 시간 동안 자료들과 고서적에 파묻혀 있던 마준기의 입에서 짧은 환호성이 터져 나왔다.

"드디어 찾았습니다. 시황제인 진시황이 만리장성을 만들었다고 알려져 있지만 사실은 진시황이 점령한 국가들이 이민족이 만들어 놓은 장성을 수리하고 증축한 것입니다. 그리고 진시황이 사망한 이후에도 만리장성은 꾸준히 증축되었습니다. 진시황이 지시한 만리장성이 어떤 모습인지를 알아야 합니다. 그리고 여기 진시황이 신하들에게 내린 만리장성에 대한 명령서를 찾았습니다."

너덜너덜하다 못해 금방이라도 바스라질 것 같은 낡은 종이 한 장을 신줏단지처럼 모시고 있는 마준기였다.

"거기에 뭐라고 적혀 있는데."

"만리장성이 처음 시작하는 곳에 시황제의 의지를 새겼다고 합니다. 어떤 방식으로 무엇을 새겼는지는 모르겠지만 거기에 단서가 있어 보입니다."

"만리장성이 처음 시작하는 곳이 어딘데?"

"만리장성의 시작과 끝은 보통 산해관에 있다고 합니다. 하지만 산해관이 만리장성의 시작인지 아니면 다른 곳이 시작인지는 더 조사해 봐야 압니다. 그래도 산해관을 한번 다녀와 보는 것도 나쁘지 않을 것 같습니다."

마준기의 말처럼 그냥 이렇게 있어 봐야 달라지는 것은 없기에 우리는 같이 산해관으로 이동했다.

산해관은 그래도 몬스터에게 피해를 적게 입었다. 군데군데 부서진 곳이 보이기는 했지만 그래도 그 위용을 아직 선보이고 있었다. 여러 번 증축하고 수리를 했는지 재질이 다른 돌들로 이루어져 있는 산해관이었다.

"산해관에 도착했는데, 시황제가 남긴 단서를 어떻게 찾으면 되는 거지?"

"기록에 따르면, 시황제는 만리장성이 시작되는 곳의 하늘과 땅에 새겨 두었다고 합니다."

"하늘과 땅?"

나는 지체 없이 고리의 기운을 이용해 몸을 날렸다. 하늘 높이서 바라본 신해관의 모습은 굳건한 성벽 그 이상도 그 이하도 아니었다.

딱히 특별할 것은 전혀 없었다. 그렇게 다시 아래로 내려가려는 순간 내 눈에 이질적인 무언가가 들어왔다.

"산해관의 모습이 글자처럼 보이는데."

물론 내가 알아볼 수 없는 문자였지만 그래도 글자처럼 보이는 산해관의 모습이었다.

나는 다시 땅으로 돌아와 마준기를 데리고 하늘 위로 올라갔다.

"산해관의 모습이 글자처럼 보이지 않아?"

"그렇습니다. 옆에서 볼 때는 절대 알지 못하겠군요. 그리고 마기를 몸에 지니고 있는 존재에게만 모습을 드러내는 특별한 방식으로 만들어져 있습니다. 시황제 혹은 마왕의 힘이 글자를 보호하고 있습니다. 건물이 부서진다고 하더라도 하늘 위에서 볼 수 있는 글자는 처음 그대로의 모습을 가지고 있습니다."

"해독이 가능하겠어?"

"가능합니다. 하지만 하늘 위에서 보이는 글자는 절반뿐입니다. 나머지 절반은 땅에 있을 겁니다. 악마의 언어는 일반적인 체제가 아닙니다. 온전한 문장이 모여야 비로소 해독이 가능합니다."

"그래? 그러면 땅에 있는 단서를 찾아야겠네."

땅에 있는 단서를 어떻게 찾으면 될까? 가장 일차원적으로 생각한다면 땅을 뒤집어엎어야 한다.

"땅을 뒤집겠다는 말씀이세요? 생각이 있으면 그런 말을 하시면 안 되죠. 시황제가 땅속에 단서를 만들었다면 최소 2000년은 넘었다는 말인데. 팀장님의 기운을 단서가 견딜 수나 있겠어요."

"그러려나? 하지만 다른 방법이 없잖아. 그리고 하늘에 적혀 있는 글자도 알 수 없는 기운에 보호를 받고 있어서 지금까지 온전한 모습을 유지하고 있었으니 땅속에 있는 단서도 보호를 받고 있겠지. 살살 땅을 뒤집으면 단서를 찾을 수 있을 것 같아."

나를 말리려는 현수의 손을 뿌리치고 나는 그대로 땅속으로 기어 들어갔다.

고리의 기운을 마치 드릴처럼 이용해 땅을 파고 들어갔다.

충분히 제법 깊게 들어갔다고 생각되자 고리의 기운을 땅으로 흘려보냈다.

모래를 시멘트가 굳게 만드는 것처럼, 모래 속에 고리의 기운을 불어넣어 접착력을 올렸다.

그러고는 천천히 땅을 들어 올렸다. 광대한 지역의 땅을 동시에 들어 올리는 작업이었기에 많은 양의 기운이 소모되었다.

그렇게 몇 번을 들어 올렸을 때 마준기가 단서를 찾았다.

"팀장님이 들어 올린 땅을 보니, 하늘과 마찬가지로 광대한 지역에 악마의 언어가 적혀 있습니다. 제 지시에 따라 땅을 들어올려 주시기 바랍니다. 먼저 오른쪽의 땅을 들어주세요."

마준기의 지시에 따라 땅을 들어 올리는 작업을 계속해서 반복했고, 마준기는 땅속에 있는 악마의 언어를 확인할 수 있었다.

"이제 끝난 거지? 힘들어 죽겠네. 그러면 마왕의 유산이라는 건 어디에 있는 거야?"

"잠시만 기다려 주십시오. 지금 해독이 거의 끝났습니다."

10분 정도 가만히 앉아 다리를 도닥거리자 마준기가 감았던 눈을 떴다.

"어디에 있는지 알아내었습니다. 시황제는 자신의 힘을 무덤에 두었다고 합니다. 하지만 자신의 힘을 차지하기 위해서는 자신을 보호하는 병사들을 이겨낼 능력이 있는 존재만이 접근이 가능하다고 합니다."

"병사? 2000년이 지났는데 아직 병사가 남아 있을까?"

"마왕의 힘을 가지고 있었다면 가능합니다."

"그렇다면 시황제의 무덤은 어디에 있는데?"

"팀장님은 시황제의 무덤에 대해서도 전혀 모르세요? 상식이 정말 없으시네요."

"너는 좋은 대학을 다니면서 많은 상식을 쌓았겠지만 나는 좀은 공장에서 기계를 돌리느라 상식을 쌓을 시간이 없었다고. 자기 자랑은 그만하고, 시황제의 무덤은 어디에 있는데?"

"진시황릉은 유네스코 세계유산으로까지 지정될 정도로 역사적 가치가 뛰어난 건축물이에요. 알다시피 시황제는 불로장생을 위해 자신의 무덤을 만들었어요. 규모와 안에 있는 유물의 양이 상상을 초월해요. 그리고 모두 다른 얼굴을 하고 있는 병마용갱이 유명하죠."

"병마용갱? 혹시 그게 자신을 보호하는 병사들이냐?"

"병마용갱의 병사들이 시황제를 보호하는 병사들이라면 골렘일 가능성이 높아요. 악마의 탑에서 골렘을 본 적이 있잖아요. 마왕의 능력을 가지고 있었다면 충분히 골렘을 만들 능력을 가지고 있었겠죠."

"그렇군. 거기로 이동하자."

"진시황릉은 산시성 시안에 위치하고 있어요. 빨리 출발하면 오늘 안에 도착할 수 있겠네요."

땅을 들어 올리느라 소모한 고리의 기운이 회복되지도 않았지만 휴식 시간을 가질 여유는 없었기에 우리는 곧장 시안으로 이동했다.

차를 타고 이동하면서 고리의 기운을 어느 정도 회복할 수 있었지만 그래도 조금 피로가 느껴졌다.

"시안에 도착했어요. 현재까지 발견된 병마용갱은 총 세 곳이에요."

"그래? 그러면 어디부터 가면 되냐?"

"제가 대답해 드리겠습니다. 제가 도착해서 주변을 수색하니 인간의 눈에는 보이지 않는 길이 만들어져 있었습니다. 그 길에 따라 이동하면 마왕의 유산이 열리는 구조로 보입니다. 길은 세 곳의 병마용갱을 지나야만 나머지 길이 열리는 구조입니다. 먼저 1호 병마용갱으로 이동해야 됩니다."

마준기의 말을 듣고 다시 진시황릉을 둘러보자 정말 희미한 길이 보였다.

고리의 기운 덕분에 인간은 볼 수 없는 길을 볼 수 있는 것이었다.

"그러면 이동하자."

1호 병마용갱에 도착하자 무언가 이질적인 느낌이 들었다.

"기분이 좀 이상하지 않아? 너무 긴장해서 그런가."

"아니에요. 저도 여기에 도착하자마자 이상한 기분이 들었어요. 진시황릉의 주변은 몬스터의 침공에 많은 피해를 입었어요. 만리장성도 부술 정도로 몬스터들이 난리를 피웠으니 주변의 건물이 부서지는 건 당연한 일이죠. 하지만 진시황릉, 그리고 여기 병마용갱만은 아무런 피해를 입지 않았어요."

이상한 기분을 받았던 이유를 알게 되었다. 다른 곳과 달리 병마용갱은 부서지지 않고 우리를 기다리고 있었던 것이다.

"진시황릉은 마왕의 기운이 깃든 유산입니다. 몬스터들도 마기에 지배받는 존재들이니 본능적으로 진시황릉에 다가서지 못했을 겁니다."

"그렇다면 정말 여기에 마왕의 유산이 있다는 말이 되네. 그러면 이제 무엇을 하면 되지?"

"병마용갱을 작동시켜야 합니다. 마왕의 유산이 있는 곳으로 이동하기 위해서는 길을 완성시켜야 하며, 길을 완성시키는 것은 병마용갱을 작동시켜야만 가능해 보입니다."

"병마용갱을 작동시킨다고? 이 흙으로 만든 병사들이 살아 움직이기라도 하는 거야?"

"그럴 것 같습니다. 병마용갱을 작동시키는 방법은 어렵지 않습니다. 마기를 가진 존재가 자신의 기운이 담긴 피를 병마용갱의 입구에 떨어뜨리면 병마용갱은 작동합니다."

"그렇다면 바로 시작하자."

얼마나 많은 피가 필요할지 몰라 나는 손가락이 아니라 팔목을 그어 피를 병마용갱의 입구에 떨어뜨렸다.

몸을 보호하고 있는 문양이 내 재생력을 높여 주었기에 팔목에 생긴 상처는 금방 아물었다.

상처가 완전히 아물 때쯤 병마용갱이 흔들리기 시작했다.

1호 병마용갱에 있는 병마용은 병사의 모습이었다. 단순한 무기를 들고 있는 병마용들의 눈이 떠지기 시작했다. 그리고 흙으로 돌아가 있던 병마용들도 스스로 몸을 복구시키며 온전한 모습으로 변해갔다.

5분도 지나지 않아 1호 병마용갱 안에는 1만 기가 넘는 병마용들로 가득 찼다.

"이걸 다 죽여야 끝나는 거겠지? 후! 힘 좀 거하게 써야겠네."

병마용의 기세는 무서웠다. 악마의 탑에서 여러 종류의 몬스터와 싸워도 봤고, 그중에는 골렘의 모습을 하고 있는 몬스터도 있었다.

하지만 병마용은 그런 골렘과는 다른 종류의 힘을 가지고 있었다. 엄청난 재생력과 방어력이 다른 골렘과 마찬가지로 높을 뿐만 아니라 집단적으로 움직이는 능력을 가지고 있었다.

전략과 전술이라고 할 정도는 아니지만 우리를 한곳으로 몰아 공격하는 병마용이었다.

일반 몬스터에 비해 강한 능력과 1만 마리라는 엄청난 숫자.

고리의 기운을 사용하면 한 마리의 병마용을 쉽게 사냥을 할 수 있고, 여기에 있는 5명 모두 병마용보다 훨씬 강한 능력을 가지고 있다고는 해도 1만 마리의 병마용을 상대하는 것은 까다로웠다.

"고리의 기운을 전부 사용하면 여기에 있는 1만 마리의 병마용을 쓸어버릴 수 있을 것 같은데. 어떻게 할까?"

"미쳤어요? 이제 겨우 1호예요. 아직 두 곳이나 더 남아 있는데 여기서 고리의 기운을 전부 사용하면 미래가 없어진다고요. 최대한 힘을 아끼면서 병마용을 처리해야 돼요. 전투가 이렇게 진행될 줄 알았으면 한국에서 헌터들을 데리고 오거나 흑룡회에서 지원을 좀 받을 것 그랬어요."

"일단은 최대한 힘을 아끼면서 상대해 보자."

나와 현수는 고리의 기운을 문양에 돌려 천천히 병마용을 처리했고, 위용욱은 방패를 이용해 공격해 들어오는 병마용의 몸을 부숴버렸다.

엄청난 재생력을 가지고 있는 병마용이긴 했지만 재생력이 무한하지는 않았다.

특히 한 번 부서졌다가 다시 몸을 구성한 병마용의 경우는 재생력이 많이 떨어졌다.

마준기는 특유의 기술로 병마용과 싸웠다. 힘을 숭배하는 악마의 방식이 아니라 자신이 만든 연구의 결과를 가지고 병마용을 상대하는 것이다.

마치 현대에 사용했던 총과 비슷한 아이템을 만들어 자신의 마기를 총알로 사용해 병마용의 머리를 부수었다.

언제 저런 아이템을 만들었지. 마기를 이용하는 거라면 나와 현수도 충분히 사용할 수 있을 것 같은데.

잠시 이런 생각을 했지만 길게 할 수는 없었다. 미친 듯이 공격해 들어오는 병마용이 내 시야를 가렸기 때문이었다.

주변의 병마용들을 부수며 밀어내자 화인트의 모습이 보였다.

화인트는 우리와 다르게 엄청나게 흥분해 있었다.

악마의 탑에서 받았던 스트레스를 병마용에게 풀고 있는 것처럼 보였다.

"다 죽여 버리겠다! 어디서 감히 이런 짓을 저지르는 것이냐!"

그의 눈에는 병마용이 트마워의 모습으로 보이는 것 같았다.

마기를 아끼지 않고 병마용에게 쏟아붓는 화인트 덕분에 병마용의 숫자는 크게 줄어들었다.

"잠시 몸을 피하십시오!"

마준기가 우리에게 소리를 치고는 병마용의 머리를 밟고 높게 뛰어올랐다.

그의 손에는 총 모양의 무기 대신 무반동총과 흡사한 무기를 가지고 있었다.

어떤 무기인지 정확히는 모르지만, 무기에서 느껴지는 위압감에 우리는 잽싸게 뒤로 물러났다.

마준기의 손에 들린 무기에는 엄청난 양의 마기가 응축되기 시작했다. 마준기가 가지고 있는 마기의 양은 이 정도로 많지 않았다. 무기의 양옆에 박혀 있는 마기의 정수의 힘을 빌리는 구조로 만들어진 무기 같았다.

마기는 계속 응축과 팽창을 반복했고, 무기가 지탱할 수 있는 힘의 한계에 다다르자 병마용들이 뭉쳐 있는 곳을 향해 마기 탄환이 날아갔다.

마기 탄환은 엄청난 폭발력을 가지고 있었다. 백린탄이 하늘에서 떨어지는 것처럼 병마용들의 몸을 녹였고, 거기서 멈추지 않고 옆에 있는 병마용들에게 옮겨 붙었다.

중력의 힘에 의해 땅으로 돌아온 마준기는 자신이 만들어 낸 광경이 만족스러운 미소를 지었다.

"그 무기는 언제 만든 거야?"

"저는 연구소에서 만들고 있던 것을 살짝 손봤을 뿐입니다. 무기를 연구하고 제작하는 비밀 부서가 연구소에 존재하고 있던 걸 최근 들어 알게 되었습니다. 그들의 도움을 받아 마기 대포를 만들었습니다. 이름이 마음에 들지는 않지만 그래도 이보다 더 좋은 이름은 없어 보여 마기 대포라고 붙였습니다."

"이름이 뭐가 중요하겠어. 그런데 이런 무기를 만들다니, 역시 마계 제일의 두뇌라고 불릴 만하네."

"자랑을 하고 싶지만 솔직히 저 혼자서는 이런 무기를 절대 만들지 못했을 겁니다. 무기 연구소가 만들어둔 무기에 숟가락만 올렸을 뿐입니다."

"어쨌든 대단해. 이 정도의 위력이면 다른 병마용 갱도 쉽게 처리할 수 있겠어."

"마기 대포를 무한정으로 사용할 수는 없습니다. 마기를 응축하는 장치를 제작하는 것이 매우 어려웠기에 추가분을 제작하지 못했습니다. 마기 응축기는 겨우 한 번을 더 사용할 수 있습니다."

"그래? 그러면 다음 병마용 갱을 마기 대포로 처리하고 다음 병마용 갱은 우리의 힘으로 돌파하는 수밖에 없겠네. 이게 어디야. 마기 대포가 없었으면 병마용을 처리하는 데 며칠은 더 걸렸을 거야. 회사로 돌아가면 다른 연구는 접어두고 무기 제작에 집중해 줬으면 좋겠어."

"알겠습니다. 저도 무기 제작에 관심이 가고 있는 중이었습니다. 마계에서 배우지 못한 지식들이 가득 있는 곳이더군요."

"자, 그럼 다음 장소로 이동해 볼까. 이제 두 곳밖에 남지 않았어. 지금 같은 페이스라면 오늘 안에 나머지 두 곳도 다 처리할 수 있을 거야."

우리는 마왕의 안배에 따라 만들어진 길을 따라 2호 병마용 갱으로 이동했다.

"1호 병마용 갱과는 조금 다른 모습인데요."

"그러게 말이야. 착용하고 있는 무기도 그렇고, 기마병도 있어."

"기마병은 물론이고, 궁수도 있어요. 병마용의 수는 1호 갱에 비해 적긴 하지만 더 어려운 장소가 될 것 같아요."

"그래도 우리한테는 마기 대포가 있으니 어떻게든 되겠지. 그러면 바로 병마용 갱을 작동시킬게."

나는 반대쪽 팔목을 그어 피를 흘려보냈다.

피를 가득 머금은 병마용 갱의 시동 장치에 의해 병마용 갱은 진동하기 시작했다.

서서히 모습을 갖추어 가는 병마용들의 눈에 붉은빛이 돌자 그들은 우리를 향해 다가오기 시작했다.

"진영을 갖추고 다가오고 있어요. 1호 갱과는 달리 지휘관이 있어 보여요. 저기, 두꺼운 갑옷을 입고 있는 병마용이 장군인가 본데요."

"1호 갱은 병사들 위주라면 2호 갱은 병사들과 장수들이라는 말이네. 그래도 능력은 크게 차이가 나지 않을 거야. 마준기, 바로 마기 대포를 발사해 줘."

"알겠습니다. 위용욱 씨, 잠시 도와주세요."

마준기는 위용욱의 힘이 실린 방패의 도움을 받아 높이 뛰어올라 바로 마기 대포를 작동시켰다.

이번에도 마기의 정수의 힘을 모아 응축시키기 시작하는 마기 대포는 응축과 팽창을 반복하다 병마용을 향해 마기 탄환을 쏜아내었다.

눈을 가리는 흙먼지가 퍼져갔고, 그렇게 끝났다고 생각했다.

"팀장님, 절반 이상의 병마용들이 움직이고 있어요. 1호 갱과는 달리 방어력이 더 뛰어나 보여요."

1호 갱의 경우에는 마기 대포에 의해 초토화되었지만 여기는 달랐다.

같은 모습을 하고 있는 병마용도 피해를 입긴 했지만 아직 움직이고 있었고, 두꺼운 갑옷을 입고 있는 장수의 경우에는 거의 피해를 입지 않은 듯했다.

"이제 우리가 처리해야지. 절반이나 줄인 게 어디야. 노력하자고."

확실히 1호 갱보다 높은 능력치를 가지고 있는 병마용들이었다. 1호 갱에서 한 번의 움직임으로 한 마리의 병마용을 처리했다면, 이번에는 두 번 공격해야 파괴할 수 있었다.

그렇게 한참 공격하던 중 마기를 이용한 총으로 병마용을 공격하고 있던 마준기가 나를 향해 소리쳤다.

"장수로 보이는 병마용이 다른 병마용들의 능력치를 향상시키고 있는 것 같습니다. 마기를 집중해야 겨우 보이는 끈으로 서로 연결이 되어 있습니다. 장수 병마용을 처리하면 다른 병마용은 쉽게 처리가 가능합니다."

답을 알았으니 움직이기만 하면 된다.

나는 두꺼운 갑옷을 입고 있는 장수 병마용을 향해 공격해 들어갔다.

살아생전 부하들의 뒷담화를 많이 들었을 것 같은 모습을 하고 있는 장수였다.

장수 병마용은 다른 병마용과 달리 움직임이 날랬다. 골렘이 아니라 실제 장수의 모습이라고 해도 과언이 아니었다.

그렇지만 고리의 기운이 가득 담긴 내 공격을 막아낼 정도는 아니었다.

"한 마리를 처리했어!"

겨우 장수 병마용 한 마리를 처리한 것이지만 병마용의 능력치가 떨어진 게 느껴졌다.

남아 있는 장수 병마용의 수는 30기 정도.

다른 사람들이 병마용을 막는 동안 나는 장수 병마용을 처리해 나갔다.

그렇게 순조롭게 처리하고 있다고 생각하는 순간, 병마용들이 후퇴하기 시작했다.

그러고는 장수 병마용들을 보병 병마용들이 둘러쌌고, 뒤에서 궁수 병마용이 활을 이용해 우리를 공격했다.

"머리를 쓰는데요. 장수 병마용을 더 잃어서는 승산이 없다고 생각하고는 방어 진형으로 작전을 바꾸었어요."

"저런 작전을 쓴다고 해도 달라지는 건 없지. 처음부터 저런 작전을 썼다면 상대하기 까다로웠겠지만 지금은 장수 병마용의 숫자를 절반이나 줄인 상태야. 고리의 기운을 조금 더 아끼고 싶었지만 어쩔 수 없이 고리의 기운을 사용해야겠어."

나는 고리의 기운을 몸에서 끌어내었다. 지금 저들은 보병 병마용들을 이용해 군건한 진형을 구성하고 있었다.

저들의 중심이 되고 있는 장수 병마용을 처리하기 위해서는 보병 병마용을 일일이 다 처리해야 했다. 하지만 저 진영을 파괴한다면 굳이 그런 귀찮은 작업을 하지 않아도 되었다.

나는 고리의 기운을 끌어내 회전시켰다.

마기 대포가 응축과 팽창을 이용해 강력한 탄환을 만들어내었다면 지금 내 공격 방법은 고리의 기운을 회전시켜 토네이도로 만드는 것이었다.

병마용을 파괴하지는 못하겠지만 진영을 흩뜨려 놓는 것에는 적합했다.

병마용 갱의 천장에 닿을 정도로 크기를 키운 토네이도는 천천히 병마용들을 향해 다가갔고, 강력한 바람에 병마용들은 진영을 유지하지 못했다.

"지금이야! 장수 병마용들을 처리하자."

방어 진형이 파괴된 병마용들의 사이를 뚫고 들어가 장수 병마용들을 처리했다.

병마용들은 안간힘을 다해 진형을 유지하려고 했지만 한 번 파괴된 진형을 다시 유지하는 것은 불가능했다. 우리의 손에 장수 병마용들이 소멸되는 것을 지켜봐야만 했다.

"장수 병마용을 전부 처리했어요. 이제는 일반 병마용만 남았어요."

"이제는 힘을 아끼고 천천히 처리하자. 다음 병마용 갱에 가려면 최대한 힘을 보존해야 돼."

"알겠어요."

시간이 더 걸린다고 하더라도 힘을 아끼는 것이 중요했다.

나는 고리의 기운을 방출하지 않고 몸에 새겨진 문양으로 돌려 몸의 능력치를 높여 병마용을 처리했고, 현수도 나를 따라 문양을 이용해 병마용을 처리했다.

그렇게 우리는 반나절이 걸려서야 2호 병마용 갱을 처리할 수 있었다.

"2호 병마용을 전부 처리했습니다. 길은 3호 갱으로 연결되었습니다."

"여기서 조금 더 쉬다 가도 되지 않겠어? 밥도 먹으면서 힘을 보충하고 싶은데."

"그럴 수는 없습니다. 3호 갱으로 연결된 길은 시간이 지나면 사라질 것입니다. 그렇게 되면 우리는 다시 1호 갱부터 공략해야 됩니다."

"이거 참, 시간적 여유를 주지 않네. 마왕의 뜻인지, 아니면 진시황이라는 사람이 만든 건지는 모르겠지만 사람을 괴롭히는 방법에 통달한 자가 만든 것은 분명해."

우리는 제대로 휴식을 취하지도 못하고 마지막 병마용 갱을 향해 이동했다.

마지막 병마용 갱에 도착한 나는 쉽사리 병마용 갱을 작동시키지 못했다.

"3호 갱은 확실히 다르네. 말 네 마리가 끄는 마차라니. 분명 2호 갱에 있는 장수보다 더 지위가 높은 병마용이겠지?"

"그렇게 보이네요. 그리고 병마용들의 배치를 보세요. 처음부터 장수들을 지키는 진형으로 배치되어 있어요. 2호 갱이 처음부터 장수들을 보호하는 방향으로 진형을 유지했다면 상대하기 힘들겠다고 하셨죠. 3호 갱이 딱 그러네요. 그리고 마차가 다닐 정도로 경사진 도로도 있네요."

"마차를 타고 장수들이 도망을 다니면 잡기 까다롭겠네. 후! 그래도 상대해야지."

나는 마음을 다잡고 다시금 시동 장치에 피를 흘려보냈다.

병마용 갱의 떨림에 반응해 내 가슴도 떨리고 있었다.

마지막 단계라고 생각하니 더욱 긴장되기 시작했다.

"처음부터 전력을 다해야겠어. 장수들이 일반 병마용들의 능력치를 키워 주고 있으니까. 초반에 최대한 많은 장수들을 소멸시켜야 나머지 병마용들을 처리하기 편할 거야."

"초반 러시를 하자는 말씀이시죠. 알겠어요."

"마기 대포를 사용하지는 못하지만 마기 총을 이용하면 장수 병마용을 저격할 수 있습니다."

"그래, 마준기. 너도 부탁한다. 위용욱, 너는 마준기가 장수 병마용을 저격할 때 공격을 받지 않도록 방어해 줘. 그리고 화인트 당신은 알아서 싸워요."

화인트가 내 말을 들을 가능성은 없었다. 전투에 미친 악마의 피를 타고난 화인트였기에 적을 보면 몸이 먼저 움직였던 것이다.

"가자!"

병마용들은 눈에서 붉은 기운을 뿜어내며 움직이기 시작했다. 지휘관의 지시를 받는지 일사불란하게 움직이는 그들은 자신들의 자리를 찾아 움직였고, 완벽한 방어 진형을 만들어가고 있었다. 하지만 아직은 틈이 있었다.

"내가 마차를 타고 있는 장군을 노릴게. 아무리 봐도 저 병마용이 다른 장수 병마용들을 지휘하고 있는 것 같아."

"저희는 다른 장수 병마용들을 처리할게요."

각자 다른 방향으로 뻗어 나가면 병마용들의 관심을 끌었고, 나는 은신 망토를 착용하고 조심스럽게 마차를 타고 있는 장군 병마용을 향해 다가갔다.

최대한 기척을 숨기며 병마용들의 옆을 지나쳤다.

이제는 손을 뻗으면 닿을 정도로 거리를 좁혔다.

고리를 강하게 쥐어짜며 강한 기운을 몸으로 뿜어내며 달려들었다.

실패를 생각하지 않은 공격이었지만 장군 병마용은 나를 발견이라도 한 건지 내 공격이 다가가기도 전에 말을 움직여 몸을 피했다.

경사진 도로를 따라 나를 따돌리는 장군 병마용이었고, 그를 따라 다른 병마용들도 움직이며 새롭게 방어 진형을 만들었다.

이제는 장군 병마용의 곁을 장수 병마용들이 바짝 붙어 호위했기에 아까처럼 살며시 다가가 기습하는 것이 불가능해졌다.

"팀장님! 장수 병마용들도 나올 생각을 하지 않고 있어요. 결국 일반 병마용들을 처리해야만 장수 병마용이나 장군 병마용에게 공격할 수 있을 것 같아요."

현수의 말이 끝나기가 무섭게 병마용 진영에서 화살이 날아들었다.

궁수 병마용은 2갱의 병마용과 달리 매우 숙련된 궁수들이었다. 화살은 강한 힘을 타고 정확하게 우리를 향해 날아들었다.

우리는 위용욱의 방패에 숨어 숨을 골랐다.

병마용의 화살이 아무리 강하다고 해도 위용욱의 방패를 뚫을 정도는 아니었다.

위용욱의 방패는 방어력이 높을 뿐만 아니라 사용자의 능력치에 따라 피해 면역, 반사 능력을 가지고 있었기에 병마용의 화살로는 흠집을 내기도 힘들었다.

"이대로 가만히 있을 수는 없잖아. 빨리 방법을 찾아봐."

우리 진영의 두뇌라고 하면 현수와 마준기가 있었다. 회사 제일의 머리와 마계 제일의 머리가 맞대고 방법을 찾고 있었다.

먼저 입을 연 쪽은 마준기였다.

"현재는 일반 병마용의 능력이 2갱의 장수 병마용과 흡사할 정도로 강합니다. 일일이 일반 병마용들을 뚫고 지나가기에는 무리라고 생각합니다. 후퇴를 하고 마기 대포 응축 장치를 더 확보한 다음에 다시 오는 것이 좋을 것 같습니다."

마준기의 말을 뒷받침해 주려는지 현수가 연이어 말했다.

"아직은 악마의 탑에서 악마의 강림이 시작되려면 시간이 남았습니다. 잠시 후퇴를 하는 것도 나쁘지 않다고 생각해요."

"너무 안일하게 생각하는 거 아냐. 이 정도의 병마용도 이기지 못하면서 악마의 군대를 어떻게 이길 생각이야. 가려면 가라. 나 혼자서라도 처리할 테니까."

"옳은 말씀이십니다. 여기까지 왔는데 후퇴를 하면 남자도 아니죠."

방패를 여전히 굳건히 들고 서 있는 위용욱이 나를 보며 미소를 지어 보이며 말했다.

"역시 위용욱 너는 남자구나."

"당연하죠. 허약한 육체를 가지고 있는 무늬만 남자랑은 완전히 다른 진성 남자가 저 위용욱이라고요."

"그렇지. 오늘은 남자의 시간이 될 것 같구나. 다른 허약한 남자들은 집으로 돌아가라고 하고 우리끼리 사냥해 보자."

"이럴 줄 알았어요. 최선의 방법이 후퇴를 해서 자원을 확보하는 거지만 차선도 있어요. 병마용의 약점을 찾아야 해요. 지금까지 찾은 병마용의 약점은 신체를 완전히 부셔 재생이 불가능하게 하는 것뿐이에요. 하지만 장군 병마용이 살아 있는 동안은 일반 병마용들의 재생력도 크게 상승하고 있어요. 진영을 무너뜨리는 것이 가장 좋은 방법이에요. 팀장님, 저수지에 물을 채우던 아이템을 아직 가지고 계세요?"

"드래곤의 지팡이를 말하는 거야?"

나는 보관 상자에서 드래곤의 지팡이를 꺼내 들었다.

"다행히 가지고 계시네요. 드래곤의 지팡이를 이용해 갱 안을 물로 가득 채워 주세요."

"저수지를 만들 때 봐서 알겠지만 물을 채우는 데 오랜 시간이 걸려. 지하에 얼마나 물이 있는지도 모르겠고, 최소한 1시간은 걸릴 것 같은데."

"그래도 해야죠. 일반 병마용들을 처리하면서 장수, 장군 병마용을 처리하는 건 불가능해요."

"알겠어. 그러면 일단 병마용 갱 안을 물로 가득 채워 볼게."

나는 드래곤의 지팡이를 땅에 강하게 박아 넣었다. 드래곤의 지팡이는 일반 아이템과는 다르게 이계에서 가지고 온 아이템이었다. 이계의 드래곤이 직접 만든 아이템으로서 지하에 있는 물을 땅 위로 끌어오는 능력을 가지고 있었다.

사실 내가 마나를 가지고 있었다면 지팡이의 다른 능력인 물을 조종하는 능력을 사용할 수 있겠지만, 내가 가진 기운은 고리의 기운이었기에 다른 기능을 사용할 수는 없었으므로 기본 능력인 지하수를 끌어 올리는 능력만을 사용할 수 있었다.

드래곤의 지팡이는 조금씩 병마용 갱 안을 촉촉하게 만들고 있었다. 푸석했던 바닥의 흙들은 물기를 머금고 진한 색으로 바뀌고 있었다.

"이제는 건너야겠네요. 기회는 여러 번 찾아오지 않을 거예요. 우리는 틈을 노려 병마용 갱에 충분히 물이 차면 움직여야 돼요. 병마용도 결국은 흙으로 만들어져 있어요. 물이 차게 되면 움직임이 느려질 거예요. 그 순간을 노려 팀장님이 토네이도를 만들어 진영을 파괴해 주세요. 그러면 장군 병마용은 마차를 타고 우리를 피해 움직일 거예요. 하지만 병마용 갱 안이 물로 가득해지면 움직임이 느려질 수밖에 없어요. 그 순간을 노려 장군 병마용을 처리해야 돼요."

"오케이. 작전은 거창한데 결국은 물이 차면 토네이도로 병마용을 날리고 도망가는 장군 병마용을 죽이면 된다는 말이잖아."

"그래요, 부탁드릴게요. 그동안 위용욱을 믿어야겠죠."

마지막 불꽃을 거창하게 피우기 위해서는 힘을 아껴야 했다. 우리가 힘을 아끼기 위해서는 위용욱의 도움이 필수적이었다.

우리는 위용욱의 방패에 숨어 궁수 병마용들이 날리는 화살의 영향을 받지 않으며 때를 기다렸다.

"얼마나 이렇게 있어야 되는 겁니까? 슬슬 한계가 오려고 하는데요."

우리가 공격을 하지 않고 가만히 시간을 보내고 있자 병마용들은 더욱 거세게 공격해오기 시작했다.

화살은 물론이고, 수백 개의 창까지 날아오고 있는 상황이었다.

이런 공격을 위용욱 혼자 막기에는 역부족이었다. 아무리 드래고니안의 뼈를 가지고 있고, 그 뼈를 강화시켰다고는 해도 마왕의 힘으로 만든 수천 기의 병마용의 공격을 혼자 막을 수는 없었다.

"이제 슬슬 타이밍이 온 것 같은데."

병마용 갱 안은 복숭아뼈가 잠길 정도로 물이 들어와 있었다.

"아직 조금 더 기다려야 돼요. 못해도 무릎까지는 물이 차야 병마용들의 움직임이 느려질 거예요. 그리고 마차의 바퀴가 제대로 움직이지 못하려면 아직 더 많은 물이 필요해요."

위용욱 혼자 방어하는 것이 벅찼기에 화이트가 나서서 위용
욱을 도왔다.

그는 자산의 마기를 폭발시키며 방어막을 만들어 방패의 방어
력을 높여 주었다.

그렇게 우리는 30분의 시간을 더 견디고 나서야 움직일 수 있
었다.

"지금이에요!"

물이 무릎을 차갑게 적시자 현수가 신호를 주었다.

우리는 현수의 신호를 따라 사방으로 흩어져 몸을 날렸다.

병마용들은 갑작스럽게 움직이기 시작한 사람들에게 시선이
팔렸고, 나는 위용욱의 보호를 받으며 고리의 기운으로 토네이도
를 만들어내었다.

2갱의 병마용들의 진형을 부술 때보다 더 강한 토네이도가 필
요했기에 나는 고리의 기운 대부분을 사용해 강력한 토네이도를
만들었다.

토네이도의 핵심은 회전력이다. 강한 회전력을 주기 위해서는
토네이도의 중심에 많은 양의 기운을 불어넣어야 했다.

"토네이도를 완성했어. 몸을 피해."

사람들은 엄청난 소음을 만들어내며 이동하는 토네이도를 피
해 위용욱의 뒤로 피했고, 토네이도는 거침없이 병마용들이 모여
있는 곳으로 성큼성큼 움직였다.

토네이도가 다가오자 가장 먼저 움직이는 것은 마차를 타고
있는 장군 병마용과 말을 타며 장군 병마용을 호위하는 장수 병

마용들이었다.

병사 병마용들은 그들이 몸을 피하기 전까지 시간을 벌려는 속셈인지 따로 몸을 피하지 않고 그들의 앞을 가리고 있었다.

"이제 움직여야 합니다. 다리에 물이 찬 병마용들은 빠르게 움직이지 못할 겁니다. 그리고 흙으로 만든 말과 마차는 도로를 빠르게 달리지 못합니다. 모두 다른 것에 신경을 쓰지 않고 오로지 장군 병마용을 노리세요. 그다음 장수 병마용을 처리하면 됩니다."

우리는 토네이도에 몸을 숨기며 장군 병마용이 타고 있는 마차로 이동했다.

현수의 말처럼 마차는 전처럼 빠른 속도를 내지 못하고 있어서 우리는 어렵지 않게 마차를 따라잡을 수 있었다.

"장군 병마용의 얼굴이 마치 삼국지 영화에서 보던 사람처럼 생겼네요."

"아! 조조의 진영에 있던 사마의 말이지?"

"사마의의 얼굴을 실제로 본 적은 없지만, 사마의가 있다면 저런 얼굴을 하고 있지 않겠어요."

그렇게 생각하니 장군 병마용을 지키고 있는 다른 병마용 장수들도 삼국지의 무사처럼 생각되기 시작했다.

특히 마차를 가장 근접해서 지키고 있는 장수에게 전위의 모습이 오버랩되었다.

물론 전위를 실제로 본 적은 없었기에 이미지로만 그렇게 생각한 것이다.

"토네이도가 이제 병사 병마용들을 덮칠 거예요. 그 순간을 노려 공격해야 돼요. 병사 병마용들이 우리를 향해 다가오는 데는 길어도 20분 정도예요. 그 전에 장군 병마용을 처리해야 이번 작전은 성공입니다."

"알았어. 내가 어떤 수를 써서라도 성공할게."

우리 다섯은 동시에 발을 땅에서 떼며 마차를 향해 공격해 들어갔다.

장수 병마용들이 우리를 막으려고 각자의 무기를 휘둘렀고, 나를 제외한 다른 사람들은 장수 병마용에 발이 묶였다.

아니, 그들이 장수 병마용을 상대해 주었기에 내가 장군 병마용의 마차에 다가갈 수 있었다.

장군 병마용을 한 번 공격해 본 경험이 있었기에 약한 공격으로는 장군 병마용에 타격을 줄 수 없다는 것을 알고 있었다.

나는 남은 모든 고리의 기운을 끌어내 무기에 담았다. 그리고 장군 병마용을 직접 공격하지 않고 마차를 노렸다.

무게를 이기지 못하고 젖은 땅에 바퀴가 깊게 들어가 있는 마차는 공격 대상으로 삼기에 제격이었다.

마차의 바퀴를 노리며 공격했다. 마차는 빠르게 움직이지 못했기에 내 공격을 피할 수 없었고, 한쪽 바퀴가 흙으로 돌아갔다.

중심의 한 축이 무너지자 마차는 심하게 요동을 쳤고, 나는 그 순간을 놓치지 않고 다른 바퀴도 흙으로 만들어 주었다.

그러자 마차는 중심을 완전히 잃고 무너져 내려갔고, 장군 병마용은 더는 마차에 있지 않고 바닥으로 뛰어내려왔다.

장군 병마용의 무기는 딱히 없었다. 청동으로 만든 거울을 들고 있을 뿐이었다.

딱히 다른 장수 병마용에 비해 방어력과 공격력에 높아 보이지 않는 장군 병마용을 빠르게 처리하고 싶어서 곧장 고리의 기운을 몸에 두르며 공격해 들어갔다.

그 순간 장군 병마용의 청동 거울이 빛을 내었다.

청동 거울이 빛을 내자 장군 병마용의 주변에는 알 수 없는 글자들이 새겨지기 시작했고, 그 글자들은 내 몸을 가로막았다.

"엄청난 압박감인데!"

몸을 속박하는 글자들은 쇠사슬로 변해 나를 묶고 있었다.

고리의 기운을 방출해 내 몸을 묶는 것을 막고는 있었지만 그게 다였다.

장군 병마용을 코앞에 두고 있었지만 공격할 방법이 없었다. 지금은 글자들이 내 몸을 묶는 것을 막는 데 고리의 기운을 사용하기에도 벅찼다.

어떻게 하지?

고리의 기운을 이용해 공격하는 것이 익숙했기에 다른 공격 방법은 쉽게 생각나지 않았다.

"나 정말 바보인가."

내 손에 들린 것은 정령을 소환할 수 있는 능력을 가진 아이템이었다.

내가 가지고 있는 아이템은 특별히 상급 나무의 정령을 소환

할 수 있었다.

흙은 나무에 상극이지. 진작 나무의 정령을 소환했었어야 하는데…….

나는 고리의 기운으로 글자를 막아내면서 나무의 정령을 소환했다.

고리의 기운과 정신력은 별개의 문제였기에 어렵지 않게 나무의 정령을 소환했다.

나는 정신적 교감을 통해 나무의 정령에게 장군 병마용을 공격하도록 명령했고, 나무의 정령은 내 의지에 따라 땅속에 깊게 뿌리를 내렸다.

나무의 정령의 몸에서 나오는 가지들은 빠른 속도로 장군 병마용의 주위를 가로막았다.

자신을 향해 다가오는 가지에 시선이 팔린 장군 병마용은 다리를 타고 올라오는 가지를 미처 발견하지 못했다.

그 순간 나무의 정령의 뿌리는 장군 병마용의 다리에 뿌리를 내렸다.

장군 병마용은 자신의 다리에 자리를 잡은 뿌리에 극심한 고통을 느꼈는지 청동 거울을 놓치고 말았다.

청동 거울을 놓치자 나를 압박하던 글자들은 사라졌다.

나무의 정령에 발이 묶인 장군 병마용의 목이 너무도 가늘게 느껴졌다.

장군 병마용의 목을 꺾어 버린 후의 상황은 우리의 예상대로 흘러갔다.

장수 병마용들이 여전히 남아 있긴 하지만 이전보다 확연히 약해진 재생력과 능력치였고, 우리는 병사 병마용들을 따돌리며 장구 병마용을 하나하나 처리해 나갔다.

장수 병마용이 하나 줄어들 때마다 병사 병마용들의 속도는 느려졌고, 우리는 그런 재미를 느끼며 병마용 갱을 정리했다.

"이제 끝난 것 같은데, 마왕의 유산인지 뭐시긴지 이제 나와야 되는 거 아니야?"

"제가 만리장성에서 읽은 악마의 언어에 따르면, 시황제를 지키는 병사들을 이기면 시험은 끝났다고 합니다."

"그래? 그런데 아까 장군 병마용의 목을 꺾어 버리고 나서 그가 가지고 있던 청동 거울을 내가 가지고 왔는데 그 안에 이상한 글자가 적혀 있었어. 이것도 악마의 언어 아니야?"

"맞습니다. 제가 해독해 보겠습니다."

잠시 집중해서 청동거울을 보던 마준기는 고개를 살며시 끄덕였다.

"청동거울이 열쇠입니다. 이곳은 마왕의 유산을 지키고 있던 장소였습니다. 바닥의 물을 다시 빼주시면 열쇠 구멍이 나올 것입니다."

"그래? 이거 완전 똥개 훈련이네. 물을 채웠다가 다시 뺏다가 잠시만 기다려 봐."

드래곤의 지팡이로 만든 물구덩이였지만 지팡이를 땅에서 빼낸다고 해서 물이 사라지는 것은 아니었다.

단지 물이 더 늘어나지 않을 뿐 물을 다시 빼내려면 일일이 수 작업으로 물을 옮겨야 했다.

고리의 기운을 거의 사용하긴 했지만 그래도 나에게는 아직 나무의 정령이 남아 있었고, 나무의 정령은 뿌리와 가지에 물을 가득 머금었다가 내뱉는 방식으로 병마용 갱 안의 물을 빼내었다.

"이제 물을 다 빼내었는데 열쇠 구멍은 어디에 있지?"

"열쇠 구멍은 경사진 도로의 끝에 위치하고 있다고 합니다. 입구를 따라 경사진 도로가 만들어져 있으니 열쇠 구멍이 있는 곳은 처음 장군 병마용이 있던 곳 같습니다."

나는 마준기의 안내에 따라 경사진 도로를 올라갔고, 거기에는 정말 청동거울이 들어갈 정도의 구멍이 뚫려 있는 비석이 하나 올라와 있었다.

"처음 여기에 도착했을 때는 이런 비석을 발견하지 못했는데, 언제 비석이 생긴 거지?"

"장군 병마용을 처리했을 때 땅에서 솟아오른 것 같았습니다."

"그럼 비석의 구멍에 청동거울을 집어넣으면 마왕의 유산이 올라온단 말이지. 바로 넣어볼게."

청동거울을 조심스럽게 비석의 구멍에 가져다 대자 비석은 스스로 청동거울을 당기는 것 같았다.

비석과 청동거울이 하나가 되자 비석에서는 어두운 빛이 흘러나왔다.

어두운 빛이라고 말했지만 검은 기운이 가득 차는 그런 느낌이었다.

"비석으로 세 곳의 병마용 갱의 힘이 집중되고 있습니다. 우리를 여기까지 인도했던 길이 비석에게 힘을 실어주고 있습니다."

비석의 중앙에 있는 청동거울은 녹아내릴 것같이 붉게 달아오르고 있었다.

청동거울이 만들어내는 빛은 마치 홀로그램처럼 하나의 인형을 만들어내고 있었다.

그리고 그 홀로그램은 서서히 본모습을 찾아갔다.

"저 사람이 시황제야?"

"그런 것 같네요. 그림으로 봐서 조금 다르기는 하지만, 전성기 시황제의 모습과 거의 일치해요."

마왕의 유산을 찾기 위해 시황제에 관련된 모든 자료를 조사하며 시황제의 모습이 그려진 그림도 본 적이 있었기에 홀로그램의 주인공이 시황제라는 사실을 쉽게 알아낼 수 있었다.

"이루지 못한 나의 꿈을 이어줄 존재들이 찾아왔는가? 나는 불로장생을 꿈꾸었지만 내 몸을 이루고 있던 어둠의 기운은 서서히 사라져갔다. 나를 황제로 만들어준 존재가 나에게서 힘을 앗아갔다. 나는 다시 그 힘을 찾기 위해 세계 곳곳의 기물들을 찾아나섰지만 결국은 찾지 못했다. 하지만 나는 마지막 남은 나의 정수를 이곳에 모을 수 있었다. 나의 한 부분을 이루고 있던 그 존재가 나에게 남긴 마지막 힘이 여기에 잠들어 있다."

"무슨 말을 하는 건지 알겠어?"

"제가 생각하기에는 시황제가 황제가 될 수 있게 도와준 존재가 마왕인 것 같아요. 그리고 시황제의 몸에 마왕의 힘의 일부

혹은 마왕 스스로가 들어가 힘을 실어준 것 같아요. 하지만 무슨 이유 때문인지 마왕이 더 이상 시황제의 몸에 있을 수 없게 되자 시황제는 죽음을 맞이한 것 같아요."

현수의 말에 마준기가 덧붙여 설명했다.

"저도 현수 씨의 생각에 동의합니다. 아무리 수명이 짧은 인간이라고 하더라도 마왕의 힘을 가지게 되면 불사에 가까운 수명을 가지게 됩니다. 물론 마왕의 지배를 받기는 하겠지만 말입니다. 하지만 시황제는 보통 인간과 비슷한 수명을 살았습니다."

"그렇군. 그런데 시황제라는 사람 은근히 말이 많네."

여전히 자신의 말을 하고 있는 시황제였다.

"나의 꿈을 이어줄 존재여, 나의 뜻을 따라 세계를 정복하고 진을 건국하라. 내 힘을 이어받는다면 모든 것을 이룰 수 있을 것이다."

서서히 희미해지는 시황제의 모습이었다. 대신 비석에서 엄청난 양의 마기의 정수가 느껴지기 시작했다.

"진의 의지를 따르고 싶은 마음은 없네요. 솔직히 세계 정복을 해서 나에게 남는 게 뭐가 있겠어요. 그래도 당신의 힘을 받아서 세계는 구해볼게요. 세계 정복이랑 세계를 구하는 거랑 비슷한 느낌이잖아요. 그러면 못다 꾼 꿈은 저승에서 마저 꾸시기를 바라면서 유산은 잘 받아 갈게요."

희미해지는 시황제의 얼굴이 똥 씹은 것처럼 보이는 것은 나만의 착각이길 바라면서 나는 비석에 올려진 시황제의 유산을 품에 안았다.

"여기서 흡수하시는 것이 좋을 것 같습니다. 이곳은 아직 시황제의 뜻이 남아 있기에 밖에서 다른 존재들이 안으로 들어오지 못합니다."

"그러면 호위를 부탁할게."

나는 강대한 마기를 뿜어내고 있는 시황제의 유산을 손에 올리고는 그대로 자리에 앉았다.

현수와 위용욱이 피곤한 와중에도 내 주위를 지키고 있었고, 마준기는 또 호기심병이 도졌는지 병마용 갱 안을 둘러보며 호기심을 충족시키고 있었다.

화인트는 끝난 전투에 여운이 남았는지 부서진 병마용을 보고 있었다.

나는 그들의 모습을 본 후 눈을 살며시 감았다. 눈을 감자 순수한 마기의 정수의 힘이 더욱 정확하게 느껴졌다.

이계에서 강한 마기를 흡수한 적이 있었다. 마왕의 정수라고 할 수 있는 기운.

그것과 매우 흡사한 시황제의 유산이었다. 이런 기운을 가지고 있었다면 시황제가 마왕의 도움을 받았다는 가설이 맞을 가능성이 높을 것이다.

서서히 고리의 기운을 끌어 올렸다. 고리의 기운은 순수한 마기의 정수를 둘러싸기 시작했다. 고리의 기운과 마기의 정수를 잇는 끈을 만들기만 하면 나머지 일은 고리가 알아서 하기 마련이다. 나는 그 중간 작업에만 집중하면 되는 것이다.

너무 많은 고리의 기운을 전투에서 사용했기에 몇 번 실패했지만 그래도 마침내 고리와 마기의 정수를 잇는 끈을 만들어내었다.

이제부터는 고리의 몫이었다. 강대한 마기가 끈을 타고 고리로 이동해 왔고, 고리는 그 기운을 응축시키며 저장시키고 있었다. 많은 양의 마기를 저장한 적 있는 고리였기에 큰 어려움 없이 흡수 작업이 진행되었다.

*   *   *

트마워는 자신의 분신인 카림을 이용해서 중동 지역을 본격적으로 장악하기 시작했다.

악마의 탑의 모든 몬스터와 악마가 인간계로 나오기 위해서는 많은 양의 생기가 필요했다.

생기를 구하기 위해서 가장 좋은 방법은 전쟁이다.

이미 몇 번의 전쟁을 통해 생기를 확보하긴 했지만 아직은 부족했다.

자신이 새로운 마왕이 되어 가장 먼저 하는 일이 인간계 정복이었기에 완벽하게 하고 싶어 했다. 모든 악마와 몬스터들의 환호성과 함께 인간계를 정복하고 싶었다.

그러기 위해서는 더 많은 양의 생기가 필수적이다.

"알 투르키 님, 이제는 다른 방법이 없습니다. 아프리카와의 전쟁을 벌여야 합니다."

"그렇게 되는 것인가. 이집트를 정렴하는 것만으로는 부족하단 말인가?"

"이집트에서 제작하고 있는 아이템을 직접 보지 않으셨습니까. 이런 아이템을 더 제작하려면 아프리카의 영토가 필요합니다."

카림은 정말 이집트를 점령한 이후 아이템을 제작하기 시작했다.

악마의 권능을 이용해 만들어지고 있는 아이템들은 시중에서 판매되고 있는 카인트 헌터 회사의 아이템에 뒤처지지 않았고, 많은 국가들이 사우디의 아이템을 판매하기 위해 지갑을 열고 있는 실정이었다.

아이템을 제작 판매하기 시작한 지 얼마 지나지 않아 사우디의 금고는 금은보화로 가득 차기 시작했다.

더 이상 기름을 통해 수익을 올리기 힘들어진 지금, 새로운 자금줄이 된 아이템에 대한 욕심은 당연했다.

알 투르키도 지금 전쟁을 벌이는 것이 욕심이라고는 알고 있었지만 왕국의 발전과 미래를 위해서는 불가피한 선택이라고 생각하고 있었다.

아니, 이전의 그라면 이런 전쟁을 벌이지 않았을 것이다. 자신도 알게 모르게 카림의 영향을 받아 머리에 마기가 침투했기에 호전적으로 변하고 있는 것이었다.

"알겠네. 그러면 이번 전쟁을 허락하겠네."

전쟁이 허락이 떨어졌지만 아직 마지막 단계가 남았다. 대신들에게 허락을 구하고 지원을 요청하는 일이었다.

하지만 대신들은 카림과 알 투르키의 선택에 반발하고 나섰다.

"이집트와의 전쟁이 마지막이라고 하지 않으셨습니까. 우리는 사막의 전사들로 이루어진 국가들이지, 사막의 도적들로 이루어진 국가가 아닙니다. 아무리 국가의 발전을 위해서라고 해도 명분도 없는 전쟁을 벌여서는 안 됩니다. 다른 국가들이 우리를 전쟁에 미친 국가라고 생각하기 시작했습니다. 지금 당장 전쟁을 벌이지 않는다고 해서 아이템 제작에 지장이 있지는 않지 않습니까. 조금이라도 시간을 두고 전쟁을 벌이는 것이 어떻겠습니까."

구구절절 옳은 말이었다.

원한 관계의 전쟁이 아니라 단순한 이득을 위한 전쟁은 좋은 평가를 받지 못하기 마련이었다. 많은 대신들이 같은 생각을 하고 있었다.

하지만 알 투르키 황제는 자신의 생각을 꺾지 않았다. 이미 카림에 의해 조종당하고 있는 그였기에 머릿속에는 전쟁을 벌여야 한다는 생각뿐이었다.

"우리 왕국의 미래를 위한 전쟁이다. 지금 전쟁을 반대하는 대신은 겁쟁이거나 우리 왕국의 발전을 원하지 않는 매국노가 분명하다."

알 투르키 황제는 자신의 분신처럼 사용하는 검을 꺼내 들었다.

"또 그런 말을 하는 사람이 있다면 내 검이 직접 목을 잘라주겠다."

공부보다 헌터가 되는 것을 선택한 알 투르키 황제였지만 사람과의 예의를 중요하게 여겼었다. 그랬기에 많은 헌터들이 자발적으로 그의 밑으로 들어갔었고, 국민들의 사랑을 받았다.

하지만 지금 그의 모습은 전투에 미친 광전사 그 이상도 그 이하도 아니었다.

피에 굶주린 살인마가 한 국가의 왕이 되어 버린 것이다.

"알 투르키 황제의 말씀이 옳습니다. 우리 왕국은 지금 중대한 기로에 서 있습니다. 미래의 역사서가 우리를 어떻게 평가하는지가 중요한 것이 아닙니다. 우리는 사막의 후예들에게 우리의 온전한 힘을 물려줄 의무가 있습니다. 그리고 저는 그 의무를 지키기 위해 아프리카 지역과의 전쟁의 중심에 설 것입니다."

카림의 말에 대신들은 고개를 숙이고는 속으로 욕을 내뱉었다.

알 투르키 황제가 저렇게 변한 이유는 오직 하나, 카림 때문이었다.

하지만 이미 카림은 알 투르키 황제의 총애를 받고 있었고, 그의 말이 곧 황제의 말인 시대였다.

"이미 전쟁 준비는 끝났습니다. 대신들은 전쟁 물자 지원에 신경 써주시기 바랍니다. 우리는 내일 해가 뜨는 순간 이집트로 이동해 전쟁을 시작할 것입니다. 이미 우리 연합국들에게도 연락을 해두었습니다. 우리의 속국이 된 국가들은 전부 이번 전쟁에 참여할 것입니다."

사우디는 이제 단일 국가가 아니었다. 이란을 제외한 모든 중동 국가들이 사우디 연방에 속해 있었고, 이집트마저 속국의 형태로 사우디 연방에 속해 있었다.

제대로 된 정부조차 없는 아프리카 국가들이 사우디 연방을 막는 것은 불가능한 일이었다.

"저는 그렇게 하지 못하겠습니다! 이번 전쟁은 우리 왕국에게 이득이 되지 않습니다."

중립파 수장인 우스만이 화를 참지 못하고 소리를 질렀다.

평소 중도를 지키기로 유명한 우스만의 외침에 다른 대신들은 귀를 의심했다.

"무슨 생각으로 전쟁을 벌이려는지 저는 모르겠습니다. 왕국의 미래를 위한 전쟁이라고 하지만 왕국의 미래를 위해서라면 이번 전쟁은 벌여서는 안 됩니다. 아이템을 제작, 판매해서 수익을 올리는 게 큰 수익을 남긴다고 하더라도 사람을 죽일 이유는 되지 않습니다. 이번 전쟁은 다른 국가들이 우리를 적으로 생각하게 하는 계기가 될 것입니다."

"그렇게 생각하는가?"

"그렇습니다. 저는 이번 전쟁에서 손을 떼고 싶습니다."

"그렇다면 영원히 손을 떼게 해주마."

알 투르키의 검이 빛을 내자 그의 검은 붉게 물들었다.

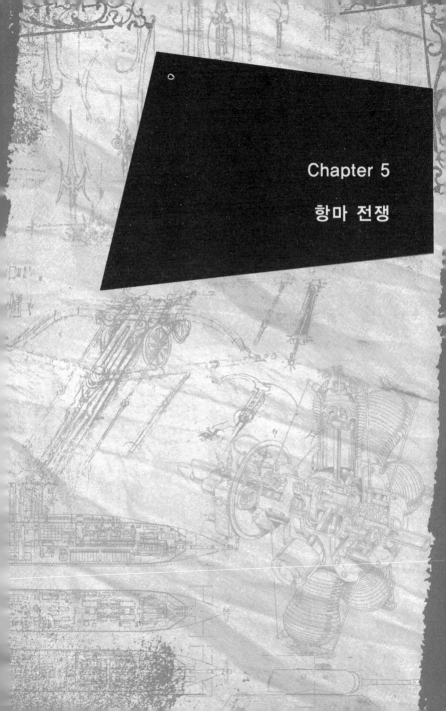

Chapter 5

항마 전쟁

사우디 연방은 한 달도 안 되는 짧은 시간에 아프리카 전역을 점령하는 전쟁을 벌였다.

많은 국가들이 사우디 연방에게 전쟁을 중지하라는 경고를 보냈지만 사우디 연방은 모든 경고를 무시하고 전쟁을 지속했다.

그렇게 끊임없이 전쟁을 지속하던 사우디 연방은 아프리카의 절반은 집어삼키고는 거짓말처럼 전쟁을 멈추었다.

아프리카의 모든 영토를 차지하기 전에는 전쟁을 멈추지 않을 거라고 생각했었지만 사우디 연방은 단숨에 의욕이라도 잃은 것처럼 전쟁을 멈추었다.

"현수야, 이제 어떻게 하지? 사우디 연방의 전쟁을 멈추기 위해 준비한 헌터들과 물자들이 갈 길을 잃어버렸다."

"좋게 생각하죠. 스스로 죄책감을 느끼고 전쟁을 멈추었겠죠. 아니면 다른 국가들의 경고장에 정신을 차렸거나요."

"그럴 리가 있겠냐. 그런 생각을 했다면 처음부터 전쟁을 시작하지도 않았겠지. 불과 한 달 정도밖에 되지 않는 시간에 수십만 명의 피해자가 생긴 전쟁이었어. 중동과 아프리카 전역이 피로 가득 찼다는 말 못 들어봤어? 피에 미친 국가가 전쟁을 멈췄다면 분명 다른 이유가 있을 거야."

"저도 고민이네요. 이제 정말 악마와의 전쟁이 멀지 않았는데 중동으로 헌터를 파견하기도 그렇고. 팀장님이 다녀오시면 안 될까요? 아이템을 사용하면 금방 다녀오실 수 있잖아요. 그리고 헌터들을 대동하면 오히려 방해만 되니, 혼자 살짝 갔다 오면 악마와의 전쟁을 걱정할 필요도 없고요."

"결국 나만 고생하라는 말이네. 어쩔 수 없지. 웬만한 일이면 안 가겠는데 사우디 연방은 조금 심각하니까, 다녀와야지."

시황제의 유산을 흡수하고 난 뒤 나는 자신감이 생겼다. 이계에서 가장 강했던 순간과 큰 차이가 나지 않을 정도로 고리의 기운은 충만해졌으니 당연했다.

데빌 도어에서 몬스터와 악마가 쏟아져 나온다고 해도 혼자서 충분히 막을 정도의 자신감이었다. 물론 트마워라는 악마가 나온다면 말은 달라지겠지만 그를 제외하면 나를 막을 수 있는 악마는 없어 보였다.

*   *   *

회사에서 출발한 지 하루가 지나서야 사우디 연방의 수도에 도착할 수 있었다.

사우디에는 우리 회사의 지부가 있었지만 민간인을 학살하는 국가에 우리 회사의 지부를 둘 수는 없기에 경고장을 보냄과 동시에 지부의 인원들을 회사로 불러들였다.

사우디 지부에서 돌아온 사람들의 말에 따르면, 사우디는 빠른 속도로 개발되고 있었고, 많은 건물들이 모습을 갖추어가고 경제가 활발히 성장하고 있었다고 했다.

하지만 지금 내가 보고 있는 모습은 전해 들은 말과는 너무나 달랐다.

"여기가 사람이 사는 나라야? 마치 지옥 같은데."

여기저기 핏자국이 진하게 남아 있었고, 몇 안 되어 보이는 사람들의 눈은 붉게 충혈되어 있었다. 마치 마약 중독자의 모습처럼 보였다.

이런 모습을 하고 있는 사람을 본 적이 있다.

"악마의 소행이네. 사우디가 왜 전쟁을 미친 듯이 벌였는지 알겠어. 악마의 조종을 받고 전쟁을 벌였던 거야. 왜 이 생각을 진작 하지 못했지."

시황제의 유산은 너무도 강력한 기운이었다. 병마용 갱 안에서 많은 기운을 흡수하기는 했지만 소화시키기까지는 한 달 정도의 시간이 걸렸다.

그러는 동안 사우디 연방은 아프리카를 초토화시켰고, 피로 강을 만들었다.

시황제의 유산을 흡수하느라 머리가 굳었는지 악마의 조종을 받을 수 있다는 생각을 미처 하지 못했다.

"그래, 악마가 아니면 사람이 이런 짓을 벌일 리 없지. 보통 악마의 조종을 받는 사람은 국가의 최고 통치자이기 마련이지."

왕궁을 지키고 있는 병사들마저 마약 중독자의 모습을 하고 있었기에 아무런 방해를 받지 않고 왕궁 안으로 들어갈 수 있었다.

왕궁 안으로 들어서자 강한 피 냄새가 코를 때렸다.

왕궁 바깥이 피로 물들었다는 것은 이해가 갔지만 왕궁 안은 그 국가의 가장 강한 힘이 모여 있는 장소였기에 이렇게 방치되지는 않는다.

병사의 옷을 입고 죽은 사람부터 왕궁을 관리하는 시녀로 보이는 사람의 시체, 그리고 고급 옷을 입고 있는 대신들의 시체까지 여기저기 굴러다니고 있었다.

"지옥이 따로 없네. 이런 꼴을 만든 사람이 누구인지 확인해 볼까."

왕궁 안에서 인기척이 느껴지는 장소는 한 군데였다. 대전으로 보이는 곳에서 몇 되지 않는 사람들의 인기척이 느껴졌다.

"오늘은 누가 죽을 차례지? 카림 네가 말해보아라."

"오늘은 경제부 장관이 죽을 차례입니다. 그의 죄목은 나라를 흉흉하게 만들고, 사리사욕에 눈이 멀어 국민들을 돌보지 않은 죄입니다."

"죽어 마땅한 죄목이구나. 오늘은 어떤 방식으로 형을 집행하는 것이 좋겠는가?"

"제가 마침 벌과 꿀을 구해왔습니다."

"오! 온몸에 꿀을 바른 다음 벌을 풀자는 말인가? 그거 좋은 방법이구나."

"그것도 좋지만 더 좋은 방법이 있습니다. 꿀을 몸에 바르는 것뿐만 아니라 우유에 꿀을 타 하루 종일 먹인 다음 벌을 푸는 방법도 있습니다."

"그렇게 하면 뭐가 달라지느냐?"

"고대의 형법으로도 사용되었던 방식입니다. 다른 음식을 섭취하지 않고 우유와 꿀만 먹게 되면 배뇨감을 참지 못하고 달콤한 배설물을 쏟아냅니다. 벌은 물론이고 다양한 벌레들이 달콤한 향기에 이끌려 몸을 갉아먹고, 배설물이 가장 많이 묻은 부위를 타고 몸속으로 들어가 살을 파먹습니다. 가장 고통스러운 형벌이라고 할 수 있습니다. 그리고 볼거리도 충분해 보입니다."

"역시 카림이구나. 자네가 없었다면 나는 아무것도 하지 못했을 것이다. 그래, 당장 우유와 꿀을 가지고 오너라. 경제부 장관 자네는 오늘 호강을 하는 걸세. 배가 터지게 꿀을 먹어보게나."

도저히 이런 장면을 가만히 보고 있을 수만은 없었다. 그리고 딱히 위험이 되는 상황도 아니었다. 대전 안에는 사우디의 국왕으로 보이는 사람과 그의 최측근으로 보이는 카림이라는 사람을 제외하면 바닥을 뒹굴며 고통을 호소하고 있었다.

"이제 그만하지. 죽을 시간이 되었거든. 악마에게 정신이 지배당하는 것보다는 죽는 게 낫지 않겠어? 내가 편안한 안식을 선사해주마."

"누구냐!"

"누구긴 저승사자다!"

나는 피로 물든 카펫을 밟으며 왕좌가 있는 곳으로 걸어갔다.

"생긴 것으로 보아 사막의 사람으로는 보이지 않는군. 한국에서 왔는가?"

"그렇다. 카인트 헌터 회사에서 너를 암살하기 위해 보낸 사신이다."

"고작 혼자 무엇을 할 수 있겠는가? 나에게는 든든한 카림이 있다."

"전하, 제가 처리를 하겠습니다."

카림이라고 불리는 사람은 그렇게 강해 보이지 않았다.

그는 아끼는 옷인지 겉옷을 벗고는 나에게 천천히 다가왔다.

"혼자 온 것을 후회하게 만들어주마. 안 그래도 시간을 때우느라 심심했는데 고맙구나."

카림은 입술을 비정상적으로 벌리며 나를 바라보았고, 서서히 그의 몸에서 마기가 느껴지기 시작했다.

"네가 사우디 국왕의 정신을 지배하고 있는 악마인가 보구나. 사우디 사람들을 대신해 너를 처단해 주마."

"나를 처단하겠다고? 인간이 감히 나를? 나는 마계의 지배자의 총애를 받고 있는 몸이다. 하찮은 인간이 나를 어떻게 할 수는 없다."

"하찮은 마계의 떨거지 주제에 인간이 어쩌고 어째? 일단 좀 맞고 시작하자."

나는 고리의 기운을 개방했다. 온몸의 문양으로 고리의 기운은 퍼져나갔고, 무기에는 많은 양의 기운이 맴돌았다.

"너는 누구냐! 어떻게 인간이 이런 기운을 사용할 수 있단 말이냐. 아! 트마워 님이 말했던 인간이 바로 너로구나! 기다리고 있었다. 트마워 님은 너의 사지를 잘라 축제를 열자고 했었다."

"축제를 여는 건 여는 거고, 오늘은 네가 내 손에 죽을 날이지."

트마워의 수족이라면 더 이상 살려둘 수 없다. 고리의 기운이 머금은 칼을 찔러 카림의 가슴에 박아 넣었다.

그의 몸을 지탱하고 있는 마기의 정수가 부서지는 소리가 들려왔다.

"너의 얼굴을 보고 죽으니 후회는 없다. 네 복수는 트마워 님이 직접 해주실 거다. 나는 죽어도 죽는 것이 아니다. 내 기운은 트마워 님에게 돌아가 너의 죽음을 지켜볼 것이다. 하지만 너는 살아도 사는 것이 아니다."

저주를 퍼부으며 검은 물로 변해가는 카림이었다.

검은 물은 왕궁의 바닥을 녹이며 사라지고 있었다. 그가 가지고 있던 마기는 허공을 날아다니며 공기를 더럽히고 있었기에 나는 손 부채질을 하며 오염된 공기를 정화시키려고 했다.

그때! 강대한 기운이 검은 물을 타고 흘러나오고 있었다.

"오랜만이군. 나를 기다리고 있었는가? 나는 인간계를 나만의 왕국으로 만들 생각이다. 전과 같은 과오는 다시는 없을 것이다. 새로운 세계를 여는 축포로 너의 피를 온 세상에 뿌려주마."

자기 할 말만 하고 사라진 트마워였다. 아직은 때가 되지 않았는지 직접 현신하지는 않고 자신의 수족의 피를 이용해 자신의 뜻을 전한 것이었다.

"길고 짧은 건 대봐야 아는 것 아니겠어. 쉽게 당하지는 않을 거다."

이제 대전에서 온전히 움직이는 사람은 나와 사우디의 국왕이 전부였다.

"이제 정신을 좀 차려보지. 너를 지배하는 악마가 사라졌으니 정신이 돌아올 것이다."

여전히 붉은 눈을 유지하고 있는 사우디의 국왕이었다.

"너의 이름이 무엇이냐."

"나는 사우디의 국왕이다. 나에게 하대하지 마라!"

"미친 새끼. 사람을 그렇게 죽인 학살자 주제에 그런 말이 나오나!"

나는 고리의 기운을 사방으로 풍기며 그를 압박했다.

그는 강한 고리의 기운에 큰 공포심을 느끼며 몸을 바들바들 떨었다.

"이제 대답할 마음이 들었겠지. 너는 누구냐."

"나는 사우디의 왕이자 사막의 순수한 혈통을 받은 알 투르키다."

"그래, 알 투르키 씨. 주변을 한번 둘러보지. 이게 당신이 원하는 국가인가? 형제를 베어가며 이루고자 했던 국가가 이런 피의 국가인가 보지."

알 투르키는 죽은 눈으로 주변을 둘러보았다.

천천히 정신이 돌아오는지 그의 눈에는 생기가 찾아오고 있었다.

"아니야! 이건 아니야. 왜 이렇게 된 거지? 카림은 어디로 간 거야. 나는 이런 국가를 원하지 않았어. 헌터들과 국민들이 서로 도우며 발전하는 그런 국가를 만들고 싶었다고."

"그랬으면 사람을 보는 눈을 가지고 있었어야지. 악마를 최측근에 두고도 해피엔딩을 꿈꿨다면 멍청한 거지."

"나를 죽여다오."

"죽이는 건 문제가 아닌데. 네가 죽으면 사우디는 누가 통치를 하지? 이미 정부가 있으나 마나 한 상태이긴 하지만 그래도 불씨를 살리려면 중심이 있어야 하잖아."

"나는 무능한 왕이다. 사람을 보는 눈도 없으며, 무엇이 옳고 그른지 판단할 머리도 가지고 있지 않다. 나를 대신해 저기 쓰러져 있는 우스만이 새로운 사우디의 국왕이 되는 것이 좋겠다."

알 투르키의 손가락이 향한 곳에는 한 팔을 잃고 쓰러져 있는 중년과 노년의 중간에 있는 남성이 있었다.

다른 사람들과는 달리 고통을 참으며 악에 받친 눈으로 나와 알 투르키를 바라보고 있었다.

나는 그에게 천사의 눈물을 복용시켜 체력을 회복시켰다.

"어떻게 생각하시죠? 여기 있는 학살자가 당신이 새로운 사우디의 국왕이 되었으면 좋겠다고 하는데 받아들이시겠습니까?"

"이미 사우디의 국운은 다했다. 피에 미친 나라라고 알려진 지금, 사우디가 다시 회생하는 것은 불가능하다."

"그러면 어떻게 할 건데요. 이대로 사우디가 망하게 둘까요? 솔직히 저는 크게 상관없어요."

"나는… 자신이 없다. 국왕과 카림의 행동이 옳지 않다는 것을 알았지만 막지 못했다. 나는 죄인이다. 죄인이 어찌 한 국가를 이끈단 말인가."

"그래도 여기서 유일하게 잘못되었다는 것을 알고 바로잡으려던 사람이 당신이 아닌가요? 우리가 최대한 지원해줄 테니 더럽혀진 국가를 바로 세워 보세요. 곧이어 악마와의 전쟁이 시작될 겁니다. 지금도 피로 물든 국가지만 조만간 남아 있는 모든 사람들의 피가 흥건해질 겁니다."

"악마와의 전쟁이 시작된단 말인가?"

"그렇죠. 수십만 마리의 몬스터들이 사람의 인육을 노리고 공격해 들어올 겁니다. 그리고 악마들은 그 모습을 보며 축제를 열겠지요. 남아 있는 사람이라도 살리고 싶으면 하루라도 빨리 국가를 정상화시키는 것이 좋을 겁니다."

"나도 부탁하겠네. 사우디의 희망은 우스만 자네에게 달렸네. 나는 무능한 왕이었네. 자네의 말을 듣지 않고 카림의 말에 현혹된 나를 원망한다네. 부디 사우디의 희망이 되어 주게나. 내 이렇게 목숨으로써 부탁을 하네."

알 투르키는 품에 가지고 있던 단검을 꺼내어 자신의 심장을 찔렀다.

내가 충분히 막을 수 있는 속도였지만 막지 않았다. 스스로 죽음을 원하는 사람을 막는 것은 예의가 아니었다.

그의 피가 우스만의 옷에 묻었고, 우스만은 옷에 묻은 피를 보며 결심했다.

"하겠습니다."

"그래, 그럼 롱구스로 카인트 헌터 회사에 연락을 하라고요. 회사에서 지원해줄 수 있는 물자를 보내줄 거예요. 그럼 이만 나는 가볼게요. 전쟁 준비 잘하세요."

중동에서 돌아온 지 일주일도 지나지 않아 전쟁이 시작되었다.

모든 국가의 데빌 도어에는 몬스터들과 악마들이 쏟아져 나오기 시작했고, 우리의 경고에 따라 헌터들을 데빌 도어 앞에 배치한 국가들은 그나마 적은 피해로 지금까지 버티고 있었다. 하지만 우리의 경고를 따르지 않은 국가들은 특히 러시아의 경우에는 영토 절반이 몬스터의 땅으로 변하고 말았다.

현재 우리 회사의 대부분의 헌터들은 나를 따라 중국으로 이동했다.

한국은 마준기가 만든 무기와 소수의 헌터들이 하나의 데빌 도어를 지키고 있었다.

만약 무슨 일이 생긴다면 내가 데빌 도어를 통해 한국으로 이동하면 되었기에 가능한 것이었다.

"팀장님, 중국의 사정이 그렇게 좋지는 않아 보이네요."

우리는 흑룡회의 본진이나 다름없는 베이징에 도착하기 위해 많은 몬스터들을 상대해야 했다. 우리의 경고를 가장 잘 이행하고 있는 국가가 중국이었고, 흑룡회는 우리에게서 가장 많은 물자를 지원받았기에 무장 수준도 좋았다.

하지만 워낙 넓은 영토를 가지고 있었고, 모든 지역을 헌터들로 대처할 수는 없었기에 외곽지역에서 모여든 몬스터들이 베이징을 향해 이동하고 있는 중이었다.

"그래도 아직 중국이 몬스터한테 넘어가진 않았잖아. 그리고 내가 중국의 데빌 도어 절반 정도를 파괴해서 이 정도지, 만약 데빌 도어가 그대로 남아 있었다면 벌써 중국은 몬스터 천지로 바뀌어버렸을 거야."

"자랑은 그쯤 하시고 어서 흑룡회를 돕죠."

흑룡회는 악마의 군대와 맞서 싸우고 있는 중이었다. 모든 헌터들을 투입해 베이징 안으로 몬스터들이 들어오지 못하게 막고 있었지만 중국에게 인해전술의 참뜻을 알려주고 있는 악마의 군대를 상대로 힘든 전투를 벌이고 있었다.

"흑룡회가 앞에서 잘 막아주고 있으니 우리는 몬스터의 뒤를 치면 되겠네. 헌터들을 준비시켜."

"모든 헌터들은 준비를 마치고 신호를 기다리고 있어요. 어서 신호나 주세요."

현수의 말처럼 모든 헌터들은 진작 전투 준비를 마치고 대기하고 있어 보였다.

"이제 본격적으로 몬스터들의 목을 딸 시간이다. 다들 다치지 말아라. 무조건 생존해라. 몬스터 한 마리 더 죽이는 게 중요한 것이 아니라 죽지 않는 것이 최우선이다. 그러면 카인트 헌터 회사의 강함을 보여주어라. 공격하라!"

몬스터 사냥에는 이골이 나 있는 헌터들이었지만 그래도 조심해야 했다.

나를 중심으로 현수와 위용욱의 한 축을 담당하며 우리는 몬스터 군대를 압박했다.

앞에는 흑룡회가 그리고 뒤에는 우리가 공격하자 몬스터 군대를 생각보다 더 쉽게 처리할 수 있었다.

"먼 길 오시느라 수고가 많았네."

흑룡회와는 많은 교류를 해왔지만 주로 흑룡회 남부 지부와 연락을 주고받았기에 흑룡회 수장의 얼굴을 보는 것은 이번이 처음이었다.

흑룡회 수장인 전초는 중년의 나이를 훌쩍 뛰어넘은 이였다. 하지만 흑룡회의 수장답게 넘치는 카리스마를 보유하고 있었다.

"조금 늦었습니다. 현재 중국의 사정은 어떻습니까? 오는 길에 심심치 않게 몬스터들을 발견할 수 있었던 걸로 보아 중국 전역에 몬스터가 들끓고 있을 것 같은데……."

"그 정도는 아니네. 우리는 포기와 집중을 했다네. 외곽 지역에게는 미안하지만, 전쟁에서 이기기 위해서는 포기할 줄도 알아야 하지 않겠나."

"그렇군요. 일단은 가장 많은 몬스터들이 있는 곳부터 처리하는 것이 좋겠습니다. 악마의 탑에서 많은 수의 몬스터들이 나왔다고는 하지만, 그 수에는 한계가 있습니다. 조금씩 줄여나가다 보면 끝이 보일 겁니다."

"그 전에 우리가 먼저 지치지 않았으면 좋겠군. 먼 길 오느라 고생이 많았는데 오늘은 푹 쉬게나."

우리는 중국에 도착해서 반나절도 되지 않는 휴식을 취하고는 흑룡회의 조직원들과 합류해 몬스터 군대를 줄이는 데 집중했다.

아직 악마의 조종을 받지 않는 몬스터 군대였기에 오합지졸이나 다름없었고, 단지 모여 있을 뿐 진영이나 작전은 전혀 없었기에 전투는 순조롭게 진행되었다.

하지만 문제는 중국이 아니라 유럽이었다.

유럽에서는 아시아 지역과는 전혀 다른 양상의 전투가 벌어지고 있었다.

"팀장님, 유럽 각지에서 몬스터 군대가 힘을 얻고 있다고 합니다. 여기와 다르게 유럽의 몬스터 군대는 악마의 지배를 받고 있다고 합니다."

"유럽부터 시작해서 아시아로 넘어오겠다는 작전이겠지. 우리를 가장 마지막에 상대하고 싶을 거야. 조금씩 숨을 조르고 싶겠지만 그 작전이 자승자박이 될 거야."

"그렇게만 생각할 수는 없어요. 현재 유럽 헌터 연합은 힘을 모아 악마의 군대를 상대하고 있긴 하지만 워낙 악마의 군대의 힘이 강해 막아내지 못하고 있어요. 이대로 가다가는 유럽에 살아 있는 사람이 하나도 남지 않을 수도 있어요. 전쟁에서 승리를 하는 게 가장 중요하긴 하지만 너무도 많은 사람이 죽어나갈 겁니다."

유럽을 제물로 넘기고 승리하는 것이 지금의 상황에서 가장 좋은 방법이었다.

악마의 군대가 유럽을 점령하는 동안 우리는 아시아에 생겨난 몬스터 군대를 사냥하며 힘을 모을 수 있다. 안전한 지역에서 악마의 군대와 싸우는 것이 상책이었다.

하지만 유럽에 살고 있는 사람들과 헌터들을 몬스터의 식량으로 만들 수는 없었다.

"지금 유럽 연합과 연락이 가능하지? 유럽 연합의 작전은 뭐라고 하는데?"

"지금 당장은 악마의 군대와 맞서 싸우고는 있지만 이대로는 생존 자체가 불가능하다고 판단하고 있어요. 안전한 지역, 즉 중국이나 한국으로 피하고 싶어 해요."

"우리 입장에서도 유럽 연합의 사람들이 넘어오는 것이 더 좋긴 한데……."

유럽 연합의 힘을 모아 우리와 합류시키고 싶었다.

하지만 유럽 연합을 구하기 위해 우리가 가기에는 상황이 여의치 않았다.

결국은 내가 움직여야만 했다.

"내가 시선을 끄는 동안 유럽 연합이 아시아로 넘어올 수 있게 도와줄 수는 있겠어?"

"혼자 가시려고요? 아무리 시황제의 유산을 흡수했다고는 하지만 혼자 악마의 군대를 상대하기는 힘들지 않겠어요?"

"나도 다 생각이 있어. 그리고 시황제의 유산이 마기의 정수 하나밖에 없는 것도 아니잖아."

*　　　　　*　　　　　*

유럽 연합은 희망 없는 전쟁을 지속하고 있었다.

지금까지 전쟁을 지속할 수 있었던 것도 카인트 헌터 회사에서 많은 아이템을 저가에 구입했기에 가능한 일이었다.

정령의 힘과 아이템의 힘을 빌려 악마의 군대에게서 생존할 수 있었다.

하지만 이제는 한계가 찾아왔다.

현재 유럽 연합의 대표를 맡고 있는 독일 헌터 협회의 협회장인 후멜스는 여러 헌터 협회장이 모여 있는 막사 안에서 마지막 의지를 내보이고 있었다.

"이제 우리에게 남은 것은 탈출뿐입니다. 이대로 유럽에 있다가는 악마의 군대에 언제 죽을지 모르는 상황입니다. 최대한 빨리 아시아 지역으로 피해야 합니다."

"우리가 간다면 민간인들은 어떻게 하자는 말씀이십니까? 민간인들을 두고 우리만 몸을 피하는 것은 너무 비겁한 일입니다."

"저도 동의합니다. 하지만 모든 민간인들을 데리고 갈 수는 없습니다. 카인트 헌터 회사에서 우리를 도와 아시아로 이주할 수 있도록 돕겠다고 했습니다. 그들과 약속한 시간은 일주일 후입니다. 일주일 동안 최대한 많은 민간인들을 데리고 러시아로 넘어가야 합니다. 한국의 헌터들은 벌써 출발해 러시아로 향하고 있습니다. 중간에서 그들과 합류한다면 우리는 안전하게 아시아로 넘어갈 수 있습니다."

"그렇지만 일주일은 너무 짧습니다. 각국에 숨어 있는 민간인들을 찾아 여기로 불러 오는 데까지만 해도 한 달은 족히 걸립니다."

"어쩔 수 없습니다. 우리에게 주어진 선택은 하나뿐입니다. 일주일이라는 시간 동안 더 많은 민간인들을 모으는 것 말고는 다른 선택은 없습니다."

"젠장. 그런데 우리가 민간인들을 모아 러시아로 넘어가는 게 가능할까요? 현재 악마의 군대가 프랑스로 집결해 있고, 빠른 속도로 우리에게 진군해오고 있는데 그들을 피해 러시아로 가는 것이 가능하겠습니까?"

"그것도 카인트 헌터 회사에서 도움을 주기로 했습니다. 우리가 피할 시간을 벌어주겠다고 했는데, 어떤 방식으로 도움을 줄지에 대해서는 자세히 설명을 듣지 못했습니다."

"우리를 속이는 것이 아닐까요? 우리를 제물로 삼아 살아남으려는 속셈일 수도 있습니다."

"그렇지는 않을 겁니다. 그렇게 해서 그들에게 이득이 될 것은 아무것도 없습니다. 카인트 헌터 회사는 몇 달 전부터 지속적으로 악마의 군대에 대비하라는 경고를 우리에게 해주었습니다. 이런 상황이 닥친 것은 그들의 조언을 제대로 듣지 않은 우리의 불찰입니다."

여기에 있는 모든 헌터 협회장은 자신들의 실수가 이런 상황을 만들었다는 것을 알고 있었다. 하지만 아픈 곳을 후벼 파고 싶지 않았기에 의도적으로 자신들의 실수를 말하지 않았다.

독일 헌터 협회장의 말은 비수가 되어 모든 헌터 협회장들의 가슴을 찔렀고, 이번 회의는 그렇게 끝이 났다.

일주일이라는 시간은 너무도 짧았다.

유럽의 모든 헌터들은 한 명이라도 더 많은 민간인을 보호하기 위해 몬스터 군대와 싸웠다. 그러는 동안 악마의 군대가 유럽 연합이 있는 폴란드로 다가오고 있었다.

"약속된 시간이 다 되어가고 있습니다. 이렇게 가만있다가는 악마의 군대에게 짓밟히고 말 것입니다. 카인트 헌터 회사가 악마의 군대의 시선을 돌려준다고 약속한 것은 맞습니까?"

"우리는 믿을 수밖에 없다네."

유럽 연합은 본진을 버리고 러시아를 향해 이동했다.

많은 민간인들이 함께 이동하는 피난길이었기에 당연히 속도가 빠를 수가 없었고, 이목을 집중시키는 행색에 몬스터들이 파리처럼 달라붙었다.

"후방에 남아 있는 헌터들로부터 연락이 왔습니다. 악마의 군대가 독일을 넘어 여기로 오고 있다고 합니다. 지금의 속도면 하루 안에 따라잡힙니다."

보고를 들은 유럽 연합의 대표 후멜스는 탄식을 내뱉었다.

이대로 끝나는 건가. 신은 정녕 우리를 버리셨단 말인가.

하늘을 보며 탄식을 내뱉고 있던 후멜스의 눈에 무언가의 모습이 보이기 시작했다.

검은 점이라고 생각했던 것은 빠른 속도로 다가왔다.

후멜스는 엄청난 속도로 자신에게 다가오는 점을 눈도 깜빡거리지 못하고 바라봤다.

"제가 너무 늦었습니다."

"아니, 당신은……."

"카인트 헌터 회사의 최진기입니다. 너무 기다리게 해서 죄송합니다. 이제는 제가 맡도록 하겠습니다. 유럽 연합은 최대한 빠르게 러시아로 넘어가시기 바랍니다."

"다른 인원은 없는 겐가? 자네 혼자 어떻게 악마의 군대를 막을 생각인가."

"걱정하지 마십시오. 다 작전이 있습니다. 우리 회사의 헌터들이 지금 러시아에 도착해서 모스크바로 이동하고 있다고 합니다. 지금 속도면 거의 동시에 모스크바에 도착할 수 있을 것 같습니다. 그러면 한국에서 뵙도록 하겠습니다."

여전히 불신이 가득한 눈을 하고 있는 유럽 연합 대표였지만 나는 믿으라는 말 말고는 할 말이 없었다.

유럽에는 정말 나 혼자 왔고, 그 사실을 유럽 연합에 알려봤자 불안감만 증식시킬 뿐이었다.

나는 그들에게 인사를 건네고는 악마의 군대가 있는 독일 국경으로 이동했다.

폴란드와 독일의 국경 사이에서는 악마의 군대 본진이 움직이고 있었다.

고리의 기운을 끌어 올려 악마의 군대를 살폈지만 스스로 마왕이라고 칭하는 트마워의 모습은 보이지 않았고, 그와 비슷한 마기를 가지고 있는 악마도 없었다.

주인공은 마지막에 나오고 싶다, 이거지.

그 선택을 후회하게 해주지.

국경을 넘고 있는 악마의 군대 앞에 홀로 걸어갔다.

나를 가장 먼저 발견한 몬스터는 큰 소리를 내며 내 존재를 알렸다.

아시아에 있는 몬스터의 군대와는 확실히 다른 명령 체계였다.

중국에서 이런 몬스터 군대를 만났다면 몬스터들은 적의 존재를 알리기보다는 먼저 달려들어 한 점이라도 많은 살을 먹으려고 했을 것이다.

확실히 지휘관이 있는 군대는 상대하기가 까다로웠다.

몬스터의 외침을 듣고 한 마리의 악마가 모습을 드러냈다.

꽤나 강한 마기를 가지고는 있었지만 악마의 탑 8층 정도에 서식할 만한 악마였다.

"저런 인간을 보고 신호를 보낸 것인가! 그냥 죽여라."

나를 힐끗 보고는 살상 명령을 내리는 악마였다.

이런 대접을 받고 가만있을 수는 없었다.

나는 고리를 풀어 강한 기운을 그 악마에게 쏟아내었다.

"너는 누구냐!"

"이제야 대화를 할 마음이 들었나 보지. 그런데 너는 나와 대화를 할 급이 되어 보이지 않는데. 이 군대를 최종 지휘하는 악마를 보고 싶은데 말이야."

"감히 인간 따위가!"

"나한테 감히 인간 따위가, 라고 말한 악마 중 아직 소멸하지 않은 악마는 없다고 말해주고 싶군."

강한 기운을 뿜어내었기에 내 말에는 신빙성이 있었고, 악마는 뒤돌아 자신보다 지위가 높은 악마를 데리고 왔다.

"강한 마기를 가지고 있는 인간이여, 나를 보자고 했는가."

"나에 대해서 트마워한테 들었을 거라고 생각하는데, 아니야? 하여튼 그게 중요한 것은 아니고, 이만 돌아가 줬으면 좋겠는데. 돌아가는 게 그렇다면 잠시 여기서 멈춰 줬으면 좋겠어."

"우리가 인간의 명령을 들을 필요는 없다. 트마워 님은 아시아 지역까지 전진하라는 명령을 내렸고, 우리는 그 명령을 수행해야 된다."

역시 말이 통하지 않는 악마였다. 그렇다면 이제는 내 능력으로 저들을 막는 수밖에 없다.

유럽 연맹을 뒤쫓는 악마의 군대를 홀로 막을 수 있을까?

시황제의 유산을 얻었다고는 하지만 끝이 보이지 않는 악마의 군대를 홀로 이길 수는 없었다.

하지만 내가 지금 해야 될 일은 악마의 군대를 상대로 이기는 것이 아니라 유럽 연맹이 아시아로 도망갈 시간을 벌어주는 것이었다.

"혼자 우리를 막을 수 있다고 생각하는가? 헛된 꿈을 꾸는 인간이었군. 네가 마왕님이 말씀하셨던 인간이라고 하더라도 우리를 혼자 막을 수는 없다."

"뭐야, 트마워가 내 얘기를 했었네. 그런데 왜 모른 척하고 그래. 자세히 한번 말해봐. 나를 뭐라고 하던데?"

"미친 인간이라고 하더군. 그래도 마왕님이 직접 너의 목을 따고 싶다고 하셨으니 오늘은 사지 중 하나만 받아 가겠다."

"나는 아직 그러고 싶은 마음이 없는데."

"너는 선택권이 없다. 결정은 내가 한다. 마왕의 명을 받는 몬스터들이여, 마왕의 뜻에 반하는 인간을 사냥하라!"

"우우! 우우우우!"

몬스터들은 동시에 외치자 돌비 사운드로 듣는 것처럼 귀가 울려왔다.

몬스터들은 외침이 끝나기도 전에 나를 향해 돌격해 들어왔다. 사방을 에워싸며 내가 도망갈 길을 막고 있는 몬스터들이었다.

물론 도망가려면 못 갈 이유는 없었다. 하늘 또는 나무의 정령을 이용해 땅으로 도망을 칠 수 있다. 하지만 도망을 가면 충분한 시간을 벌 수 없다.

만약 여기서 내가 도망을 간다면 나를 잡으려고 하기보다는 도망치는 유럽 연맹을 쫓을 확률이 더 높아 보였기에 악마의 군대를 상대로 싸워야 되었다.

"너는 자꾸 내가 혼자라고 하는데. 나는 혼자가 아니거든! 병마용 갱에서 잠들어 있던 시황제의 병사들이 나와 함께한다! 병사들이여, 시황제의 꿈을 이어받은 나의 명을 받아 사악한 몬스터들을 처단하라!"

손에 들려 있는 청동거울에서 환한 빛이 흘러나왔고, 그 빛이 점점 땅으로 번져갔다.

번져간 땅에서는 병마용들이 일어나기 시작했다.

악마의 군대에 비해서는 적은 수의 병마용이었지만 순수한 능력만 따지고 보면 몬스터에 비해 강했으며, 장수 병마용과 장군 병마용의 지휘 능력까지 있었기에 그렇게 뒤처지는 병력은 아니었다.

그리고 내 목적은 전투에서 승리를 하는 게 아니라 시간을 끄는 것이었다.

몬스터들과 병마용의 전투가 시작되었다.

몬스터들은 자신들의 앞길을 막는 병마용을 향해 무기와 몸을 던졌다. 병마용은 그런 몬스터의 공격을 피하거나 혹은 몸으로 막아내었다.

강한 힘이 실려 있는 몬스터의 공격에 당연히 병마용은 하나둘 부서져 쓰러졌다.

하지만 몬스터들이 상대하고 있는 것은 사람이 아니라 병마용이었다.

병마용의 장점이라면 지휘관 병마용의 명에 따라 일사불란하게 움직이는 것뿐만 아니라 엄청난 재생력도 있었다.

재생력의 상징이라면 좀비가 있다. 하지만 좀비보다 훨씬 좀비 같은 병마용 갱은 팔이 없으면 이로 몬스터를 물어뜯었고, 그러는 사이 팔이 재생되어 몬스터의 목을 쥐어 틀었다.

물론 재생력에는 한계가 있었고, 조금씩 병마용의 수가 줄어들고 있었다.

병마용들이 열심히 전투를 치루고 있는데 나 혼자 놀고 있을 수는 없지.

"너도 딱히 할 일이 없어 보이는데, 나랑 킬링 타임이나 하지?"

악마의 군대를 지휘하는 악마는 나와 마찬가지로 몬스터와 병마용의 전투를 바라만 볼 뿐 딱히 하는 일이 없어 보였다.

몬스터의 피와 병마용의 흙이 전장을 가득 채우고 있는 상황에서 너무도 하는 일이 없는 나와 악마였기에 나는 먼저 손을 내밀었다.

딱히 친구가 있어 보이지 않는 악마였기에 내가 놀아주고 싶었다.

"감히 인간 따위가!"

악마는 내가 내민 손을 덥석 잡았다. 역시 심심했던 게 분명했다.

악마는 자신이 주로 사용하는 장난감을 나에게 자랑하고 싶었던지 검은 화염을 만들어내고 있는 검을 꺼내 나를 향해 휘둘렀다.

"꽤나 좋아 보이는 검이네. 스치기만 해도 살이 바로 타서 재가 돼 버리겠어. 하지만 그런 장난감으로 나를 상대할 수는 없지."

악마가 휘두르는 검은 빠르고 강했지만 그게 끝이었다. 나를 위협할 정도로 강한 기운을 가지고 있지는 않았다.

나는 악마가 휘두르는 검을 고개만 살짝 틀어 피해내고는 악마의 가슴을 향해 고리의 기운을 방출했다.

고리의 기운에 적중당한 악마는 뒤로 튕겨나 꼴사나운 모습을 보였지만 역시 악마의 군대를 지휘하는 악마답게 다시 벌떡 일어나 나를 향해 달려들었다.

"죽여 버리겠다! 너를 죽이지 않고는 악마의 탑으로 돌아가지 않겠다."

"아무리 재밌어도 그렇지, 밥시간이 되면 집으로 돌아가야 하지 않겠어."

몇 번의 공방이 이어졌지만 언제나 이득을 본 쪽은 나였다.

하지만 이득을 봤다고 해서 내 상황이 좋은 것은 아니었다. 병마용이 강하다고는 하지만 진정한 인해전술의 묘미를 보여주고 있는 악마의 군대를 상대로 밀리고 있었고, 내 주위에도 몬스터와 악마들이 모여들고 있었다.

"이제 그만 놀 시간이네. 너무 늦게까지 놀면 혼나는 법이거든."

여기서 사생결단을 낼 이유는 없다. 나는 청동거울을 다시 꺼내 들어 병마용들을 전부 회수했다. 흙으로 돌아갔던 병마용들까지 모두 청동거울이 내는 빛에 흡수되었다.

"그럼 조만간 다시 보자구. 나름 재밌었어."

갑자기 사라진 병마용에 몬스터들은 어리둥절해졌고, 나는 그

틈을 놓치지 않고 하늘로 날아갔다. 닭 쫓던 개 지붕 쳐다본다는 속담을 몸소 보여주고 있는 악마의 군대였다.

"시간을 조금 벌긴 했지만 민간인들이 포함되어 있는 유럽 연맹의 이동 속도가 느리니까. 몇 번 더 상대를 더 해줘야겠네."

병마용을 이용해 시간을 벌었다고는 하지만 고작 반나절이었다. 악마의 군대에 비해 유럽 연맹의 이동 속도는 너무 느렸고, 아시아로 넘어가기 전에 악마의 군대에 따라잡힐 게 분명했다.

다시 병마용을 소환해 악마의 군대를 발을 붙잡는 것이 가장 좋은 방법이었지만 병마용을 소환하는 청동거울은 충전 시간이 필요했고, 다음에 또 사용하기 위해서는 최소 일주일의 시간이 필요했다.

굳이 병마용을 이용하지 않고도 악마의 군대의 다리를 붙잡을 방법이 없는 것은 아니다.

"여기가 좋겠네."

가뭄에도 마르지 않은 강이 주변에 있었다.

예전부터 많은 병력을 제압하는 방법으로 강을 사용했었다. 많은 물을 둑으로 막고 한 번에 터뜨려 적군을 쓸어버리는 방법은 모든 전장의 장수들이 원하는 장면이다.

하지만 그 방법을 사용하기 위해서는 많은 준비가 필요했다.

많은 물과 그 물을 막을 수 있는 댐이 가장 기초적인 준비였다. 지금 눈앞에 있는 강에는 많은 물이 있긴 했지만 악마의 군대를 쓸어버릴 정도의 양은 아니었다.

"물의 양을 좀 늘릴 필요가 있겠어."

나는 강의 초입에 드래곤의 지팡이를 꽂아 넣었다.

드래곤의 지팡이는 땅에 잠자고 있는 지하수를 끌러 올릴 뿐만 아니라 잔잔하게 흐르고 있는 강의 물들을 요동치게 했다.

물의 양이 늘어나고 있다고는 하지만 악마의 군대를 쓸어버리기 위해서는 빠른 유속이 필수적이었다.

나는 한동안 부르지 않았던 나무의 상급 정령을 소환했다.

"무슨 일인가, 소환사여."

"내가 여기 있는 강에 댐을 만들고 싶은데 도와줄 수 있을까."

"혼자서는 힘들다. 하지만 너와 함께라면 가능하다."

서로의 생각을 읽을 수 있는 정령과 소환사의 관계였기에 나무의 정령의 생각을 나는 이해할 수 있었다.

나무의 정령은 자신의 능력을 이용해 나무로 만든 댐을 만들 생각이었다. 하지만 그러기 위해서는 짧은 시간 동안 물의 흐름을 완전히 막아야 되었고, 그건 나의 몫이었다.

나는 고리의 기운을 끌어 올려 인공 댐을 만들어내었다.

고리의 기운이 무한정있다면 나무의 정령의 도움을 받지 않고 댐을 만들 수 있었겠지만 강한 유속을 막아내는 댐을 만들기 위해서는 엄청난 양의 고리의 기운이 필요했다.

30분도 되지 않는 짧은 시간 동안 댐을 만들었지만 고리의 기운이 쑥쑥 빠져나가는 것이 느껴졌다.

"이제 되었다. 기운을 거두어도 된다."

30분 동안 나무의 정령이 만든 댐은 엄청났다.

나무의 뿌리와 가지가 서로를 지탱하며 거대한 댐을 만들었다.

나무로 만든 댐이었기에 물에 오래 견딜 수는 없겠지만 지금 만든 댐을 평생 사용할 것은 아니었기에 문제 될 것은 없었다.

"이제는 물고기가 미끼를 물기만을 기다리면 되겠네."

악마의 군대가 눈이 돌아 달려들게 할 미끼는 당연히 나였다.

뒤처진 만큼의 시간을 되돌리기 위해 엄청난 속도로 행군하고 있는 악마의 군대를 향해 다시 다가갔다.

이번에는 조용히 그들에게 다가가지 않고 고리의 기운을 개방하며 내 존재를 처음부터 보여주었다.

내 기운을 느낀 악마의 군대는 예상대로 방향을 틀어 내가 있는 곳을 향해 빠른 속도로 이동해 왔다.

"어서 오라고. 사람을 이렇게 기다리게 하는 법이 어디 있어. 이러다가 꼬부랑 할배가 될 뻔했다고."

나를 향해 다가오고 있는 악마의 군대를 향해 손을 흔들며 소리쳤고, 악마의 군대는 더욱 빠른 속도로 무릎까지 잠기는 강을 향해 이동해 들어왔다.

넓은 강이긴 했지만 워낙 많은 수의 악마의 군대였기에 1/10 이 정도의 악마의 군대가 함정 안으로 들어왔을 때 댐을 무너뜨려야 했다.

나무의 정령이 만든 댐은 나무의 정령의 의지에 따라 소멸되었고, 드래곤의 지팡이에 의해 불어난 강물은 하늘을 때리는 소리를 내며 악마의 군대를 향해 쏟아져갔다.

이 함정으로 악마의 군대에 큰 타격을 줄 수는 없을 것이다.

워낙 강한 재생력과 생명력을 가지고 있는 몬스터들이었기에 물에 의해 떠내려가기는 하겠지만 목숨을 잃지는 않을 것이다.

하지만 발을 묶는 데는 좋은 방법이었기에 만족스러웠다.

새로 개장한 워터파크를 즐기는 악마의 군대를 뒤로하고 나는 드래곤의 지팡이를 회수하고는 그들에게서 멀어졌다.

"이제 3일 정도의 시간은 번 거 같지만 아직은 부족하지."

유럽 연맹이 아시아로 넘어가기 위해서는 최소 일주일 이상의 시간을 벌어야 했다.

나는 내가 가지고 있는 능력을 총동원해 악마의 군대를 계속해서 괴롭혔고, 나중에는 내 목소리만 들어도 악마의 군대에서 짜증 섞인 비명 소리가 나올 정도가 되었다.

"감사합니다. 이렇게 많은 지원을 해주시다니 언젠가는 꼭 이 은혜를 갚도록 하겠습니다."

악마의 군대와 재미난 놀이를 하고 돌아온 나에게 유럽 연맹의 수장이 촉촉한 눈을 하며 고개를 숙여 감사의 인사를 했다.

"아닙니다. 인간과 악마의 전쟁입니다. 당연히 도와야 될 일이었습니다. 감사의 인사는 악마와의 전쟁이 끝나면 받도록 하겠습니다. 지금은 우리가 힘을 합쳐 악마의 군대와 싸울 방법을 생각해 내야 됩니다."

유럽 연맹 수장과 함께 들어간 회의장에서는 중국과 일본, 그리고 유럽 연맹의 헌터 협회 수장들이 나를 기다리고 있었다.

"팀장님, 악마의 군대를 직접 보니 어떻습니까?"

"직접 보니 역시 많긴 많더라. 하지만 우리가 보유하고 있는 헌터들로 충분히 상대가 가능한 숫자였어. 하지만 문제는 아직 본격적으로 악마들이 개입을 하지 않았다는 거지. 만약 악마의 군대에 많은 수의 악마들이 포함되어 있었다면 유럽 연맹이 아시아로 넘어오지 못했을 거야."

"트마워가 무슨 생각을 하고 있는지 모르겠네요. 주 병력을 돌려 다른 일을 꾸미고 있는 걸까요?"

"아마 주인공이 되고 싶어서 환장한 거겠지. 마지막에 모습을 드러내고 싶을 거야. 그건 그렇고, 러시아 쪽은 어때?"

"유럽 연맹의 사람들을 안내하기 위해 러시아를 지나쳤는데, 러시아는 이미 몬스터의 소굴이 되어 버렸어요. 우리의 경고를 듣지 않고 데빌 도어를 무책임하게 방치한 대가를 치르고 있는 거죠."

"유럽에 있는 악마의 군대 본대와 러시아의 몬스터들이 합류하면 전투가 조금 힘들어지겠는데."

"저도 그렇게 생각하고 있어요. 팀장님과 유럽 연맹의 사람들에게서 들은 정보에 의하면, 본진과 러시아에 있는 몬스터가 더해지면 우리의 병력의 3배가 되어 버려요."

"각개격파를 해야 된다는 말인가?"

가만히 듣고 있던 흑룡회의 회주가 자신의 수염을 매만지며 말했다.

"그게 가장 좋은 방법 같습니다. 특히 러시아에 있는 몬스터의 군대를 빠르게 처리해야 합니다. 악마의 군대는 악마의 지휘를 받고 있어 상대하기가 까다롭지만 러시아에 있는 몬스터들은 제대로 된 지휘 체계가 없습니다. 그들이 본대와 합류하기 전에 수를 줄여놔야 합니다."

"그렇다면 우리가 움직이겠네. 흑룡회의 힘을 보여주겠네."

"유럽 연맹도 함께하도록 하겠습니다. 유럽을 버렸지만 그 대가로 많은 수의 헌터들을 살려 올 수 있었습니다."

유럽 연맹의 대표의 말에 회의장의 분위기는 한층 더 숙연해졌다.

분노와 슬픔이 가득한 유럽 연맹의 대표의 말에 우리는 조용히 고개를 끄덕일 수밖에 없었다.

"그러면 중국과 유럽 연맹이 러시아를 처리하는 동안 우리는 악마의 군대 본대의 발을 묶도록 하겠습니다."

나를 바라보며 말하는 현수였다.

"이거 또 악마의 군대와 놀아줘야 되겠네. 나를 지겨워하는 것 같던데."

러시아로 향한 중국의 흑룡회와 유럽의 헌터 연합은 러시아의 국경을 넘기까지 오랜 시간이 걸렸다. 중국 외곽 지역의 몬스터들을 정리했지만 여전히 많은 수의 몬스터들이 남아 있었다. 그러나 중국 외곽의 몬스터들은 중소규모로 모여 있었기에 힘들지 않게 정리가 가능했다.

"드디어 러시아 국경에 도착했습니다. 러시아에 있는 몬스터의 수는 20만 정도라고 합니다. 수는 우리보다 더 많지만 그들은 아직 모여 있지 않습니다. 가장 많은 몬스터 집단이 3만이라고 합니다."

"3만의 몬스터 부대라면 한번 해볼 만하겠습니다. 카인트 헌터 회사에서 새로이 지원해준 아이템을 사용하고 싶어서 헌터 부대원들이 안달이 나 있습니다. 카인트 헌터 회사는 어떻게 이렇게 상질의 아이템을 가지고 있는지 참 대단합니다."

러시아 국경을 넘어서고 30분이 지나지 않아 몬스터 무리가 길을 막고 서 있었다.

몬스터의 입에는 붉은 피가 잔뜩 묻어 있었고, 그들의 손에는 장난감처럼 사람의 시체가 들려 있었다.

유럽 헌터 연합을 이끄는 후멜스는 젊지는 않지만 여전히 힘이 넘쳐 나고 있었고, 그를 따라 유럽 연합의 헌터들은 몬스터 무리를 둘러쌌다.

유럽 연합이 방벽을 만들었다면 흑룡회는 몬스터를 찌르는 창이 되었다.

"우리가 먼저 공격해 들어가겠습니다. 뒤를 지원해 주시기 바랍니다."

중국의 흑룡회의 공격이 시작되었고, 몬스터들은 자신들의 장난감이나 다름없는 인간들이 어디선가 튀어나오자 환호성을 지르며 헌터들을 반겼다.

하지만 지금까지 상대해왔던 일반 사람이 아니라 헌터들이었다. 그리고 러시아 헌터 연맹처럼 안일한 생각을 가지고 있는 상대가 아니라 정규 교육을 받은 흑룡회의 헌터들이었다.

흑룡회의 헌터들은 신호에 따라 정령을 소환했고, 정령들이 먼저 몬스터를 압박했다.

정령을 소환하는 아이템을 가지고 있지 않은 헌터들은 정령들의 뒤를 따라 몬스터들을 공격해 들어갔고, 정령을 소환할 정신력을 모두 소모한 헌터들은 정령을 귀환시킨 후 몬스터들에게 달려들었다.

1만이 넘는 몬스터 무리였지만 눈에 독기가 가득한 흑룡회와 유럽 연합의 헌터들의 손아귀에서 도망칠 수 없었다.

오후에 시작된 몬스터와의 전투는 반나절이 지나서야 끝이 났고, 흑룡회와 유럽 연합은 때를 놓친 저녁을 먹으며 휴식을 취했다.

하지만 그들이 제대로 쉴 수 있는 시간은 한 시간도 되지 않았다.

몬스터들을 사냥하면서 주위는 피가 가득했고, 피 냄새를 맡은 몬스터들이 몰려들어 왔기 때문에 쉴 시간이 없어진 것이었다.

하지만 그들은 당황하지 않았다. 이미 이런 상황을 예상하고 있었기에 언제든지 싸울 준비를 마쳐 두어서 주제도 모르고 달려드는 몬스터들을 학살하며 하루를 보냈다.

*　　　　　*　　　　　*

"오랜만이네. 아니, 처음인가? 우리 회사 헌터들하고 대대적인 몬스터 사냥을 하는 것이 말이야."

"처음은 아니지만 본격적인 전투는 이제 시작이니 처음이라고 해도 틀린 말은 아니겠네요."

"유럽에 있는 악마의 군대 본대는 아직 악마들이 합류하지 않았다고 했지?"

"정보원들이 악마의 군대 근처를 돌며 확인한 정보이니 정확할 거예요. 여전히 악마의 군대에는 소수의 악마들이 몬스터들을 지휘하고 있다고 해요. 지금 악마의 군대의 몬스터들의 수를 줄여 놓아야 나중에 편해져요. 본격적으로 악마들이 합류하고 나면 우리가 헌터들을 지켜줄 수가 없으니까요."

"그러면 빨리 정리하자."

몬스터들의 수는 많았다. 우리 회사의 헌터 대부분을 데리고 나왔다고는 하지만 악마의 군대를 형성하고 있는 몬스터에 비하면 터무니없이 적은 수였다.

하지만 우리는 인간이었다. 인간이 몬스터와 다른 점은 머리를 사용할 수 있다는 것이다.

우리는 이번 전투를 위해 많은 아이템을 가지고 왔으며, 이미 작전을 구상했다.

"첫 번째 작전을 바로 시행할게요."

첫 번째 작전은 우리가 회사의 연구소와 전쟁 무기 제작소에서 만든 무기를 사용하는 것이었다. 마준기가 주축이 되어 만든 무기는 여러 종류가 있었지만 대부분의 무기가 마기 혹은 고리의 기운을 가지고 있어야만 사용이 가능했다.

나와 현수는 사용할 수 있지만 다른 헌터들은 사용할 수는 없었기에 실용성이 떨어졌다.

하지만 모든 헌터, 아니 일반인도 사용할 수 있는 무기가 없는 것은 아니었다.

나는 이계에서 사용했던 무기에 대해 마준기에게 설명해 줬고, 그 정보에 따라 만든 무기가 하나 있다.

팜 폭탄.

악마의 탑에서 나오는 여러 재료들과 현실에 있는 재료들을 조합해 만든 팜 폭탄은 다이너마이트의 100배가 넘는 폭발력을 가지고 있었다.

이전의 시대였다면 이 정도 폭발력을 가진 무기들은 많았다.

가장 익숙하면서 강력한 무기인 핵폭탄이 있었다면 우리 앞을 가리고 있는 악마의 군대를 한 방에 쓸어버릴 수 있었을지도 모른다.

하지만 여전히 핵폭탄 같은 무기들을 사용하지 못하는 지금 수동으로 작동시킬 수 있는 팜 폭탄은 매우 강력한 무기였다.

"만들어둔 팜 폭탄을 헌터들에게 지급해 주었어요. 많은 양을 제작하지 못했지만 그래도 인당 세 번 정도는 던질 수 있는 양이니 꽤 큰 타격을 줄 수 있을 거예요."

"그래야지. 팜 폭탄을 만들기 위해 들어간 돈이 얼마인데. 쓰레기를 만들려고 돈을 투자한 게 아니잖아."

"그러면 바로 신호를 주도록 할게요."

팜 폭탄은 투척용 무기다. 투척용 무기를 장거리 무기라고 생각하는 사람이 있을지도 모르겠지만, 그건 아니었다. 그리고 아이템의 도움을 받아 근력이 강해졌다고는 해도 인간이 던질 수 있는 거리에는 한계가 있었다.

전쟁에서 그 정도 사정거리는 원거리 무기가 아니라 근접 무기에 가까웠다.

"팀장님, 시작하시죠."

헌터들의 팜 폭탄을 던지기 위한 준비 작업은 오로지 나에게 달려 있었다.

시선과 다리가 묶인 몬스터들의 위에 팜 폭탄이 떨어져야 한다.

몬스터들의 다리를 묶기 위해서는 어쩔 수 없이 초근접 전투를 벌여야 했고, 그 위에 폭탄이 떨어지면 전투를 치르는 사람은 당연히 폭탄의 사정권 안에 들어가게 된다.

하지만 병마용을 이용하면 그런 걱정을 하지 않아도 된다.

일주일에 한 번 사용할 수 있는 병마용이기에 자주 사용할 수는 없지만 한 번 사용하면 큰 효과를 볼 수 있었다.

청동거울에서 빛이 흘러나오고 악마의 군대 앞에는 흙으로 만들어진 병마용들이 모습을 드러냈다.

몬스터들은 이미 안면이 있는 병마용의 모습에 짜증 섞인 신음을 뱉어내었다.

병마용과 함께 내가 악마의 군대를 괴롭혔기에 나오는 반응이었다.

"얼마나 괴롭혔으면 몬스터들이 저런 비명을 질러요."

"그러게 말이야. 내가 좀 심했나?"

병마용들은 뒤도 돌아보지 않고 몬스터들에게 다가가 전투를 벌였다.

우리는 병마용에게 시선이 팔린 악마의 군대를 향해 조심스럽게 다가갔다.

"병마용이 거의 파괴되었을 때 폭탄을 던져야 돼."

아직은 타이밍이 아니었다. 폭탄이 터지면 어쩔 수 없이 병마용 또한 전투력을 잃게 된다.

병마용의 재생력이 아무리 뛰어나다고는 해도 폭탄세례를 받고 온전한 모습을 유지할 수는 없다.

병마용은 시간이 지나면 지날수록 몬스터의 손에 의해 흙으로 돌아가고 있었다.

"지금이야! 모두 팜 폭탄을 투척하라!"

신호에 맞춰 선두에 있는 헌터들이 팜 폭탄을 던지고는 고개를 숙였다.

파도타기를 하는 것처럼 줄에 맞춰 폭탄을 던지는 헌터들이었다.

첫 줄에 있는 헌터가 던진 팜 폭탄이 병마용을 파괴하고 있는 몬스터 위로 떨어졌다.

엄청난 폭발음과 함께 몬스터는 즙이 되어 갈려져 나갔다.

그게 끝이 아니었다. 악마의 군대가 뭉쳐져 있는 곳을 향해 팜 폭탄이 연달아 떨어졌고, 무릎까지 흔들릴 정도의 진동이 계속해서 느껴졌다.

"엄청나네요."

"그러게. 시연을 몇 번 해본 적이 있어서 팜 폭탄의 위력이 강하다고는 알고 있었지만 많은 양이 동시에 떨어진 것은 이번이 처음이라 이 정도로 파괴력이 강할 줄은 예상도 하지 못했어."

팜 폭탄의 위력은 엄청났다. 병마용을 상대하고 있던 몬스터들은 비명 한 번 제대로 지르지 못하고 사라졌다. 떨어져 있던 몬스터들은 죽지 않았지만 사지가 잘려 피를 쏟아내고 있었다.

"한 번의 전투로 1/10 정도는 처리한 것 같은데."

"그래도 여전히 많이 남아 있네요. 바로 다음 작전을 시행하죠."

이번 작전은 정령들을 이용해 팜 폭탄을 악마의 군대 위로 배달해 주는 택배 서비스였다.

바람의 정령들이 팜 폭탄이 가득 들어 있는 상자를 하늘 위로 가지고 올라갔고, 아이들이 장난치듯이 악마의 군대 위로 팜 폭탄을 집어 던졌다.

바람의 정령이 남아 있는 팜 폭탄을 들고 가 한참이나 폭발은 계속되었다.

*　　　　　*　　　　　*

흑룡회와 유럽 연맹은 러시아의 심장을 향해 이동하고 있었다.

많은 수의 몬스터들을 사냥하긴 했지만 가장 큰 몬스터 무리를 아직 처리하지 못했다.

지금까지 사냥한 몬스터의 수만 해도 3만이 넘었다.

많은 수의 몬스터를 사냥한 만큼 흑룡회와 유럽 연합은 자신 감이 차 있었다.

"바로 진격해 들어가면 끝날 것 같은데 작전이 딱히 필요하겠습니까? 몬스터들은 우리 헌터들을 막을 수 없다는 걸 이전의 전투에서 증명되지 않았습니까. 그리고 러시아 헌터들도 합류한 지금 우리의 사기는 하늘을 찌르고 있습니다."

대규모의 몬스터 사냥이 시작되자 숨어 있던 러시아 헌터들이 합류하기 시작했다.

많은 수는 아니었지만 그들이 합류했다는 사실 하나만으로도 사기가 올랐다.

그 사기를 이어 몬스터를 마저 사냥할 생각이었다.

"하지만 만약을 대비해야 되지 않겠습니까. 물론 우리의 전력 이 강한 것은 맞지만 최대한 피해를 줄일 방법을 생각하고 전투 에 임해야 합니다."

"답답하시네요. 몬스터들은 우리를 막을 수 없습니다. 아니면 우리 흑룡회가 먼저 전투를 시작하겠습니다. 상황을 보고 유럽 연합이 합류하세요."

흑룡회는 하루라도 빨리 전투를 끝내고 싶어 했다. 대륙의 기 상을 러시아 대륙에 보여주고 싶은 마음이 강했다.

흑룡회의 독단적인 선택에 유럽 연합은 울며 겨자 먹기 식으로 따라나서긴 했지만 그렇게 나쁜 표정은 아니었다. 질 거라고 생각하진 않았기 때문이었다.

전투를 통해 몬스터의 능력을 확인했고, 충분히 승산이 있다고 생각했다.

하지만 그들은 모르고 있었다.

러시아의 중심에 마왕이라는 존재가 모습을 감추고 있다는 사실을.

흑룡회와 유럽 연합은 순조롭게 몬스터들을 사냥하고 있었다.

5만이 넘는 몬스터라고는 해도 상질의 아이템으로 도배하다시피 한 헌터들의 앞에서는 맥을 추지 못했고, 그들은 거침없이 러시아의 중심으로 발걸음을 옮겼다.

"러시아에 남아 있는 몬스터는 이제 중소규모의 무리밖에 남지 않았습니다. 이쯤 하면 돌아가도 될 것 같습니다."

"완벽히 마무리하고 돌아가야 하지 않겠습니까. 러시아의 수도에 우리 깃발을 꽂아 보고 돌아가야 진정한 마무리를 했다고 할수 있지요."

흑룡회는 아직 대륙의 기상을 제대로 보여주지 못했다고 생각하고 있었다.

"솔직히 악마의 군대를 겁내는 이유를 모르겠습니다. 물론 유럽 연합이 몬스터를 피해 여기로 도망친 것을 알고는 있지만 그때와 달리 지금은 우리에게는 상질의 아이템도 있고, 많은 수의 헌터들도 있습니다. 그때와 지금은 상황이 완전히 다릅니다. 이제 겁을 낼 필요가 없다는 말입니다."

이만 돌아가자는 유럽 연맹을 겁쟁이 취급하는 흑룡회였고, 유럽 연합은 어쩔 수 없이 다시 발걸음을 옮겨야 했다.

"저기가 남아 있는 중소규모의 몬스터들이 있는 곳이군요."

모스크바의 붉은 광장은 몬스터들의 놀이터가 되어 있었다.

붉은색의 광장은 사람의 피로 더욱 진한 붉은색으로 변해 있었다.

이제는 그 위를 사람의 피가 아닌 몬스터의 피로 채울 생각을 하고 있는 흑룡회와 유럽 헌터 연합이었다.

"이제 끝을 내러 갑시다."

흑룡회가 먼저 움직였다. 흑룡회의 조직원들은 몬스터들을 향해 달려들었고, 놀이터에서 잘 놀고 있던 몬스터들은 갑작스러운 공격에 제대로 대응도 하지 못하고 피를 흘리며 광장에 쓰러졌다.

그렇게 전투는 쉽게 끝이 난다고 생각하고 있었다.

하지만 그때 하늘과 땅을 울리는 거대한 소리가 들려왔다.

"감히 인간이 마계의 병사들을 공격하는가!"

붉은 광장에 있던 모든 몬스터들이 바닥에 얼굴을 붙이며 경의를 표하고 있었다.

몬스터들의 위로 트마워가 내려왔다.

그는 자신의 휴식을 방해하는 인간들에게 짜증이 나 있는 상태였다.

감히 인간 따위가 마왕의 휴식을 방해한다고 생각하자 분노가 솟구쳐 올랐다.

"죽기 위해 여기까지 달려온 너희들에게 안식을 선사해 주마!"

트마워가 손을 들어 올리자 몬스터들의 피가 폭주했다.

트마워의 마기가 강제로 몬스터들의 몸속으로 침투하고 있는 것이었다.

몸속에 소량의 마기를 가지고 태어났기에 마기에 적응력이 뛰어난 몬스터들이었지만 트마워의 마기를 견딜 정도는 아니었다.

갑작스럽게 들어온 엄청난 마기에 몬스터들은 폭주 상태가 되었다.

자신이 가지고 있는 마기는 물론이고 트마워의 마기까지 사용하며 날뛰는 몬스터들은 이전에 비해 몇 배는 더 강해졌다.

트마워의 등장으로 러시아에서의 전투는 한순간에 바뀌어버렸다.

몬스터들을 사냥하던 헌터들이 이제는 사냥을 당하고 있었다.

갑작스럽게 강해진 몬스터에 대응하기 위해 헌터들은 진영을 유지하며 상질의 아이템으로 대응해 보려고 했지만 압도적인 힘을 가진 몬스터에게는 무용지물이었다.

시간이 지날수록 붉은 광장은 헌터들의 피로 채워지고 있었다.

1시간도 지나지 않았건만 흑룡회와 유럽 헌터 협회의 헌터들은 절반도 남지 않았다.

"이런 벌써 시간이 이렇게 되었군. 너희들은 운이 좋았다. 이만 돌아가. 그리고 전해라. 모든 몬스터들이 내가 있는 곳으로 모여들 것이고, 마계의 이름이 인간계를 짓밟을 것이다. 인간들에게 단 한 번의 기회를 주겠다. 악마의 군대와 맞서 싸울 기회를 주마. 새로운 달이 시작되는 날, 우리는 이곳을 떠날 것이다. 그 전에 인간의 군대가 여기로 찾아온다면 우리는 전쟁에서 이긴 후에도 인간들을 학살하지 않고 다스려 주겠다. 하지만 인간의 군대가 여기로 찾아오지 않는다면 우리는 인간을 사냥감으로 생각하겠다."

트마워가 위험한 거래를 걸어왔다.

모든 전쟁이 그런 것은 아니지만 대부분의 전쟁은 수성이 유리한 입장이었다.

그렇다고 해서 트마워가 전쟁의 유리함을 위해 수성을 택한 것은 아니었다.

단지 자신을 막으려는 인간들의 비참한 모습을 앉은 자리에서 지켜보기 위해서였다.

스스로 마왕이라고 칭하는 순간부터 세상 모든 존재보다 강하다고 자부하는 그였기에 가능한 말이었다.

그리고 그는 자신이 뱉은 말을 지킬 생각이었다. 만약 인간의 군대가 마지막 전쟁을 위해 붉은 광장으로 모여든다면 정말 전쟁이 끝난 후 인간들을 다스릴 생각을 하고 있었다.

*　　　*　　　*

유럽에 있는 악마의 군대 본대의 절반 가까이에 피해를 주고 중국으로 돌아왔다.

이미 롱구스를 통해 러시아의 사정을 들어 알고 있었지만 직접 눈으로 보는 것과 듣는 것과는 큰 차이가 있었다.

땅을 보며 한숨을 쉬는 헌터들과 동료들의 죽음에 슬퍼하는 헌터들.

그들의 눈은 이미 죽어 있었고, 아무런 희망도 보이지 않았다.

회의장에 있는 각국의 헌터 협회장들도 별반 다르지 않은 상황이었다,

"이렇게 쳐져 있다고 해서 달라지는 건 없습니다. 헌터들의 사기를 위해서라도 웃어야 합니다."

"직접 눈으로 본다면 이런 말을 하지 못할 걸세. 인간이 상대할 수 있는 무력이 아니었다네. 마왕이라는 존재는 그 존재만으로 피를 마르게 했고, 몬스터들은 마왕의 힘을 받아 괴물이 되었다네. 아무리 좋은 아이템과 정령의 힘을 빌린다고 하더라도 그들을 막을 수 없었다네. 이런 상황에서 어찌 우리가 희망을 가지겠는가."

너무도 무책임한 말이었다.

"그렇다면 어떻게 하실 생각이십니까? 이대로 꼬리를 내리고 마왕의 수하가 되자는 말입니까? 마왕이 자신이 한 말을 지켜 인간을 다스린다고 해서 우리에게 미래가 있다고 생각하십니까? 마계의 몬스터들과 악마들의 노예가 되어 사는 게 행복할까요? 그리고 아직 끝나지 않았습니다."

희망 하나 없어 보이는 이들에게 희망을 보여주어야 했다.

직접 마왕의 위용을 보고 온 헌터들과 헌터 협회장들에게 희

망을 심어주기 위해서는 마왕과 대등한 힘이 우리에게 있다는 것을 보여주어야 했다.

"모두 밖으로 나와주십시오."

밖으로 나오자 고개를 숙이고 걷는 헌터들의 모습이 보였다. 이런 사기로는 아무것도 하지 못한다.

"마왕이 무섭습니까? 그가 조종하는 몬스터들에게 사냥당할 것이 두렵습니까? 물론 그들은 강합니다. 하지만 우리도 그들에게 뒤처지지는 않습니다. 제가 그걸 증명해 보이겠습니다."

확성 아이템을 사용해 모든 헌터들이 들을 수 있도록 소리쳤지만 내 말에 관심을 가지는 사람은 많지 않았다.

하지만 내가 고리의 기운을 폭발시켜 사방을 기운으로 가득 채우자 사람들이 관심을 가지기 시작했다,

"마왕을 직접 보고 온 사람들은 말해 보십시오. 지금 제가 가지고 있는 기운과 마왕의 기운이 크게 차이 납니까?"

나는 고리를 쥐어짜다시피 하고 있었기에 말을 하기도 벅찬 상황이었지만 확성 아이템을 대고 소리쳤다.

사방을 채우고 있는 기운에 헌터들은 조금씩 고개를 들었다.

하지만 사기가 돌아오기에는 아직 부족했다.

나는 청동거울을 꺼내 병마용들을 소환했다. 헌터들 사이에서 일어나는 병마용들의 위용은 낮지 않았다. 그리고 여기서 더욱 극적인 효과를 위해 장군 병마용에게 명을 내렸다.

"너희들의 강함을 소리로 증명해 보아라!"

장군 병마용들의 지휘를 받는 병마용들은 흙으로 만들어진

입으로 함성을 질렀고, 그들의 소리는 헌터들의 가슴을 울렸다.

"우리는 싸워야 합니다. 극심한 피해를 입을지도 모릅니다. 하지만 우리는 반드시 승리를 해야 합니다. 후손들이 악마의 지배를 받으며 살도록 두겠다면 숨어 지내십시오. 하지만 저와 우리 회사의 헌터들은 그러지 않을 것입니다. 새로운 미래를 위해, 그리고 우리의 후손을 위해 우리는 싸울 것입니다. 그리고 우리는 역사서의 한 페이지를 장식할 것입니다. 우리와 함께 가족을 지키고 싶은 헌터들은 고개를 드십시오."

병마용들과 회사 헌터들의 함성에 헌터들은 서서히 희망을 가지기 시작했다.

가장 강한 무력을 가지고 있는 카인트 헌터 회사의 헌터들이 아직 전쟁에 참전하지 않았다는 것을 깨달은 헌터들이었다.

귀를 따갑게 울리는 함성에 맞서 헌터들도 소리를 지르기 시작했다.

패배감에 물든 가슴을 씻어 내리기 위해 더욱 소리를 지르는 헌터들이었고, 헌터 협회장들도 그런 모습에 덩달아 소리를 질렀다.

"우리에게 주어진 시간은 한 달입니다. 그동안 더욱 좋은 아이템을 지급해 주겠습니다. 충분한 휴식을 가지고 우리는 전쟁에 임할 것입니다. 마지막 준비를 해주시기 바랍니다."

나는 고리의 기운을 회수했고, 병마용들도 다시 청동거울 안으로 돌아갔다.

하지만 여전히 함성을 지르는 헌터들이었고, 그들의 눈은 다시 희망으로 빛나기 시작했다.

　이런 분위기에서 회의를 계속 진행할 수는 없었기에 나는 현수와 함께 개인 막사로 돌아왔다.

　"팀장님, 나름 괜찮은 연설이었어요. 정치 쪽으로 나가도 되겠는데요."

　"뭐래. 내가 말재주 없는 건 동네 아이들도 다 아는 사실인데. 그냥 힘으로 윽박지른 거지. 그런데 정말 우리가 이길 수 있을까? 말은 이렇게 했다만, 사실 조금 겁이 나. 마왕이 얼마나 강한 힘을 가지고 있는지도 모르겠고, 마왕의 힘을 받은 몬스터들을 상대로 우리 헌터들이 얼마나 맞서 싸울 수 있을지도 예상되지 않아."

　"팀장님이 그런 말을 하면 어떻게 해요. 무조건 이긴다고 하셔야죠. 저는 우리가 이길 거라고 생각해요. 팀장님도 있고, 드래고니안의 뼈를 가지고 있는 위용욱도 있고, 회사 헌터들을 수족처럼 지휘하는 추용택 헌터도 있고, 군사용 아이템을 계속해서 개발하고 있는 마준기도 있으니 우리가 무조건 이겨요."

　"그렇겠지?"

　희망에 찬 현수의 말에 힘을 얻어 몸을 움직였다.

　할 일들이 많았다. 새로운 아이템을 지급해 주고 새로운 전쟁용 아이템을 개발하고 있는 마준기를 닦달해 무기를 지급받아야 했다.

　그렇게 시간은 하염없이 흘렀고, 약속된 시간이 찾아왔다.

　우리는 사기를 회복한 헌터들을 이끌고 러시아로 이동했다.

인류를 위한 마지막 전쟁이 시작되려고 하고 있었다.

러시아로 가는 길목은 편한 길이 계속되었다.

"팀장님, 정말 모든 몬스터들이 트마워가 있는 붉은 광장으로 이동했나 본데요. 몬스터의 머리카락 하나 보이지 않네요."

"마왕의 명령을 절대적으로 생각하는 몬스터들이 움직이지 않는 것이 더 이상하지. 자칭 마왕이라고는 해도 마계에서 현재 가장 강한 마기를 가지고 있으니 몬스터들은 그의 명령을 들을 수밖에 없겠지."

몬스터들이 우리의 이동을 방해하지 않았기에 우리는 예상보다 더 빨리 붉은 광장 주변에 도착할 수 있었다.

우리의 기척을 느낀 건지 몬스터들의 울음소리가 들려오기 시작했다.

몬스터들은 헌터들의 기를 죽일 생각인지 목을 긁는 울음소리로 귀를 아프게 했다.

"조만간 저 소리를 더는 내지 못하게 멱을 따버려야겠어."

낮게 내뱉은 혼잣말이었지만 주변에 있던 현수와 위용욱이 강하게 동의를 했다.

붉은 광장으로 들어서자 우리를 기다리고 있던 몬스터들이 양옆으로 이동하며 길목을 만들어주었다.

헌터들을 데리고 길목을 따라 들어가는 것은 몬스터에 둘러싸여 전투를 치러야 한다는 뜻이었기에 헌터들을 두고 나 혼자 길목을 따라 이동했다.

트마워 또한 나를 보고 싶어 몬스터를 이동시켰을 것이다.

길목을 따라 붉은 광장 안으로 이동하자 인간의 뼈로 만들어진 의자에 앉아 있는 트마워가 높은 곳에서 나를 내려다보고 있었다.

"그래도 여기까지 올 자신감은 있었군. 나는 혹시나 도망을 가지 않을까 생각했었는데 그 패기만은 인정해 주마."

"딱히 인정받고 싶어서 온 건 아니지만 인정을 해준다니 감사히 받아들이지. 그래, 마왕이 된 기분이 어때? 자칭 마왕이긴 하지만 다른 악마들이 너를 마왕으로 부르고 있긴 하잖아."

"자칭? 나는 진정한 마왕이다. 마계의 새로운 마왕이며 마계를 한 단계 더 높은 곳으로 데리고 갈 유일한 마왕이다. 말을 조심해라. 아무리 인간을 대표하는 자리에 있는 너라고 하더라도 무례는 용서하지 않는다."

"내가 언제부터 인간의 대표가 된 건지는 모르겠는데… 하여튼 나를 부른 이유가 뭐지?"

"마지막 전쟁이 시작되기 전에 얼굴을 보고 싶었다. 나는 마계의 왕이지만 아직 부족함을 느낀다. 그 부족함을 채울 수 있는 존재는 너뿐이다. 너에게서 이전보다 더 강한 마기가 느껴지는구나. 다른 마왕의 기운을 흡수한 것이냐?"

"마왕보다 사냥개가 되는 게 어때? 코 하나는 기똥차네."

"내 예상이 맞다는 말이겠군. 흥분이 되는구나. 지금도 세상을 흔들 정도로 강해졌는데 너의 힘을 흡수한다면 얼마나 더 강해질 수 있을지 상상도 되지 않는구나."

"내가 너에게 힘을 온전히 줄 것 같아? 그렇게 생각했다면 나를 너무 쉽게 생각한 것 같은데. 왕좌에 앉아 있는 시간이 길지 않을 거야. 그동안 왕좌의 감촉을 만끽하라고. 그럼 이만 돌아가지."

마지막 인사는 이 정도면 충분했다. 트마워도 딱히 나를 붙잡지 않았고, 혼자만의 상상에 빠져 있었다. 아마 나의 힘을 흡수한 자신의 모습을 상상하고 있을 것이다.

하지만 나는 그렇게 해줄 생각이 전혀 없었다.

트마워의 힘을 내가 흡수할 수 있다면 최상이겠지만 그렇게 되지 않는다면 나는 모든 힘을 동원해 트마워의 힘을 줄일 것이다.

그러고 나면 현수 또는 위용욱이 마지막을 장식해 줄 것이라고 믿고 있었다.

여전히 열려 있는 몬스터가 만든 길을 따라 나를 기다리고 있는 헌터들에게 돌아갔다.

"이제 본격적인 전쟁이 시작됩니다. 단 한 번의 전투에 모든 것이 걸려 있습니다. 살아달라는 말은 하지 못하겠습니다. 하지만 하나라도 더 많은 몬스터를 데리고 가주십시오. 마지막은 우리가 그리고 후손들이 기억할 것입니다."

몬스터와의 전쟁에서 살아남는 것은 쉽지 않은 일이었다. 물론 살아남는다면 좋겠지만 그러지 못할 가능성이 더욱 높았다.

몬스터의 수는 대충 봐도 우리보다 몇 배는 많아 보였다.

붉은 광장은 물론이고 그 주변을 가득 채우는 몬스터를 상대로 대등한 전투를 벌이는 것도 기적에 가까운 일이었다.

하지만 우리는 물러설 수가 없었다. 이번 전쟁이 마지막이었고, 우리는 무조건 해야만 했다.

"전투의 시작은 병마용으로 하겠습니다."

병마용이 선두에 서서 몬스터들에게 달려들기 시작했고, 그들의 뒤를 헌터들이 독기에 찬 눈빛으로 따랐다.

아직 몬스터들은 마왕의 기운을 받아들이지 않은 상태였기에 병마용과 헌터들의 손에 죽음을 맞이했다.

하지만 쉬운 전투는 오래가지 않았다.

"마계의 기운을 이어받은 존재들이여, 인간에게 진정한 어둠의 힘을 보여주어라!"

트마워가 움직이기 시작했다. 그는 자신의 기운을 몬스터들에게 쏟아내었고, 몬스터들은 미쳐가고 있었다. 몬스터들의 움직임은 변칙적으로 변해갔고, 몬스터들이 가지고 있는 기운은 폭주했다.

몬스터들이 폭주를 하자 헌터들은 제대로 대처를 하지 못하고 있었다.

우리는 이런 상황을 대비해 팜 폭탄을 대량으로 준비해 왔다.

"팜 폭탄 사용을 허가하겠다! 절대 혼자 죽지 마라. 앞에 있는 몬스터들을 데리고 가라!"

무책임한 명령이었다. 하지만 지금은 이 명령이 최선이었고, 헌터들은 내 명령에 따라 죽음에 다다르면 팜 폭탄을 던지며 하나라도 더 많은 몬스터들을 데리고 하늘로 올라갔다.

사방이 몬스터였고, 헌터들은 서로의 등을 지킬 생각을 하지도 못하고 전투를 치렀다.

하지만 헌터들의 가장 선두에 있는 현수와 위용욱이 있는 곳은 굳건히 진형을 유지했다.

아무리 폭주한 몬스터라고는 하지만 위용욱의 방패를 뚫을 수는 없었고, 고리의 기운을 각성한 현수의 공격을 막아내지는 못했다.

팽팽한 대립이 유지되자 트마워가 왕좌에서 일어났다.

그의 눈빛은 나를 향하고 있었다. 나는 그의 신호에 응하며 고리의 기운을 일으켰다.

트마워는 마계의 왕이라는 자존심을 지키고 싶었는지, 아니면 나를 얕보고 있는 건지 모든 마기를 사용하지 않고 나를 상대하려고 하고 있었다.

나는 인간이다. 인간의 왕이라고 생각한 적도 없었고, 도도할 이유는 전혀 없다.

이전의 트마워는 나보다 약한 마기를 가지고 있었다. 마왕의 유산을 흡수했다고는 하지만 나 또한 시황제의 유산을 흡수했다.

절반의 마기로 나를 어떻게 할 수는 없다.

"생각보다 강하구나. 역시 마지막 전쟁에 어울리는 상대구나."

입을 열어 나를 칭찬하는 트마워였지만 나는 그 칭찬에 우쭐할 생각은 없었다.

입을 열면 당연히 기운이 분산되기 마련이고, 트마워의 기운이 분산된 지금이야말로 최선을 다해 공격을 할 때였다.

"이런 비겁한!"

악마에게 비겁하다는 말을 듣는 기분이 어떠냐고?

지금이 전투 중이 아니었다면 넥타이를 머리에 매고 춤을 췄을지도 모른다.

몸에 있는 모든 문양은 빛을 내고 있었고, 고리의 기운은 처음부터 지금까지 한계치에 힘을 끌어내고 있었다.

한 번 기세를 잃은 트마워는 계속해서 밀리고 있었고, 그는 전세를 역전하기 위해 마기를 조금씩 더 사용하고 있었다.

여전히 나를 상대로 모든 마기를 사용할 생각은 없어 보였다.

내 입장에서는 매우 고마운 행동이었다. 나는 한 번 잡은 기세를 넘겨주지 않을 것이다.

마계의 왕이라고 스스로 부르는 트마워를 소멸시키기 위해서는 몇 가지 방법이 있다.

그중 가장 좋은 방법은 다른 악마를 소멸시키는 것처럼 마기의 정수를 부숴버리는 것이다. 흡수 계통의 능력을 가지고 있다고는 하지만 어쨌든 트마워는 악마다.

악마는 마기의 정수에 의지해 힘을 얻는다. 당연히 악마들은 자신들의 약점인 마기의 정수를 지키기 위해 여러 가지 장치를 해두었다.

하급 악마라고 할지라도 마기의 정수 주위에 마기로 만든 벽을 만들어 두었다.

그렇다면 자칭 마왕이라는 트마워는 어떨까?

쉽지 않을 것이다. 하지만 지금 말고는 기회가 없었다.

기세가 밀린 상태에서 기세를 역전하기 위해 모험수를 두려고 하는 트마워에게는 허점이 넘쳐 났고, 마기의 정수가 있는 심장 부위에도 허점이 보였다.

마기의 정수를 어떤 장치로 지키고 있는지 모르겠지만 그 모든 것을 부술 정도의 강력한 힘이 있으면 된다.

내가 할 수 있는 최고의 공격. 고리의 기운이라고 부르지만 넓은 관점으로 보면 마기나 다름이 없다. 마기는 어둠의 힘이고 어둠의 힘은 파괴에 중점을 두고 있는 에너지다.

마기의 파괴적인 에너지를 한 점으로 모아 방출한다면 높은 방어력은 무용지물이 된다.

고리의 기운을 한 점으로 모으는 수련은 이계에서부터 꾸준히 해왔다.

고리의 기운을 한 점으로 모으는 것은 물론이고, 다양한 방법으로 사용하기 위해서 여러 가지 수련을 해왔고, 이제는 완성에 가깝다고 말할 수 있다.

하지만 인간의 능력에는 한계가 있었고, 고리의 기운을 작은 점으로 만드는 것은 가능했지만 그 이상은 불가능했다.

하지만 인간의 능력은 이게 전부가 아니었다. 인간과 짐승의 가장 큰 차이는 도구를 사용할 수 있다는 것이다.

나는 마준기가 한국을 떠나기 전에 건네준 무기를 꺼내 들었다.

마기를 가진 존재만이 사용할 수 있는 무기.

자신이 가진 마기를 응축시켜 방출할 수 있는 무기인 C—5.

레이저 건처럼 기운을 얇게 만들 수 있는 C—5를 이용하면 기운을 응축시키는 작업에 수고를 하지 않아도 될 뿐만 아니라 더욱 높은 결과를 얻을 수 있다.

하지만 문제는 C—5에 들어가는 기운을 주입하는 시간이었다.

인풋에 비례해 아웃풋이 늘어나는 것은 당연한 일이었고, 많은 양의 고리의 기운을 주입해야만 원하는 결과를 얻을 수 있다.

지금은 모든 기운을 트마워를 상대하고 있기에 기세를 잡았지만 C—5에 고리의 기운을 주입하는 순간 그 기세는 역전되고 말 것이다.

나에게 필요한 시간은 5분 남짓.

5분 동안 이대로의 상황을 유지해 달라고 트마워에게 부탁할 수는 없는 처지였다.

이런 나의 사정을 아는 사람이 한 명 있다.

멀리서 나와 트마워의 전투를 지켜보고 있던 현수가 내가 C—5를 꺼내는 모습을 보고는 빠르게 다가왔다.

"팀장님, 제가 시간을 벌어보겠습니다."

현수가 고리의 기운을 각성했다고는 하지만 트마워나 나에 비해 약한 고리의 기운을 가지고 있었다. 하지만 지금 상황에서 트마워를 막을 수 있는 능력을 가진 사람은 현수뿐이었다.

"부탁할게."

현수는 나를 대신해 트마워에게 고리의 기운을 쏟아내었다. 자신의 기운이 약하다는 것을 인지하고 있는 현수였기에 고리에 깃들어 있는 모든 기운을 한순간에 쏟아내고 있었다.

"신성한 결투에 불청객이 끼어 들었군. 무슨 생각을 하고 있는 지는 모르겠지만 잘못된 선택이라고 말하고 싶군."

트마워는 여유를 되찾았다. 자신을 압박하던 나의 기운에서 벗어나 상대적으로 쉬운 현수의 기운이 자신을 압박하자 순식간에 기세를 회복한 것이었다.

트마워는 자존심이 상해 보였다. 마계의 왕을 상대하는 데 하수를 보낸 것에 대해 화를 내려고 하고 있었다. 트마워의 기운이 현수를 향해 집중되고 있었다.

지금 현수는 트마워를 압박하기 위해 모든 기운을 사용하고 있었다. 그 결과 트마워의 발을 묶기는 했지만 그게 전부였다.

트마워가 방출할 마기에 무방비 상태였다. 내가 움직인다면 현수를 위기에서 구할 수는 있겠지만 나는 지금 움직일 수 있는 상황이 아니었다.

결국 선택을 해야 했다. C—5를 포기하든지, 아니면 현수를 포기하든지.

젠장. 이성은 현수를 포기하라고 말하고 있었지만 가슴이 이성을 이기려고 했다.

그 순간 뒤에서 뒷골을 울리는 목소리가 들려왔다.

"형님, 제가 갑니다!"

위용욱이다. 위용욱이 자신의 몸만 한 방패를 들고 빠른 속도로 달려오고 있었다. 그는 현수의 앞을 방패로 보호했다.

위용욱이라면 트마워의 공격을 한두 번 정도 막을 능력이 되었다.

눈으로 위용욱에게 감사의 인사를 전하며 나는 다시 C—5에 고리의 기운을 주입했다.

이제 내가 가진 고리의 기운 거의 전부를 주입시켰다. 이제는 1분만 더 있으면 내가 할 수 있는 최고의 공격을 가할 수 있게 되는 것이다.

"역시 인간은 비겁하군. 전투에 대한 예의가 형편없어. 이런 인간들과 정당한 결투를 생각했던 내가 바보 같군."

"바보 같다는 것을 이제야 깨달아줘서 고맙다!"

위용욱과 현수를 향해 마기를 장난스럽게 방출한 트마워 덕분에 충분한 시간을 벌 수 있었고, C—5에 내 모든 기운을 주입시킬 수 있었다.

나는 C—5의 방아쇠를 당겼다. 트마워는 잠시 방심하고 있었는지 자신을 향해 다가오는 C—5에서 방출된 기운을 알아차리지 못했다.

검붉은 기운이 트마워의 가슴을 정확하게 찔렀다.

"으아아아!"

트마워의 비명 소리가 울려 퍼지기 시작했다.

"성공입니까?"

기운을 모두 소진한 현수는 위용욱의 품에 안겨 말했다.

"성공해야지. 내가 가진 모든 힘을 사용했는데 실패하면… 끝이야."

우리가 할 수 있는 일이라고는 트마워가 있는 자리를 바라보는 것이 전부였다.

무언가가 움직인다. 벌레가 꿈틀거리듯이 트마워가 있던 자리에서 무언가가 움직이고 있다.

공격은 실패였는가?

고리의 기운을 전부 소진했고 고리의 기운으로 시력을 상승시킬 수 없었기에 나는 시력 향상 아이템을 사용해 트마워의 모습을 확인했다.

실패는 아니었다. 트마워의 가슴에는 작은 구멍이 뚫려 있었고, 그 구멍 사이로 검은 기운이 빠져나오는 것이 보였다.

구멍 사이로 빠져나오는 마기의 양은 미미했지만 조금씩 그 양이 늘어나고 있었다.

마기의 정수에 이상이 생긴 것이 분명했다.

트마워는 땅에 손을 짚고는 몸을 일으켜 세웠다. 마기의 정수에 이상이 생겼다고는 하지만 여전히 많은 양의 마기를 가지고 있는 트마워였기에 가능한 행동이었다.

그는 천천히 우리가 있는 곳을 향해 걸어오고 있었다. 지금 그에게 대응할 수 있는 힘이 남아 있는 사람은 아무도 없었다.

나는 물론이고, 현수도 모든 고리의 기운을 사용했기에 숨을 쉴 수 있는 것이 전부였다.

위용욱 또한 현수를 보호하기 위해 트마워의 공격을 직접 막았기에 너덜너덜해진 상태였다.

지금 그가 우리에게 공격을 가한다면 우리는 막을 방법이 없었다.

그런 상황을 알고 있는지 트마워는 구멍에서 마기가 빠져나가는 것에 신경도 쓰지 않고 우리에게 다가오려고 하고 있었다.

그는 힘겹게 우리가 있는 곳으로 걸어왔다.

"나는 마계의 왕이자, 새로운 마계를 열 인도자다. 내가 이런 공격을 받는다고 해서 끝날 거라고 생각하느냐? 나는 오늘 너희들의 피로 새로운 시대를 알리겠다."

트마워의 손에 마기가 서리기 시작했다. 온전한 상태였다면 저 정도의 마기에 겁을 먹지는 않았겠지만 지금은 손가락 하나 움직일 힘이 남아 있지 않았다.

"으아아악!"

비명 소리가 들려온다. 위용욱이나 현수의 비명 소리는 아니다.

비명 소리의 주인공은 우리를 위협하는 존재였다.

우리를 죽일 생각에 흥분해서 소리를 지르는 것일까? 그렇다고 하기에는 비명 소리에 고통이 서려 있었다.

다른 감정이 서려 있는 비명이 아니라 오로지 고통에 의해 나오는 비명이었다.

"이럴 수는 없다. 마계의 왕인 내가 이런 상처 하나 제어하지 못하다니. 나는 이대로 죽을 수 없다. 어떻게 얻은 자리인데."

트마워의 가슴에서는 이전과 비교도 하지 못할 정도로 많은 양의 마기가 흘러나오기 시작했다.

"마기의 정수의 상태를 제대로 확인도 하지 않고 우리를 죽일 생각에 무리하게 마기를 사용하다니 자업자득이네."

마기를 사용한 것이 신호탄이 되었다. 구멍이 난 마기의 정수는 주인의 잘못된 선택에 의해 폭주하기 시작했다. 아니, 트마워가 마기를 사용하지 않았더라도 마기는 폭주했을 것이다.

단지 그 시간이 조금 단축된 것일 뿐이다.

"내 기운을 흡수할 생각이냐?"

내 눈에서 탐욕이 서려 있었던가? 아니면 트마워의 망상인가?

나는 딱히 트마워의 마기를 흡수할 생각을 하지는 않았다. 트마워가 흡수 계통의 마기를 가지고 있었고, 그 마기를 내가 흡수할 수 있는 것은 맞았지만 트마워가 사라진다면 더 강한 마기를 가질 필요는 없었기에 흡수하고 싶다는 생각을 하지는 않았다.

하지만 트마워는 내 생각을 다르게 받아들였다.

"내가 어떻게 얻은 마기인데, 너에게 넘겨줄 것 같으냐? 나는 그렇게 하지는 못한다. 아니, 나는 내가 가진 마기를 인간의 멸망을 위해 사용할 것이다."

트마워의 전신은 복수라는 감정이 가득했다. 분노와 슬픔, 그리고 절망감.

좋지 않은 모든 감정이 가득한 트마워는 자신의 마기를 스스로 폭발시켰다.

트마워의 가슴과 입, 그리고 모든 구멍으로 빠져나오는 마기들이 향하는 방향은 몬스터 군대가 있는 곳이었다.

몬스터들은 트마워의 마기를 받아들이고 있었다. 악마들은 자신과 성질이 다른 트마워의 마기를 받아들이지 못하고 있었지만 몬스터들은 달랐다.

마계에서 가장 순수한 존재들은 악마도 마족도 아니라 몬스터들이었다.

그들은 트마워의 마기를 온전히 받아들이고 있었다.

헌터들과의 전투과 시작되면서 트마워의 기운에 의해 강해진 몬스터들이 다시 한 번 각성을 하고 있는 것이었다.

몬스터들은 엄청난 양의 마기에 몸을 떨며 희열에 차 있었다.

"팀장님, 몬스터의 몸이 변하고 있어요. 마치 진화를 하고 있는 것처럼 보이네요."

현수의 말처럼 몬스터들은 진화를 경험하고 있었다.

팔을 주로 사용하는 몬스터들은 비정상적으로 팔의 근육이 늘어나고 있었고, 날개가 생기는 몬스터, 고층 건물처럼 몸을 비대하게 하는 몬스터도 있었다.

트마워는 자신의 모든 마기를 몬스터들에게 나눠 주자 서 있을 힘도 남아 있지 않은지 바닥에 무릎을 굽혔다.

"이제 새로운 전쟁이 시작될 것이다. 나의 힘을 받은 몬스터들이 인간 세계를 망가뜨릴 것이다. 나에게 온전히 지배당하는 것보다 훨씬 힘든 시간이 될 것이다. 내 마기를 받은 몬스터가 여기에 있는 게 전부라고 생각하지 말아라. 세상에 남아 있는 모든 몬스터들에게 내 마기로 세례를 해주었다. 인간계는 이제 끝이다."

마왕의 마지막 자존심이었을까?

트마워는 자신이 하고 싶은 말은 전부 하고 나서야 숨을 거두었다.

바람에 사라진 트마워는 데빌 실도 남기지 않고 완전히 소멸되어 버렸다.

흡수 계통의 악마의 마지막이었다.

몬스터들은 트마워에게 받은 힘을 아직 제대로 각성하지 못했는지 움직이지 않고 있었다.

몬스터들이 움직이지 않는다고 해서 악마의 군대 전체가 멈춘 것은 아니었다.

악마들이 우리를 향해 다가오려고 하고 있었다.

트마워가 죽을 때까지 가만히 있던 악마들이 트마워가 소멸되자 움직이고 있는 것이었다.

우리가 트마워와 전투를 벌이는 동안 악마들이 우리를 죽일 기회는 여러 번 있었다.

하지만 악마들이 그때는 움직이지 않았다.

자신보다 낮은 서열에 있던 트마워가 마왕이 된 것이 못마땅했던 것이 분명했다.

"저것들을 어떻게 막죠?"

위용욱의 말처럼 악마들을 막을 뾰족한 방법이 없어 보였다.

Chapter 6

새로운 시대

세계는 대통합의 시대가 열렸다. 모든 나라의 대표들은 생존을 위해 아시아로 모여들었다. 특히 우리 회사가 있는 한국에는 머리색이 다른 사람들을 보는 것이 더 흔하게 되어버렸다.

많은 사람들이 급속도로 모여들게 되자 우리 회사는 식량을 공급하기 위해 더 많은 거름과 농작지를 개간했고, 일본의 도움까지 받아 식량을 공급했다.

생존을 위해 자신의 나라를 떠나 아시아로 온 사람의 숫자는 대략 잡아도 2,000만이 넘었다. 항마 전쟁이 시작하기 전의 유럽의 인구수를 생각하면 적은 숫자의 생존자지만 앞으로 있을 미래를 위해서는 소중한 사람들이었다.

그들은 한국 또는 중국에서 임시 보금자리를 제공받아 새로운 삶을 살아가고 있었다.

하지만 그들은 아시아에서 영원히 살고 싶어 하지는 않았다. 동물이든 사람이든 자신이 살던 곳을 그리워하기 마련이었고, 하루 빨리 유럽을 몬스터의 손에서 회복하고 싶어 했다.

아직 전쟁은 끝나지 않았다.

러시아에서 벌어진 1차 항마 전쟁은 종식되었지만 여전히 많은 문제가 남아 있었다.

그리고 그 문제들을 해결하기 위해 나와 현수는 마준기가 있는 무기 연구소로 이동했다.

"어이! 생명의 은인! 연구는 잘돼가?"

"팀장님 오셨습니까. 일반 헌터들이 사용할 수 있는 무기를 순조롭게 제작하고 있습니다. 길어도 한 달 안에 완성이 가능합니다."

내가 마준기를 생명의 은인이라고 부르는 이유는 있었다. 아니, 나뿐만 아니라 러시아에서 전투를 벌였던 헌터들이라면 모두 마준기를 생명의 은인으로 생각하고 있었다.

트마워를 처리하고 난 뒤 우리는 기회를 엿보던 다른 악마들의 공격에 무방비 상태에 빠져 있었다. 정말 죽음이 코앞까지 왔다고 생각한 순간 마준기가 나타났다.

그는 새롭게 만든 무기를 가지고 2차 원정대와 함께 붉은 광장에 나타나 우리를 구했다.

마준기가 만든 무기는 나와 악마에게는 양날의 검이나 다름없는 무기였다.

하지만 일반 헌터들에게는 더없이 좋은 상황을 만들어주는 무기였다.

마기 억제장.

마기를 기반으로 사용하는 존재들에게 짧은 시간 마기를 사용하지 못하게 하는 장치를 개발한 마준기였다.

"아무리 생각해도 마기 억제장을 만든 게 신기하단 말이야. 어떻게 그런 장치를 만들 생각을 다 했어?"

"이미 만들어진 장치를 이용한 것일 뿐입니다. 악마의 탑이 세계의 동력원을 막은 것과 동일한 이치를 사용했습니다. 마계에서 악마의 탑에 관한 연구를 해왔던 것이 이번에 결과를 만들어내었습니다."

마준기를 회사로 데리고 온 결정은 내가 내린 결정 중에서 손에 꼽혔다.

마준기가 만들어온 마기 억제 장치로 인해 악마들과 몬스터들은 급격히 힘을 잃었고, 마기를 전혀 사용하지 않는 헌터들이 몬스터와 악마를 압박해 그들을 붉은 광장에서 쫓아내었다.

하지만 마기 억제장은 명백한 한계가 있었다. 마기 억제장을 사용하기 위해서는 우리가 만든 동력원을 전부 사용해야만 했고, 사정거리와 발동 시간도 짧았다.

그런 약점들을 보완하기 위해 지금 마준기와 연구소의 연구원들이 연구를 하고 있었고, 결과물이 조만간 나오게 되었다.

이동식 마기 억제 장치.

사용되는 동력원도 하급 몬스터에게서 구할 수 있는 마기의 정수 하나로 만들 수 있는 이동식 마기 억제 장치는 헌터들이 휴대하면서 사용할 수 있었다.

물론 범위는 매우 좁았지만 몬스터와 일대일 전투를 치를 정도의 범위는 되었다.

아이템과 휴대용 마기 억제 장치를 이용하면 몬스터를 사냥하는 것은 일도 아니게 된 것이다.

"그래, 조그만 더 고생해줘. 몬스터가 득실거리는 꼴을 더는 보고 싶지 않아서 말이야. 그리고 더러운 악마들도 그만 보고 싶고."

"죄송한 말씀이지만 저도 마계의 피를 이어받은 존재입니다."

깜빡하고 있었다. 마준기가 워낙 사람 같은 모습을 하고 있었고, 연구소에 녹아들어 있었기에 마준기도 악마라는 사실을 잊어먹었었다.

"너는 다르지. 악마라고 해서 다 같은 악마가 아니잖아. 너는… 그래, 착한 악마로 하자. 마계의 다른 악마들과는 다른 선한 악마."

"나쁘지는 않네요. 그러면 저는 계속 연구를 진행하러 가보도록 하겠습니다."

마준기가 사라진 직후 우리는 회사 내부에 있는 헌터 교육장으로 이동했다.

헌터 교육장에는 우리 회사 헌터들뿐만 아니라 세계 각지의 헌터들이 모여 있었다.

워낙 많은 사람들이 한국으로 이주해온 상황이었고, 당연히 많은 수의 헌터들도 한국에 새로 뿌리를 내렸다.

한국에서 가장 큰 건물을 가지고 있는 카인트 헌터 회사였지만 워낙 많은 헌터들이 넘어왔기에 모든 헌터들을 수용할 수는 없었다.

타지로 나온 것도 서러운데 타지에서도 지붕 없는 집에서 자게 둘 수는 없어 급히 여러 건물들을 구입했고, 건설 회사를 고용해 가건물을 만들었다.

그렇게 보금자리는 만들었다고는 하지만 교육은 다른 문제였다.

다른 국적을 가진 헌터라고는 하지만 전투에 나서면 명령 체계는 통일되어야 했다.

상임 헌터 이상의 헌터들은 우리 회사 헌터 교육장에서 교육을 받아야 했다.

"항마 전쟁은 큰 고비를 넘었습니다. 마계의 중심이 되는 트마워가 사라진 지금 우리를 막을 존재는 남아 있지 않습니다. 강한 힘을 전이한 몬스터와 악마들이 남아 있지만 우리의 힘이면 충분히 상대가 가능합니다. 이번 교육이 끝나는 대로 우리는 유럽을 수복할 것입니다. 여러분 중에는 유럽 출신 헌터들이 많은 것으로 알고 있습니다. 조만간 여러분들의 고향을 돌려드리도록 하겠습니다. 그러기 위해서는 이번 교육에 성실히 임해야 합니다."

내 역할은 여기까지였다. 이제 나머지 교육은 헌터들에게 악명이 높은 위용욱과 추용택의 몫이었다.

한창 열심히 헌터들이 수련장을 구르며 비명을 지르는 모습을 구경하며 시간을 보내고 있을 때 현수의 롱구스가 급히 울렸다.

한참 심각한 표정으로 통화를 한 현수는 주변의 눈이 신경이 쓰이는지 급히 나를 데리고 회의실로 이동했다.

"무슨 일인데 그렇게 심각해? 아직도 심각한 일이 남아 있어?"

"지금 러시아를 정리하고 있던 흑룡회와 유럽 연합의 헌터들에게서 연락이 왔어요. 트마워가 사라진 이후 몬스터들은 소규모 무리를 지어 행동했기에 어렵지 않게 사냥할 수 있었는데 러시아 외곽 지역에 대규모 몬스터 무리를 발견했다고 해요. 숫자만 해도 5만에 가깝다고 하네요."

"5만이나? 그렇게 많은 몬스터들이 아직 남아 있었던 거야?"

"트마워의 명에 따라 몬스터들이 붉은 광장 주변으로 몰려들었지만 러시아 외곽에 있던 몬스터들은 러시아의 혹독한 날씨와 지형에 의해 발이 묶였다고 하네요. 정확한 사실은 아직 그쪽도 확인하지 못하고 있어요."

"5만이면 적지 않은 숫자인데… 우리도 합류해야 될 것 같지 않아?"

"하지만 수련장에서 교육을 받고 있는 헌터들은 유럽을 되찾아올 각오로 열심히 수련을 하고 있는데 엉뚱하게 러시아를 공격하자고 하면 기가 빠지지 않을까요?"

"유럽을 포기하자는 것도 아니고, 단지 유럽 가는 길에 러시아를 들렀다가 가는 건데 그게 그렇게 사기가 떨어지는 행동은 아니잖아."

"그것도 그런데, 차라리 저와 대표님, 그리고 위용욱만 러시아로 가는 게 어떨까요? 솔직히 지금 러시아에 있는 대규모 몬스터 무리가 문제가 되는 건 그 무리를 이끌고 있는 악마 때문이잖아요. 악마만 사라진다면 대규모 몬스터 무리는 본능에 이끌려 소규모로 흩어지거나 자기들끼리 영역 다툼을 할 건데 괜히 우리 힘을 뺄 필요는 없잖아요."

"수뇌부만 치고 빠지자는 거지."

"그렇죠. 지금 흑룡회와 유럽 연합이 대규모 몬스터 무리의 발을 묶고 있으니 우리가 악마만 처리하면 될 것 같은데요."

"하긴 악마만 처리하면 쉬운 일인데 괜히 복잡하게 해결할 필요는 없지. 그리고 우리 정도면 악마를 처리하지 못한다고 해도 충분히 몬스터 무리를 피해 빠져나올 수도 있고 말이야. 그러면 우리가 러시아로 이동하고 상황이 정리되는 대로 유럽에 합류하기로 하자."

위험한 결정이라고 생각할 수도 있지만 우리는 자신이 있었다. 트마워가 없는 악마의 군대는 여전히 강했지만 절대적인 힘은 없었다.

우리 세 명이서 악마의 군대를 이길 수는 없지만 악마의 군대도 우리를 죽일 능력이 없었다. 지금 악마의 군대는 절대자의 부재로 인해 우리를 막을 능력이 없어졌다.

그랬기에 우리가 이런 결정을 내릴 수가 있었다.

우리는 연구소에서 개발한 소형 비행기를 타고 러시아로 이동했다.

대형 비행기를 만들 기술력은 충분했지만 마기 억제 장치를 만드는 데 필요한 동력원도 부족한 상황에서 대형 비행기를 만들기 위해 동력원을 사용할 수는 없었기에 5명 이하의 사람만 탑승할 수 있는 비행기를 만들었다.

마준기와 연구소의 엘리트들이 만든 비행기답게 조작법이 매우 쉬웠을 뿐만 아니라 이륙과 착륙도 매우 안정적이었다.

"비행기를 타면 이틀 만에 도착할 거리네요. 세상 참 좋아졌어요."

"세상이 좋아지긴 이제 겨우 이전 시대를 따라가고 있는 거지. 생각해 봐, 몇 년 전만 해도 비행기를 타면 하루 안에 러시아에 도착할 수 있었다고."

싸늘한 러시아의 공기를 들이마시고 있을 때 우리를 향해 흑룡회의 수장과 유럽 연합의 수장이 우리를 직접 마중 나오는 모습이 보였다.

"수고하셨습니다. 다른 인원들은 현재 대규모 몬스터 무리와 전투를 벌이고 있기에 환영식을 열어드리지 못해 죄송합니다."

"언제 우리가 그런 것을 따졌습니까. 아직 전쟁이 끝나지도 않은 상황인데, 그런 예식은 생략하셔도 됩니다."

"우리 흑룡회와 유럽 연합의 헌터들이 대규모 몬스터 무리를 막고는 있지만 한계가 찾아왔다네."

유럽 연합의 수장인 후멜스와 달리 흑룡회의 수장은 바로 본론에 들어갔다.

"여전히 몬스터들은 일사불란하게 움직이고 있습니까?"

"그렇다네. 가끔씩 모습을 드러내는 노란 머리의 악마의 조종을 받고 있는 것 같다네."

"노란 머리의 악마라. 알겠습니다. 빠르게 처리해 보도록 하겠습니다. 악마만 사라지면 몬스터들은 알아서 흩어지거나 영역 다툼을 하며 서로를 물어뜯을 테니 너무 걱정은 하지 마십시오."

우리는 간단히 인사를 마치고는 바로 대규모 몬스터 무리들이 자리를 잡고 있는 보르쿠타 지역으로 이동했다. 보르쿠타는 영하 20도의 강추위를 자랑하는 지역이었고, 그 기후 덕분에 몬스터들의 이동을 막고 있었다.

보르쿠타 지역을 벗어나기 위해서는 부르쿠타 강을 건너야만 했고, 그 강을 경계로 헌터들과 대립을 하고 있었다.

"노란 머리의 악마가 보이세요?"

"아니, 아직 안 보여. 겁이 상당히 많은 악마 같아. 자신의 기운을 완전히 숨긴 것으로 보아 우리가 찾아올 것을 대비하고 있는 것 같은데……."

"그러면 나오지 않고는 못 배길 상황을 만들어야죠."

노란 머리의 악마는 몬스터를 이용해 자신의 영역을 만들 생각인 게 분명했다. 그리고 많은 수의 몬스터들이 남아 있는 유럽 지역이 그가 생각하는 새로운 왕국이었다.

유럽에는 여전히 많은 수의 몬스터들이 남아 있었고, 러시아에 있는 몬스터와 유럽의 몬스터들이 더해지면 충분히 자신만의 왕국을 건설할 수 있다고 생각하는 것이 분명했다.

그렇다는 말은 자신의 능력보다는 몬스터의 힘으로 왕국을 건설하려는 것이고, 당연히 몬스터를 소중히 여길 것이 분명했다.

"흑룡회와 유럽 연합에 연락해 팜 폭탄을 대량으로 투하시키도록 할게요. 열기구를 이용해 팜 폭탄을 몬스터 머리 위에 떨어뜨리면 노란 머리의 악마가 모습을 드러내겠죠."

마땅한 동력원이 없는 상황이었지만 열기구를 이용한 비행은 가능했고, 열기구를 이용하면 헌터들의 희생 없이 몬스터들을 자극할 수 있었다.

"흑룡회와 유럽 연합에서 열기구를 만들고 있다고 했었지?"

"팜 폭탄을 보급한 순간부터 열기구를 만들기 시작했으니 지금은 꽤나 많은 수의 열기구를 보유하고 있을 거에요. 그리고 우리가 타고 온 비행기에도 팜 폭탄을 실어 낙하시키면 큰 효과를 볼 수 있겠네요."

이런 작전에 오랜 시간을 투자할 필요는 없었다. 우리는 작전을 구상하는 즉시 흑룡회와 유럽 연합에 롱구스로 연락을 취했고, 1시간이 지나지 않아 하늘에는 많은 숫자의 열기구가 모습을 드러냈다.

그리고 위용욱이 직접 운전하는 비행기도 모습을 드러냈다.

비행기에서 먼저 팜 폭탄이 떨어지기 시작했고, 곧이어 열기구에서도 팜 폭탄이 순차적으로 몬스터 머리위로 떨어지기 시작했다.

엄청난 폭음에 땅에 가란 앉아 있던 눈이 다시 하늘 위로 돌아가는 장관을 만들었고, 세상을 하얗게 만들어주고 있었다.

가장 먼저 팜 폭탄을 낙하시킨 위용욱이 비행기를 안전한 곳에 주차시키고는 우리를 향해 다가왔다. 여전히 열기구에서는 많은 양의 팜 폭탄을 낙하시키고 있었다.

"악마의 기운이 감지된다."

드디어 노란 머리의 악마의 기운이 느껴졌다.

이제 우리가 움직일 순간이었다.

한 번도 머리 위로 공격이 들어온 적 없었던 몬스터들은 팜 폭탄에 제대로 대처하지 못했고, 많은 수의 몬스터들이 폭발과 화염에 휩쓸려 죽거나 부상을 입었다.

노란 악마는 우왕좌왕하는 몬스터들을 재정비하기 위해 모습을 드러내 뒤로 후퇴를 명령하고 있었다.

그리고 우리는 그 순간을 노리고 노란 악마가 있는 곳까지 이동했다.

나와 현수는 고리의 기운을 이용해 저공비행이 가능했지만 위용욱은 무거운 방패를 들고 나는 것은 불가능했기에 나와 현수가 위용욱의 어깨를 한쪽씩 들고 이동했다.

우리의 기운을 감지한 노란 악마는 몬스터 사이로 모습을 다시 감추려고 했지만 한 번 찍은 적을 순순히 보내줄 정도로 인자한 마음을 가지고 있지 않았기에 나는 고리의 기운을 이용해 노란 악마를 들어 올렸다.

"생각보다 너무 약하잖아. 그래도 몬스터들을 일사불란하게

조종하길래 어느 정도 강한 마기를 가지고 있을 줄 알았는데 이
건 악마의 탑 7층에서도 약한 편인데."

"이거 놓아라!"

노란 악마는 공중에서 다리를 앞뒤로 흔들며 반항했고, 그 모
습은 동네 꼬마가 삼촌 손에 붙들려 반항하는 듯 보였다.

"다른 악마들은 어디 가고 꼬마가 남아서 가장 노릇을 하고
있니? 인간계로 넘어온 악마의 수가 못해도 30은 넘는다고 알고
있는데, 다들 어디 갔냐?"

"내가 그걸 어찌 아느냐! 다른 악마들의 위치는 알고 싶지도
않다. 기회만 엿보는 그런 악마들에게 관심은 없다."

노란 악마의 외형은 중학교도 입학하기 전의 꼬마의 모습이었
다.

괜히 어린아이를 괴롭히는 기분이 들어 쉽사리 공격을 하지
못했다.

"위험하게 몬스터들을 조종하면 쓰나. 좋은 말 할 때 악마의
탑이나 마계로 돌아가는 게 어때?"

"내가 인간 따위의 말을 들을 것 같냐!"

"네가 인간 따위라고 말하는 사람이 마왕을 죽인 사람인데
도?"

"그건……."

할 말을 잃은 노란 머리의 악마는 분한 듯 입술을 잘근 깨물
었다.

"싫으면 이 형이 머리를 잡고 악마의 탑으로 돌려보내는 수가

있어. 그래도 악마 자존심이 있지 그 꼴을 당하고 싶지는 않잖아."

"하지만……."

"하지만은 무슨 하지만이야. 좋은 말 할 때 돌아가자."

정말 사촌 동생을 어르고 달래는 것처럼 노란 악마를 설득시켰고, 노란 머리의 악마는 어깨를 축 내리며 반항을 포기했다.

"그래도 말을 잘 듣네. 다른 악마도 너처럼 말을 잘 들으면 얼마나 좋겠니. 그럼 이제 몬스터에 대한 통제권을 내려놔. 이대로 계속 몬스터를 조종하면 어쩔 수 없이 너를 강제로 악마의 탑으로 돌려보낼 수밖에 없어."

노란 머리의 악마는 약한 마기 대신 몬스터에 대한 통제 능력을 가지고 있었다.

그가 손을 흔들어 공중에 문양을 그리자 군대처럼 응집해 있던 몬스터들은 본능에 이끌려 자신만의 영역을 찾아 흩어졌다.

"그럼 이제 악마의 탑으로 돌아가자. 가는 길은 알아? 모르면 이 형이 안내해 주고."

"자꾸 형이라고 하지 마라. 나도 100년을 넘게 산 악마다. 100년도 살지 못하는 인간의 동생이 되고 싶은 생각은 없다."

"그러게 누가 그런 모습을 하고 있으래. 자, 돌아가자."

러시아에 응집해 있던 대규모 몬스터 무리가 흩어진 지금 우리는 여유가 생겼다.

유럽에 있는 몬스터들은 소규모에 불과했기에 우리 회사의 헌터들과 새롭게 우리에게 합류한 헌터들이면 충분히 정리가 가능했고, 흩어진 몬스터들은 흑룡회와 유럽 연합의 헌터들이면 충분했다.

악마가 남아 있긴 하지만 아직 남아 있는 악마의 탑을 게이트로 이동해 내가 처리하면 되었다.

"오랜만에 우리도 악마의 탑이나 구경해 볼까?"

항마 전쟁이 시작되고 악마의 탑을 가보지 않았다. 악마의 탑이 어떻게 변해 있을지 궁금했다. 몬스터와 악마가 빠져나간 악마의 탑은 공허할까, 아니면 새로운 무언가가 거기를 채우고 있을까?

"팀장님!"

악마의 탑에 대한 생각에 차 있던 나를 현수의 다급한 목소리가 깨웠다.

"무슨 일인데 그렇게 다급하게 외치냐."

"저기 좀 보세요."

현수의 손이 가리킨 곳에서 익숙한 모습의 몬스터 하나가 우리를 바라보고 있었다.

똑딱똑딱.

시계 모양의 몬스터. 우리를 자신만의 공간으로 초대한 악마의 분신과도 같은 몬스터였다.

나는 혹시나 하는 마음에 노란 머리의 악마에게 시계 모양의 몬스터에 대해 아냐고 물었다.

"저런 몬스터는 처음 본다. 우리 진영에 저런 몬스터가 있었던가? 아니, 마계에서 저런 몬스터를 본 적이 없다."

노란 머리의 악마가 거짓말을 하는 것처럼 보이지는 않았다. 그렇다면 저 몬스터는 우리를 초대하기 위해 악마가 보낸 것이 분명했다.

하지만 여기는 악마의 탑이 아니었다. 우리가 악마의 탑에 가서 저 몬스터를 봤다면 그럴 수 있다고 생각했겠지만 여기는 인간계였다.

깊게 생각해 봤자 답은 나오지 않았고, 시계 모양의 몬스터는 얼굴을 더욱 세차게 흔들며 빛을 만들어 내었다.

우리는 그 빛을 피할 생각도 하지 못한 채 원하지 않는 곳으로 이동되었다.

"인간계에서도 자신의 공간으로 우리를 부를 수 있네요."

익숙한 공간이다. 아무것도 없는 어둠의 공간.

허무의 공간이 있다면 여기를 뜻하지 않을까? 어둠과 허무만이 가득한 공간에서 한 존재가 모습을 드러내고 있었다.

전에 봤던 모습과는 사뭇 다른 분위기를 만들어 내는 악마였다.

흰색과 검은색이 부조화스럽게 섞인 옷을 입고 있는 악마였다. 그의 머리카락도 불규칙적으로 흰색과 검은색으로 변했다.

"오랜만에 보는구나. 그래, 트마워와의 전쟁에서 승리한 것을 지켜보았다. 내가 전혀 예상하지 못한 방법으로 승리했더구나. 역시 인간은 흥미로운 존재야. 많은 악마들이 인간계를 점령하려고 했지만 매번 실패하는 이유가 있지."

"당신은 누구십니까? 왜 이런 생각을 지금에야 하게 되었는지 모르겠지만 당신은 절대 트마워보다 낮은 능력을 가진 악마가 아닙니다. 왜 트마워가 스스로 마왕이라고 칭하는 것을 내버려 두셨습니까? 당신의 능력이라면 충분히 그를 막고 마의 중심이 될 수 있지 않습니까."

"마왕? 그런 이름뿐인 명예에는 관심이 없다. 나는 방관자일 뿐이다. 심심하고 지루한 것을 싫어하는 방관지일 뿐이지. 내가 언제부터 존재했는지 아느냐?"

"모릅니다. 그렇게 말하시는 걸 보니 오랫동안 살아오셨겠지요."

"오랜 세월? 그런 단어로 표현하기에는 한계가 있지. 나도 내가 언제부터 존재했는지 정확히 기억하지 못한다. 그리고 지금 나는 세상의 비밀을 조금 엿볼 나이가 되었지. 세상의 비밀에 대해서 궁금하지 않느냐? 악마들은 왜 꾸준히 인간계를 점령하기 위해 공격하고 인간들은 탐욕에 눈이 멀어 악마의 유혹에 넘어가는지."

다른 것은 몰라도 악마에 관해서는 조금 알고 있었다.

"저는 다른 차원을 다녀온 적이 있습니다. 태초의 악마는 악마의 부활을 위해 새로운 마왕을 원했고, 새로운 마왕을 만들기 위해 인간계를 점령하게 했습니다. 모든 악마는 마왕이 되고 싶어 하는 욕망이 있고, 그렇기 때문에 인간계를 공격하는 것이 아닙니까?"

"그럴 수도 있겠지. 하지만 정답은 아니란다. 다른 차원에 다녀온 적이 있다면 대화가 더 쉽겠구나. 태초의 악마라고 했느냐?

태초의 악마라는 존재 또한 많은 악마 중 하나란다. 그리고 나도 그들과 다름없는 욕심이 가득한 악마지. 하지만 내가 왜 다른 악마와 달리 행동하지 않는지 아느냐?"

"모릅니다."

"허황된 꿈이라는 것을 알기 때문이다. 마왕이 된다고 해서, 그리고 인간계를 점령한다고 해서 달라지는 것은 없다. 단지 조화를 위해 우리는 서로를 공격하고 소멸되기를 반복할 뿐이다. 세상은 그렇게 만들어졌고, 그렇게 흘러간다. 나는 세상의 끝에 있는 존재에 한 발 내디뎠다. 그리고 세상의 끝으로 가기 위해서는 더 많은 경험과 시간이 필요하다."

"도통 알아들을 수 없는 소리만 하시는군요. 그래서 우리에게 원하는 것이 무엇입니까."

"그래, 좋은 질문이구나. 내가 세상의 끝으로 가는 것과 너희들과는 전혀 관계가 없는 이야기이겠구나. 그렇다면 너희들과 관련된 얘기를 하자꾸나. 나는 세상의 끝에 사는 존재들에게 다가가고 싶단다. 그리고 그렇게 하기 위해서는 인간계와의 교류가 필요하다."

"인간계와의 교류라면? 인간계로 넘어와서 살고 싶으신 겁니까?"

"그런 것은 아니란다. 단지 지금처럼 악마의 탑이 존재하고 인간들이 넘어와 몬스터 혹은 악마와 전투를 하는 것이면 족하단다. 하지만 너는 악마의 탑을 파괴할 능력을 가지고 있지. 자! 나와 거래를 하자꾸나. 나는 인간계에 나와 있는 악마들과 몬스터들을 다시 악마의 탑으로 불러들일 능력을 가지고 있단다. 내가 그렇게 한다면 너는 어떻게 하겠느냐?"

"악마의 탑으로 그들이 돌아간다고 해서 우리가 안전한 것은 아니지 않습니까. 트마워처럼 악마 하나가 미쳐서 인간계를 점령하려고 하면 어떻게 합니까. 차라리 악마의 탑과 인간계를 연결하는 고리를 모조리 끊어버리는 것이 인간계를 안전하게 만드는 방법이라고 생각합니다."

"그래, 그렇게 말할 거라고 생각하고 있었단다. 나도 장담할 수 없단다. 나는 방관자일 뿐이다. 악마들을 통제하거나 조종할 수는 없다. 인간계에 나와 있는 악마들과 몬스터들을 불러들이는 것만 해도 나는 큰 희생을 감수하는 것이란다. 만약 네가 나의 거래를 받아들이지 않는다면 나는 더 큰 희생을 해야 될지도 모르겠구나."

"더 큰 희생이라면… 혹시 인간계를 점령하실 생각이십니까?"

"똑똑하구나. 정확하단다. 그래, 어떻게 하겠느냐."

"그 전에 간단하게 손을 섞어 봐도 되겠습니까?"

"허허. 그래, 아직 내 능력을 정확히 파악하지 못하고 있으니 거래를 받아들이지 못하겠구나. 그렇다면 내 능력을 보여줘야겠군."

악마는 모습을 감추었다. 그가 사라지자 공간은 다시 어둠과 허무로 가득했다.

어디서 무엇이 어떻게 나올지 몰랐다.

나는 고리의 가운을 끌어올려 대비를 했고, 현수와 위용욱도 마찬가지로 방어 태세를 취했다.

그렇게 방어를 준비하는 동안 아무런 일이 생기지 않았다.

아니, 아무런 일이 생기지 않았다고 생각했지만 우리의 생각보다 훨씬 많은 것이 일어났다.

"팀장님, 몸에서 힘이 빠지고 있습니다."

"나도 그래요. 팀장님은 괜찮으세요?"

고리의 기운으로 몸을 보호하고 있었기에 몸에 이상이 생긴 것을 늦게 알아차렸다.

확실히 몸에 힘이 빠지고 있었다. 체력이 다해서 힘이 빠진 것이 아니라 몸에서 힘 자체가 사라지고 있는 것이었다.

순식간에 노인이 된 기분이었다. 아니, 정말로 노인이 되고 있었다.

"팀장님, 얼굴에 주름이 가득해요."

현수와 위용욱의 얼굴에도 주름이 가득했다. 키는 점점 줄어들고 있었고, 등이 굽어갔다.

몸이 노쇠하자 고리의 기운이 폭주를 했다. 든든한 댐이 흔들리자 안에 들어 있는 물이 요동을 치기 시작하는 것이었다.

"악마의 능력이… 시간을 조종하는 능력인 것 같습니다."

시계 모양의 몬스터를 이용해 우리를 자신의 공간으로 불러들일 때 예상했어야 했다.

"이 정도면 내 능력을 의심하지 않겠지."

그가 다시 모습을 드러냈고, 굽었던 등이 다시 펴지기 시작했다.

손에 가득했던 주름도 사라졌고, 고리의 기운도 다시 안정을 찾았다.

몸을 충만하게 채우는 고리의 기운이 있었지만 그에게 반항할 생각이 들지 않았다.

"인간인 너희들이 걱정하는 것이 이해는 간단다. 그래서 나는 새로운 제약을 걸어주마. 악마 중 심성이 가장 착한 아이를 마계의 왕으로 만들어주마. 그 악마에게는 나의 권능을 조금 심어주겠다. 다른 악마들은 그 악마가 살아 있는 동안에는 다른 생각을 품지 않을 것이다."

"그게 누구입니까?"

"네 옆에 있는 악마다."

우리의 옆에는 10살 정도로 보이는 노란 머리의 악마가 있었다.

"노란 머리의 악마를 말씀하시는 것입니까?"

"그렇다네. 우연인지 필연인지 모르겠지만, 여기에 있는 저 악마는 악마 중에서도 가장 선한 마음을 가지고 있구나. 아이야, 이름이 무엇이냐."

엄청난 능력에 압도당한 노란 머리의 악마는 순순히 자신의 이름을 말하였다.

"저는 에제즈입니다."

"너는 마왕이 될 자격이 있는 아이구나. 마계의 기본은 몬스터들이고, 너는 몬스터들을 소중히 여기는 마음을 가지고 있구나. 몬스터들을 다스리고 싶지 않느냐."

"몬스터들과 더 가까이 지내고 싶습니다."

"내가 너의 소원을 들어주겠다. 대신 너도 나의 소원을 들어주었으면 좋겠구나. 인간계와의 공존이 나의 소원이란다. 들어줄 수 있겠느냐?"

"저는 인간계를 공격하고 싶은 마음이 없습니다. 이전처럼 데빌 도어를 통해 인간들이 몬스터들과 전투를 벌이는 것 정도라면 수용할 수 있습니다."

"그러면 되었구나. 너에게 나의 권능을 빌려주겠다. 내 권능은 네가 수명이 다하는 시간까지 너를 지켜줄 것이란다."

에제즈는 서서히 변하기 시작했다. 내 허리까지 오던 키가 성인만큼 커져갔고, 머리카락도 허리까지 내려왔다.

그리고 그에게서 느껴지는 마기의 양이 급속도로 불어났다.

"이 정도면 다른 악마들이 너의 명령을 들을 게다."

"감사합니다. 제가 뭐라고 부르면 되겠습니까?"

악마와 에제즈의 대화에서 나는 아직 악마의 이름을 모른다는 사실을 깨달았다.

"나는 이름이 없단다. 이전에도 앞으로도 이름이 없어야 하는 존재란다. 나를 기억하는 존재가 남아 있는 것은 좋은 일이지만 나의 이름을 아는 존재는 없어야 한단다."

이름 없는 악마는 에제즈의 어깨를 가볍게 치고는 다시 나를 바라보았다.

"이 정도면 거래 조건으로 충분해 보이는구나. 하지만 이대로는 악마의 탑의 몬스터들과 악마들이 불리해 보이는구나."

"무슨 말씀이신지? 인간은 태생적으로 몬스터나 악마에 비해 약한 몸을 타고납니다. 그런데 몬스터와 악마가 불리해 보인다니 말이 되지 않습니다."

"그렇게 생각할 수는 없지. 인간은 진화하는 존재지. 아이템은 그렇다고 쳐도 마기의 정수를 이용해 만드는 아이템은 너무 위험해 보이는구나. 특히 마기를 억제하는 무기는 세상에 나와서는 안 되는 것 같구나."

"하지만 악마와 몬스터들이 인간계를 공격할 때 방어를 하기 위해서는 구 무기는 필수적입니다."

"알고 있단다. 그러니 악마의 탑으로 가지고 들어오는 것만을 막겠네."

"그 정도면……"

악마의 탑을 공략하는 데는 굳이 마기의 정수를 이용한 아이템이 필요하지 않았다.

더 높은 층을 공략하고 싶다면 마기의 정수를 이용한 아이템이 필요하겠지만 실리를 중시하는 사냥을 한다면 지금 있는 아이템만으로도 충분히 사냥이 가능했다.

"마지막으로 하나만 여쭈어 보겠습니다. 지금 인간계는 악마의 탑에서 만들어내는 기운의 영향으로 동력원을 사용할 수가 없습니다. 그건 어떻게 되는 것입니까."

"어쩔 수가 없구나. 악마의 탑의 초기 설정은 나라고 할지라도 수정할 수가 없구나. 악마의 탑을 없앴다가 다시 만들지 않는 한 그 설정은 수정할 수가 없다. 지금이야 조금 불편하게 느껴지겠지만 시간이 지난다면 충분히 극복할 수 있을 거다. 인간은 적응의 동물이지 않느냐."

"그러면 언제부터 인간계에 있는 몬스터와 악마들이 악마의 탑으로 돌아가는 것입니까?"

"네가 내 거래를 받아들이겠다고 선언하는 순간 모든 몬스터와 악마가 악마의 탑으로 돌아올 것이다. 하지만 네가 나와 한 약속을 지키지 않는다면 인간계는 다시금 멸망의 기로에 서게 될 것이다."

"알겠습니다. 약속은 지키도록 하겠습니다."

나 혼자 결정할 문제가 아니란 건 알고 있다. 인류의 미래를 두고 한 거래를 내가 결정할 자격은 없다. 하지만 나는 거래를 받아들일 수밖에 없었다.

인류의 생존을 위한 결정이었다.

"그럼 이만 돌아가 보도록 하거라. 나는 다시 방관자로서의 삶을 살겠다. 자네가 나와의 약속을 지킨다면 평생 나를 다시 볼 일이 없을 걸세."

시계 모양의 몬스터가 다시 모습을 드러냈고, 우리는 노란 머리의 악마를 만났던 장소로 다시 이동했다.

"팀장님, 이제 어떻게 될까요?"

러시아로 돌아온 우리는 주변을 둘러보았다. 현수가 이런 질문을 한 이유는 주변을 가득 채우던 몬스터가 모두 사라졌다는 것을 깨달았기 때문이었다.

"모르겠어. 몬스터가 사라지고 다시 악마의 탑에서 사냥을 해야 되는 삶이 우리에게 어떤 영향을 미칠지, 그리고 다른 국가는 어떻게 받아들이지 진짜 모르겠어."

"무슨 생각을 그렇게 심각하게 하십니까. 어차피 변하는 것은 하나도 없어요. 팀장님도 그렇고, 현수 형님도 생각이 너무 과하세요. 이전처럼 사람들은 아이템을 사냥하기 위해 악마의 탑을 찾아갈 것이고, 아이템으로 돈을 벌고 과시를 하겠죠. 지금까지 우리가 보고 느꼈던 것들이 다시 시작되겠죠."

위용욱의 말이 맞았다. 바뀌는 것은 없다.

*　　　　*　　　　*

항마 전쟁이 끝난 지 벌써 2년이라는 시간이 흘렀다.

그동안 많은 것이 바뀌었다.

그리고 그 중심에는 우리 회사가 있었다.

"팀장님, 정령 소환 대전 대진 준비를 마쳤어요. 이번 정령 소환 대전은 이전과 달리 34개국이 참가하기로 했어요. 이제야 국가의 모습을 갖추기 시작한 유럽의 여러 국가들이 경쟁적으로 참가 결정을 내렸어요. 그리고 중동 국가에서도 참가하기로 했어요."

"중동도? 사우디도 참가하는 거야?"

"사우디도 참가하기로 했어요. 왕이 되기 싫다고 했던 그 영감님이 생각보다 왕 노릇을 잘하고 있나 봐요. 사우디가 생각보다 빠른 속도로 발전을 하고 있어요."

"그러면 유럽과 아시아 위주로 대진이 짜였겠네."

"어쩔 수 없죠. 남미나 북미의 국가들은 우리의 도움을 받지 않은 상태에서 항마 전쟁을 치렀고, 그 피해가 심각하잖아요. 그래도 미국은 많은 헌터들의 희생으로 간신히 정부를 유지하고 있긴 하지만 예전의 영광을 찾으려면 1세대는 지나야 가능할 거예요."

정령 소환 대전은 세계에서 가장 사랑받는 스포츠로 발전했다.

이전 시대에는 구기 종목이 사랑을 받았고, 진입 장벽이 낮은 스포츠였기에 많은 사람들이 즐겼지만 정령 소환 대전의 화려한 장면을 한 번이라도 관람한 사람들이라면 구기 종목은 유치한 장난으로만 느껴졌기에 정령 소환 대전은 전 세계적으로 사랑을 받았다.

"이번에도 우리나라가 우승을 하겠지?"

"이제는 몰라요. 유럽에서 이름을 날리고 있는 정령 소환사가 상당히 강하다고 하네요."

"그래도 이설아한테는 안 되지."

이설아는 2년 연속 정령 소환 대전 우승 트로피를 들어 올린 정령 소환 대전의 스타였다. 우리 회사를 모르는 사람은 있어도 이설아의 이름을 모르는 사람은 없었다.

"정령 소환 대전 준비는 현수 네가 알아서 잘했겠지. 다른 보고 사항은 없어? 없으면 나는 좀 자고 싶은데, 어제 한숨도 못 자서 말이야."

"형수님이 잠을 안 재워 주세요?"

그렇다. 나는 썸만 주구장창 타던 유카리와 결혼식을 올렸다. 남자로서 자존심이 조금 상하기는 하지만 유카리가 먼저 적극적으로 애정 공세를 해왔고, 우리는 올해 초 결혼식을 올렸다. 결혼을 한 뒤 나는 더욱 적극적으로 회사를 쉬며 집에서 시간을 보냈고, 몇 달 사이 침대를 5번이나 교체하는 해프닝을 만들어내기도 했다.

"다 알면서 그러냐. 너도 얼른 결혼해야지. 결혼이라는 게 생각보다 좋더라고."

"저는 아직 결혼을 하고 싶은 마음이 없어요. 나중에 시간이 나면 할게요."

"시간이 언제 나는데? 하루 종일 회사에서 시간을 보내는 네가 잘도 시간이 생기겠다. 이러다가 평생 독신으로 살다 갈지도 모르겠다."

"독신으로 사는 것도 그렇게 나쁘지는 않은데요. 어쨌든 낮잠을 잘 수는 없어요. 정령 소환 대전 말고 다른 보고 사항도 있거든요. 우리 회사의 수익 구조에 한계가 찾아왔어요. 롱구스를 비롯한 아이템 판매로 올리는 수익이 현저히 떨어졌어요. 악마의 탑이 여전히 존재한다고는 하지만 평화의 시대가 찾아왔잖아요, 당연히 아이템에 대한 관심이 떨어지고 있어요. 이 상황이 유지되면 우리 회사는 도태되고 말 거예요."

"뭐라는 거냐. 세계에서 가장 큰 회사가 도태된다는 게 말이나 되냐."

"왜 말이 안 돼요. 발전이 없으면 도태되는 게 당연하죠. 빨리 새로운 수익 구조를 만들어야 돼요. 제가 얼마나 힘들게 만든 회사인데 도태되게 둘 수는 없죠."

"생각한 수익 구조는 있어?"

"몇 가지 생각을 하긴 했지만 실현 가능한 아이템이 별로 없어요. 팀장님은 생각한 게 좀 있으세요?"

"있긴 한데, 조금 위험한 사업일 수도 있는데……"

"일단 말해 보세요. 위험성은 제가 판단할게요."

"예로부터 가장 남는 사업이 관광이라고 했잖아. 자원이 없는 나라도 관광지만 있으면 앉아서 돈을 긁어모았고, 우리한테도 관광 자원이 있잖아."

"관광 자원이요? 그런 게 있어요? 이 좁은 땅덩어리에 뭐가 있다고 그러세요."

"왜 없어. 우리 도시가 관광 자원이지. 주변을 둘러봐. 동력원으로 돌아가는 도시가 우리 도시 말고 세상 어디에 또 있겠어. 그래서 말인데, 우리 회사가 이번에 만든 항공기 사업에 관광 사업을 끼워 넣는 거야. 우리나라를 방문하는 사람에게는 비행기 티켓 값을 할인해 주는 거지. 그리고 패키지로 상점 투어도 넣고 말이야."

"그건 너무 없어 보이는 장사잖아요. 그래도 나쁘지는 않아요. 우리 도시를 보고자 하는 사람이 많다면 충분히 가능한 사업이기도 하고요. 제가 생각은 해볼게요."

서울은 세상에서 가장 발전한 도시가 되었다. 전기가 없는 세상에서 밤이 밝은 도시는 서울이 유일했다. 마기의 정수로 만든 동력원을 상용화하는 데 성공한 우리 회사의 도움으로 서울은 가로등이 들어섰고, 24시간 불이 꺼지지 않았다.

한국에 데빌 도어가 하나밖에 남지 않았지만 다른 국가들은 여전히 악마의 탑에서 아이템과 부산물을 구하기 위해 사냥을 했고, 그 과정에서 적지 않은 마기의 정수를 구할 수 있었다.

마기의 정수가 마르지 않는 한 동력원은 꺼지지 않는다. 그리고 그 동력원을 만들 능력을 가진 곳은 우리뿐이었다.

서울은 예전처럼 야경이 아름다운 도시가 되어 있었다. 대신 야근으로 고생하는 사람들은 사라졌다. 한국은 카인트 헌터 회사를 중심으로 돌아간다고 볼 수 있었고, 우리 회사는 고용법을 엄격히 준수하고 있었다.

"그런데 아직 학교 증축은 안 끝났어? 올해도 신입생을 더 선발하라는 시위가 일어나는 꼴을 보고 싶지는 않은데……."

"거의 다 끝났어요. 올해는 작년에 비해 두 배 이상 많은 신입생을 받아들일 수 있어요."

"두 배 가지고 될까? 외국에서도 우리 학교에 입학하려고 넘어오고 있는데……."

"그러니까요. 우리 회사가 보유하고 있는 헌터도 상당한데 여전히 헌터가 되고 싶어 하는 사람이 이렇게 많을 줄은 몰랐어요."

한국에는 데빌 도어가 하나밖에 없다. 하지만 아이러니하게도 가장 많은 헌터를 보유하고 있는 나라가 한국이었다. 정확하게 말하면 우리 회사였다.

그렇다면 그 많은 수의 헌터들이 다 어디서 무엇을 할까?

우리 회사의 지부는 다시 세계 각지로 뻗어나갔고, 그 지부를 관리하는 곳에 많은 수의 헌터들을 파견했다. 물론 해외 근무를 지원하는 헌터들에 한해서 말이다.

세계 각지에 지부를 냈다고는 하지만 우리 회사가 보유하고 있는 헌터는 남아돌았다.

헌터들이 처음 생기게 된 계기는 악마의 탑에서 몬스터를 사냥하기 위해서였고, 그들은 전투 본능이 남아 있었다.

그들은 한가롭게 지내기 싫어하는 사람들이었고, 악마의 탑에서 몬스터를 사냥하고 싶어 했다.

그랬기에 우리는 상대적으로 무력이 약한 나라에 헌터들을 장기로 파견했다.

헌터들은 원하는 대로 몬스터를 사냥할 수 있게 되어 좋고, 파견을 받은 국가는 헌터들이 있다는 것만으로도 치안이 유지되었다.

2년이라는 시간 동안 많은 것이 변했지만 평화의 시대라는 건 부정하지 못했다.

악마와 몬스터가 인간계로 넘어오는 경우는 단 한 번도 없었고, 우리는 그렇게 안정을 찾아갔다.

"팀장님, 어디 가세요? 아직 제 말 안 끝났어요!"

"잠시 에제즈 좀 보고 올게."

현수의 잔소리가 듣기 싫어 자리를 뜨는 .것이 아니라 오랜만에 악마의 탑을 다스리는 에제즈가 어떻게 지내는지 궁금해서 악마의 탑으로 가는 것이었다.

악마의 탑 10층에 자유롭게 출입할 수 있는 사람은 내가 유일 했다.

내가 가지고 있는 아이템과 에제즈의 허락으로 인해 나는 아무런 방해 없이 악마의 탑 10층으로의 출입이 가능했다.

"오랜만에 찾아왔군. 그래, 오늘은 무슨 일로 왔는가?"

"오! 이제는 제법 마왕다운 모습인데."

에제즈는 예전의 모습을 완전히 탈피하고 이제는 근엄한 모습 까지 보였다.

"다른 건 아니라 악마의 탑에 문제는 없나 해서 말이야. 혹시 너한테 개기는 악마는 없어? 네가 직접 손쓰기 뭐한 악마가 있으면 나한테 말만 해. 반기를 들 싹수가 있는 악마나 음흉한 계획을 세우고 있는 악마가 있으면 말만 하라고. 내가 깨끗하게 처리해 줄게."

"우리 일을 인간에게 넘기고 싶은 마음은 없다. 그리고 아직 나에게 반기를 드는 악마는 없다. 악마의 탑은 오직 힘으로 서열이 정해지는 곳이다. 나보다 강한 악마가 나오지 않는 한 나에게 반기를 들 악마는 없다."

"그러면 다행이고, 그런데 혹시 이름 없는 그분한테서 연락 온 것은 없어?"

"그분… 연락을 받은 것은 없다. 왜 그러느냐?"

처음으로 에제즈의 눈빛이 흔들렸다. 의도적으로 근엄한 모습을 유지하려고 했지만 이름 없는 악마의 존재라는 단어만으로도 흔들렸다.

"딱히 이유가 있어서가 아니라 그냥 궁금해서 말이야. 세상 끝으로 가려면 아직 멀었나. 어서 갔으면 좋겠는데. 자꾸 뒤가 가려워서 말이야."

"뒤가 가려우면 씻어라."

"농담도 다 하고. 어쨌든 너와 내가 있는 한 평화는 계속되겠지. 영원토록 평화의 시대가 지속되었으면 좋겠다."

자연스럽게 에제즈의 어깨에 손을 올리면서 말했다. 에제즈는 딱히 내 손을 거부하지 않았다.

＊　　　　＊　　　　＊

악마의 탑과 인간이 함께한 지 벌써 10년이라는 시간이 흘렀다.

여전히 뚜렷한 동력원이 없는 시대였기에 마기의 정수로 만드는 동력원이 유일한 것으로써 사용되었다.

하지만 사람의 적응력은 무서웠고, 마기의 정수를 이용한 동력원으로 많은 발전을 이루었다.

각 도시마다 마기의 정수로 움직이는 전철이 다녔고, 자동차도 상용화되어 도로 위를 달렸다. 물론 자동차를 가질 수 있는 사람은 소수에 불과했다. 그리고 그 소수 중 대부분이 헌터였다. 한 번의 사냥으로 일반 사람들이 6개월을 쉬지 않고 일해야 버는 수익을 올리는 헌터들이었기에 유망 직종 1위는 언제나 헌터가 차지했다.

그리고 한국은 세계의 중심이 되었다. 세계의 영토 1%도 되지 않는 작은 땅을 가지고 있었지만 마기의 정수를 이용한 동력원을 독점하고 있고, 우수한 헌터들을 보유하고 있었기에 다른 국가들은 한국과의 교류를 위해 많은 투자를 하고 있는 실정이었다.

그렇게 되자 귀찮아진 건 나였다.

현수는 당연히 회사의 발전을 위해 열심히 일하고 있긴 했지만 사람을 만나는 것 같은 귀찮은 일은 전부 나에게 떠넘겼고, 나는 하루에도 몇 번이나 응접실을 들락날락하며 사람을 만나야 했다. 그리고 오늘은 미국에서 온 헌터 협회 사람들을 만나기로 했다.

"안녕하세요, 최진기 대표이사입니다."

이제는 당당히 대표이사라는 직함을 가지게 된 나였다. 대표이사라는 명함이 나를 귀찮게 할 거라는 것을 예상하고 있었지만 현수의 강력한 요청에 의해 명함을 가지게 되었다.

"반갑습니다. 이렇게 뵙게 되어 영광입니다. 이번에 미국 헌터협회의 대표 자격으로 온 제임스라고 합니다."

응접실을 찾아오는 각국의 대표들이 우리 회사에게 원하는 것은 하나였다.

"이번에 새로운 동력원을 개발했다고 들었습니다. 현재 미국은 많은 것이 부족한 실정입니다. 몬스터가 사라졌다고는 하지만 몬스터에 의해 국가 재정이 완전히 무너졌습니다. 그리고 카인트 헌터 회사의 도움이 있었지만 여전히 부족합니다. 새로운 동력원을 우리에게 공급해 주십시오. 지금 당장은 지불 능력이 없지만 미국이라는 이름을 믿고 지원을 부탁드립니다. 예전에 우리가 한국에 지원했던 것을 생각해서라도 요청을 받아들여 주시기 바랍니다."

우리는 미국의 핵우산 아래 보호를 받았던 시대가 있었다. 불과 15년 전만 해도 우리는 미국의 도움 없이는 살아남을 수 없는 상황이었다. 그랬기에 우리 회사는 미국을 돕기 위해 많은 원조를 해왔다.

식량은 물론이고, 무상으로 거름을 제공하기도 했다.

넓은 땅을 가지고 있는 미국은 식량 사업을 하기에 적합한 국가였고, 우리가 지원해준 거름으로 많은 발전을 이루었다.

물론 예전의 영광을 되찾기는 힘들겠지만 그래도 더는 배를 굶주리는 일은 생기지 않았다.

하지만 미국은 여기서 멈출 생각이 없었다. 손에 가진 것이 없던 사람이라면 모를까, 이미 모든 것을 가졌던 사람은 과거의 영광을 좇기 마련이었다.

"현재 우리가 지원해 주고 있는 것도 적지 않다고 생각합니다. 물론 미국이 이전에 한국을 어떻게 생각하고 지원해 주었는지는 잘 알고 있습니다. 하지만 동력원을 그냥 줄 수는 없습니다. 몇 기라면 지원해 줄 수 있지만, 미국이 원하는 동력원의 수가 몇 기 정도라고 생각되지는 않습니다."

"무엇을 해드리면 되겠습니까? 원하는 것을 모두 들어드리겠습니다. 미국이 할 수 있는 것이라면 뭐든지 말씀해 주십시오."

우리가 미국에게 원하는 것? 있을 리가 없었다.

이미 한국은 자급자족이 가능한 상황이었고, 주변의 위험도 없었다.

일본과 중국은 한국에 우호적인 감정을 가지고 있는 것을 넘어서 형제국으로 생각하고 있었다. 그리고 유럽도 우리의 지원을 감사하게 생각하고 있었다.

우리를 위협하는 국가는 없었고, 다른 것도 필요하지 않았다.

"우리가 원하는 것은 딱히 없습니다. 아시지 않습니까. 우리는 이번에 동력원의 판매를 경매 형태로 진행할 것입니다. 다른 국가들과 공정한 경쟁으로 동력원을 보유하는 방법 말고는 저희가 해줄 수 있는 일은 없습니다. 중국과 일본에게도 따로 동력원을 판매하고 있지 않습니다. 대신이라고 하긴 그렇지만 경매에서 약간의 도움을 드릴 수는 있습니다."

"어떤 도움을 말씀하시는지."

"경매에 필요한 자금을 대출해 드리겠습니다. 채권의 형태로 돈을 빌려드리겠습니다. 50년 만기 상환이면 충분하지 않습니까?"

천조국이라는 우스갯말이 있었다. 천조를 빚지고 있다고 해서 생긴 말일 수도 있었고, 국방비에 천조를 사용한다고 해서 나온 말일 수도 있었다.

말의 어원이 어찌 되었든 미국은 예전부터 돈의 힘으로 여러

나라들을 지배한 경험이 있었다. 그리고 이제는 우리가 그들의 행동을 따라 할 순간이었다.

현재 우리 회사가 한국에 있는 이상 한국의 미래는 어둡지 않았다. 하지만 그 영광이 영원할 수는 없었다. 현재 회사의 중심이라고 하면 나와 현수, 그리고 연구소의 마준기였다.

마준기는 어둠의 피를 이어받은 존재였기에 영원에 가까운 수명을 가지고 있었지만 내가 사라지고 나서도 그가 우리 회사에 남아 있을 거라고는 생각할 수 없었다.

그렇다면 나와 현수가 사라진다면 회사의 중심은 없어지는 것과 다르지 않았다.

물론 많은 인재들을 육성하고 영입하고 있었지만 고리의 기운을 가질 수 있는 존재를 아직 만나지 못했기에 미래가 불투명했다.

인간의 육체적 능력에는 한계가 있었다. 개인의 노력으로 인해 그 한계를 뛰어넘을 수는 있겠지만 고리의 기운을 가지고 있는 것과는 천지 차이였다.

미래를 위해서 우리 회사의 미래, 그리고 악마의 탑에 거주하는 악마들을 생각해서라도 고리의 기운을 사용할 자격을 가진 후계자가 필요했다.

하지만 고리의 기운을 견딜 수 있는 존재는 찾지 못했고, 그렇게 시간을 하염없이 흘렀다.

지나간 세월이 얼굴로 티가 나게 되는 세월.

세월의 흐름이 고스란히 얼굴이 드러날 때쯤.

기억 속에 있던 사람 중 생존해 있는 이보다 수명이라는 독약을 마시고 사라진 사람이 더 많아졌다.

시간은 흘렀지만 기술력의 개발은 크게 달라지지 않았다.

악마의 탑이 생기고 10년이 지나기 전까지는 많은 발전이 있었지만 그 이후는 정체기에 빠졌다.

마기의 정수로 이용한 동력원은 발전에 한계가 있었고, 이제는 기술력의 개발보다는 안주하는 시대가 찾아왔다.

발전이 더디더라도 크게 걱정은 되지 않았다. 여전히 악마의 탑은 우리와 했던 약속을 지키고 있었기에 큰 문제는 없었고, 카인트 회사도 여전히 모든 국가의 우위에 있었다.

시간은 계속해서 흘렀고, 나와 결혼했던 유카리의 장례식을 오늘 치렀다.

내 자식이 나를 이어 카인트 회사의 오너가 되었다.

나와 같은 시간을 보냈던 헌터는 이제 현수밖에 남지 않았다.

몬스터들을 방패로 막던 위용욱은 성인병을 막아내지 못하고 60이라는 젊은 나이에 운명을 달리했다. 그렇게 하나둘 나를 떠나기 시작하는 헌터들이었고, 이제는 현수만이 내 곁을 지켰다.

"우리도 이제 얼마 남지 않았겠지?"

"고리의 기운이 있어서 지금까지 살아남았지, 오늘 당장 죽는다고 해도 이상하진 않습니다."

나이가 100이 넘은 뒤 숫자를 세는 것을 포기했다. 나 대신 후손들이 나이를 세고 있었고, 매번 생일상을 챙겨 주긴 했지만 내 머릿속에 나이에 대한 정보는 없었다.

현수의 장례식이 오늘 치러졌다.

영원토록 내 옆을 지킬 것 같던 현수도 세월의 힘 앞에서는 무력했고, 이제는 회사 초창기 멤버는 나만 남았다.

그래도 마준기가 있기에 외롭지는 않았지만 채워지지 않는 공허함에 나는 부쩍 하늘을 보는 시간이 길어졌다.

"이제 얼마 남지 않았는데 내가 사라지면 자네가 우리 회사를 지켜줄 수 있겠는가? 내 피를 이어받은 후손 중 고리의 기운에 친화력이 있는 사람은 아무도 없구나. 미국이 우리의 원조를 끊고 독자적인 길을 선포한 지금 우리 회사의 존망이 걱정되는구나."

마준기는 세월 앞에 달라지지 않는 악마였지만 인간과 함께 살기 위해서는 늙은 모습을 보여야 했기에 의도적으로 나이 먹은 모습을 연출했다.

하지만 그는 아직 소멸하기까지는 많은 세월이 남아 있었다.

"제가 할 수 있는 한은 도와드리겠지만 언제까지 제가 도와드릴 수는 없습니다. 대표님의 피를 이어받은 사람이 회사를 운영하는 동안은 뒤를 봐주겠습니다. 하지만 다른 사람이 회사를 이어받게 되면 저는 아무런 미련 없이 악마의 탑으로 돌아가겠습니다."

"그 정도면 충분하다."

　　　　＊　　　　　　＊　　　　　　＊

　200년 가깝게 사는 사람은 별로 없었다. 최진기는 새로운 시대가 시작되고 난 뒤 가장 오랜 삶을 누린 사람으로 남게 되었다. 수명이 길었다는 것은 그의 업적 중 빙산의 일각에 불과했다.

　이제는 책으로, 혹은 입으로 전해지는 최진기의 무용담을 진실 되게 믿는 사람은 별로 없었다.

　그런 사실들을 믿든, 믿지 않든 많은 사람들이 최진기에 대한 정보를 알고 있었다.

　그의 능력이 뛰어나서이기도 했고, 마준기가 있는 연구소에서 최진기에 대한 위인전을 계속 발행했기 때문이다.

　하지만 시작이 있으면 끝이 있는 것처럼, 카인트 헌터 회사에도 끝이 찾아왔다.

　모습을 바꿔가며 카인트 헌터 회사를 뒤에서 끌어주던 마준기가 회사를 떠났다.

　카인트 헌터 회사를 운영하는 최 씨의 후손이 없어졌기 때문이었다.

　사람의 욕심은 끝이 없었고, 최 씨 일가에 집중되어 있던 부를 노리던 많은 사람들이 운영 다툼을 해 결국은 최 씨 일가가 회사 운영에서 손을 떼게 되었다.

　그 순간 마준기는 미련 없이 회사를 떠나 어디론가 떠나갔다.

　그 후 100년이 더 지났다.

한국은 더 이상 세계를 호령하는 강대국이 아니게 되었고, 중국과 미국의 등쌀에 눈치를 보는 국가로 전락해버렸다.

한국을 지탱하고 있던 카인트 헌터 회사의 몰락이 한국의 몰락을 야기했다.

그리고 오늘 악마에 의한 전쟁이 아니라 인간이 벌인 전쟁의 소용돌이가 일기 시작했다.

중국의 흑룡회가 한국을 공격해 들어온 것이었다.

중국의 흑룡회의 주인은 여러 번 바뀌었고, 초대 회주의 말을 어기고 한국을 점령하려는 욕심을 가진 사람이 회주가 되었다.

중국에 비해 헌터의 수나 질이 현저히 떨어지는 한국은 무기력하게 영토를 내주어야 했고, 수도인 서울도 흑룡회의 손에 넘어가기 일보 직전인 상황에 닥치게 되었다.

"여기에 뭐가 있다고 전쟁통에 찾아가라는 건지."

몰락한 최 씨 일가의 유일한 자손인 최도환이 카인트 헌터 회사의 부지가 있던 폐허로 찾아왔다. 그는 자신이 여기에 와야 하는 이유를 알지 못했지만 우연히 만난 점쟁이의 말에 이끌려 여기로 오게 되었다.

"아무것도 없네. 역시 점쟁이의 말은 믿는 게 아닌데 말이야. 지금이 어떤 시대인데 점쟁이의 말을 믿었는지. 믿은 내가 바보지."

한숨을 크게 내쉬는 최도환의 눈에 볼록한 땅이 들어왔다.

"저게 뭐지? 무덤인가?"

무덤으로 보이는 땅이 왜 눈이 들어왔는지는 모르겠지만 눈을 뗄 수가 없었다.

무언가에 이끌리듯 무덤으로 이동한 최도환은 급기야 무덤을 파기 시작했다.

"이게 무슨 구슬이지?"

검은 기운이 가득 실려 있는 구슬에 그는 자기도 모르게 손을 댔다.

"으아아아!"

구슬에 서려 있던 기운이 순식간에 최도환을 잠식했다.

기억이 흐려지고 자신이 누구인지 인지하지 못할 지경이 되어서야 구슬은 빛을 내는 것을 그만두었다.

"여기가 어디지?"

최도환의 눈빛이 변해 있었다. 불안해하며 자신감 없던 눈빛에서 조금은 멍청하지만 모든 것을 통달한 듯한 눈빛으로 변했다.

"오셨습니까. 오랜 시간을 기다렸습니다."

그의 앞에 여기로 가라고 했던 점쟁이가 있었다.

"모습은 바꾸었지만 느껴지는 기운으로 보면, 너는 마준기?"

"그렇습니다. 돌아오신 것을 환영합니다."

"어떻게 된 거지? 혹시……."

"그렇습니다. 고리의 기운이 만든 정수에 최진기 님의 기억과 기운이 고스란히 남아 있었고, 후손 중 한 명이 고리의 기운에 대한 친화력을 가지고 있었습니다."

후손의 기억이 남아 있다. 지금이 어떤 시대인지, 그리고 어떤 사건이 벌어졌는지 빠르게 머릿속으로 들어왔다.

"중국이 우리를 배신했군. 그리고 카인트 헌터 회사도 애먼 사람 손에 넘어갔네. 이거 참 돌아오자마자 할 일이 태산이야. 나를 도와줄 건가?"

"저는 최진기 님에게 충성을 바친 몸입니다. 몸이 바뀌었다고는 해도 정신과 기운은 그대로이시니 다시 한 번 충성을 바쳐 보겠습니다."

한국이 위기에 처했다고는 하지만 내가 다시 돌아온 이유는 이런 하찮은 것 때문이 아닐 것이다. 모든 것은 운명의 끈에 이끌려 벌어진다.

분명 새로운 위기가 인간계에 찾아왔을 것이고, 나는 언제나 그랬듯이 그 위기를 극복해야 한다.

"재밌겠네. 오랜만에 몸 좀 풀자고!"

새로운 위기가 무엇인지는 모르겠지만, 지금은 중국에 넘어가기 직전인 한국을 구하는 게 우선이었다.

나는 간단히 고리의 기운을 몸에 돌려 보고는 그대로 흑룡회의 본진이 있는 곳으로 달려갔다.

『스킬스』 현대편 완결

이제부터 전자책은

이젠북

www.ezenbook.co.kr

새로운 세계가 열린다!

김재한 『성운을 먹는 자』   철백 『대무사』
니콜로 『마왕의 게임』   가프 『궁극의 쉐프』
이경영 『그라니트:용들의 땅』   문용신 『절대호위』
탁목조 『일곱 번째 달의 무르무르』 천지무천 『변혁 1990』
강성곤 『메이저리거』   SOKIN 『코더 이용호』

이름만 들어도 황홀할 정도의 별들의 향연!
이들의 "유료연재"가 시작됩니다!

검색창에 **이젠북**을 쳐보세요! ▼

초대형 24시 만화방

신간 100%, 샤워실, 흡연실, 수면실(침대석), 커플석, 세탁기 완비

■ 강북 노원역점 ■

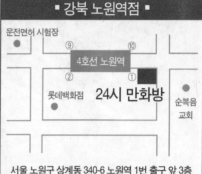

서울 노원구 상계동 340-6 노원역 1번 출구 앞 3층
02) 951-8324 (화용빌딩 3층)

■ 일산 정발산역점 ■

경찰서 ●   정발산역 ●

제2 공영주차장   롯데백화점

24시 만화방

E   C   A
라페스타
F   D   B

라페스타 E동 건너편 먹자골목 내 객잔건물 5층
031) 914-1957

■ 일산 화정역점 ■

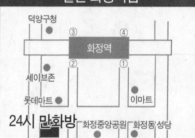

경기도 고양시 덕양구 화정동 984번지 서일빌딩 7층
031) 979-4874 (서일사우나 건물 7층)

■ 부천 역곡역점 ■

역곡역(가톨릭대)

● CGV

역곡남부역 사거리

24시 만화방   홈플러스 ●

삼성 디지털프라자 ●

역곡남부역 기업은행 건물 3층
032) 665-5525

■ 부평역점 ■

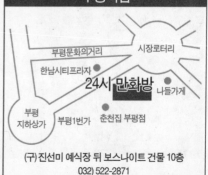

(구)진선미 예식장 뒤 보스나이트 건물 10층
032) 522-2871

이계진입
리로디드

임경배 퓨전 판타지 소설

FUSION FANTASTIC STORY

『권왕전생』임경배의 2015년 신작!

『이계진입 리로디드』

왕의 심장이 불타 사라질 때,
현세의 운명을 초월한 존재가 이 땅에 강림하리라!

폭군으로부터 이세계를 구원한 지구인 소년 성시한.
부와 명예, 아름다운 연인…
해피엔딩으로 이야기는 끝인 줄 알았건만
그 대가는 지구로의 무참한 추방이었다.
그리고 10년 후……

"내가 돌아왔다! 이 개자식들아!"

한 번 세상을 구한 영웅의 이계 '재' 진입 이야기!

Book Publishing CHUNGEORAM

유행이 아닌 자유추구 -
WWW.chungeoram.com

검자 新무협 판타지 소설
FANTASTIC ORIENTAL HEROES

목탁

해적으로 바다를 누비던 청년,
절해고도에 표류해… 절대고수를 만나다!

"목탁은 중생을 구제하는
좋은 이름일세."

더 이상 조무래기 해적은 없다!
거칠지만 다정하고, 가슴속 뜨거운 것을 품은

목탁의 호호탕탕 강호행에
무림이 요동친다!

Book Publishing CHUNGEORAM

유행이 아닌 자유추구 -
WWW.chungeoram.com

사략함대 장편소설

FUSION FANTASTIC STORY

2016년 대한민국을 뒤흔들 거대한 폭풍이 온다!

『법보다 주먹!』

깡으로, 악으로 밤의 세계를 살아가던 박동철.
그는 어느 날 싱크홀에 빠진다.

정신을 차린 박동철의 시야에 들어온 건 고등학교 교실.
그리고 그에게 걸려온 의문의 ARS는 그를 새로운 인생으로 이끄는데……

빈익빈 부익부가 팽배한 세상, 썩어버린 세상을 타파하라!

법이 안 된다면 주먹으로!
대한민국을 뒤바꿀 검사 박동철의 전설이 시작된다!

Book Publishing CHUNGEORAM

유행이 아닌 자유추구 -
WWW.chungeoram.com

연기의 신

FUSION FANTASTIC STORY

서산화 장편소설

GOD OF ACTING

PRODUCTION

DIRECTOR

CAMERA

DATE SCENE TAKE

무대, 영화, 방송…
모든 '연기'의 중심에 서다!

『연기의 신』

목소리를 잃고 마임 배우로 활동하던 이도원은
계획된 살인 사건에 휘말려 비참한 죽음을 맞이한다.
그런 그에게 주어진 특별한 기회, 타임 슬립.

"저는 당신의 가면 속 심연을 끌어내는 배우입니다."

이제 그의 연기가 관객을 지배한다!
20년 전으로 되돌아가 완전한 배우로서의
삶을 꿈꾸는 이도원의 일대기!

Book Publishing CHUNGEORAM

유행이 아닌 자유추구 -
WWW.chungeoram.com